# 헌책 낙서 수집광

# 헌책 낙서 수집광

윤성근 지음 * 이야기장수

책과함께
평화롭게
2023. 尹成根

# 헌책방에 전해지는 신묘한 '무릎치기' 기술의 전설

조지 오웰은 헌책방 직원이었다. 영국의 식민지였던 버마에서 경찰로 근무하던 그는 제국주의 통치에 동참한다는 죄책감으로 고민하다 사직서를 제출했다. 이후 그는 가난한 사람들과 더불어 살면서 작가가 된다. 이때의 경험은 소설『파리와 런던의 따라지 인생』에 잘 드러나 있다. 하지만 '따라지 인생'보다 더 처절한 가난의 경험은 따로 있었으니 바로 헌책방 일꾼 시절이다.

『엽란을 날려라』는 조지 오웰이 1936년에 발표한 작품으로 작가가 헌책방에서 일하며 겪은 여러 사건과 생활상이 자세하게 나온다. 조지 오웰 본인인 것이 틀림없어 보이는 주인공 고든 콤스톡은 광고회사 카피라이터로 안정적인 생활을 하다가 모든 상업이 사기라는 결론에 이르러 과감하게 회사를 그만둔다. 그리고 손님에게 사기를 치지 않는 일을 찾던 중 발견한 게 헌책방이다.

과연 그렇다. 헌책방이야말로 손님에게 거짓말을 할 필요가 없는 가게다. 실은 나도 이와 비슷한 이유로 다니던 회사를 그만두고 헌책방 일을 시작하게 됐다. 여기선 손님을 속이지 않아도 된다. 재미없는 책을 재미없다고 솔직하게 말해도 그 책을 사는 손님이 있다. 옛날에 나온 책이라 번역이 엉망이라고 해도 사는 손님이 있다. 본문에 찢어진 곳이 있다고 해도, 속지에 낙서가 있어도, 전 주인의 이름이 큼지막하게 쓰여 있어도 오케이다. 이 얼마나 맘 편한 직업인가! 머리부터 양말까지 다 젖는다며 직원이 노래를 불러도 굳이 의자에 올라앉는 아마존 놀이기구보다 더 신비한 꿈과 모험의 동산이 바로 여기 헌책방이다.

헌책방은 분명 누추한 느낌이 드는 곳이지만, 나는 어릴 적부터 전혀 그런 선입견을 품지 않았다. 헌책방 주인장은 늘 친절하고 마음씨가 따뜻했다. 그리고 평소엔 별로 말이 없지만 가끔 손님과 대화하는 걸 엿들으면 엄청나게 똑똑한 것 같았다. 대학을 마치고 IT 회사에서 일하던 나는 출판사에서 몇 년 일한 다음 제법 큰 헌책방에 직원으로 들어갔다.

헌책방 주인장은 땅딸막한 키에 웃으면 얼굴이 하회탈처럼 찌그러지는 만화 캐릭터를 닮은 사람이었다. 나는 여러 번 이곳에 손님으로 온 적이 있어서 헌책방 사정을 대강 안다고 생각했는데, 모든 일이 다 그렇듯 실제로 일해보니 너무 힘들었다.

2년 정도 헌책방에서 일하며 여러 가지를 배웠는데 지금까지도 유용하게 쓰이는 기술은 역시 '무릎치기'다. 무릎치기라는 건 헌책방 주인장이 트럭으로 책을 싣고 와서 가장 먼저 하는 일이다. 처음 봤을 때는 이게 무슨 의식 같아서 신기했다.

트럭에서 책을 내리면 주인장은 먼저 책등을 왼손으로 잡고 표지 부분을 무릎에 탁 소리가 나도록 친다. 그런 다음 책을 아래로 향해 몇 번 흔들고 마지막엔 오른손으로 책장 전체를 후루룩 넘긴다. 이렇게 모든 책을 한 권 한 권 예외 없이 만지고 나서야 그것들을 매장 안으로 들여보냈다. 왜 그렇게 하는지 물어봤지만 주인장은 대답하지 않고 그냥 '허허' 웃기만 했다.

헌책방에서 일한 지 1년 정도 됐을 때 비로소 무릎치기 의식의 비밀을 알게 됐다. 그날도 여느 때처럼 주인장은 책을 쌓아놓고 의식을 치르고 있었다. 의도적으로 그런 것은 아니었지만 나는 그 모습을 멀찍이서 훔쳐봤다. 그때 놀라운 장면을 목격했다. 책을 무릎에 치고 아래로 살랑살랑 흔들자 책 속에서 만 원짜리 서너 장이 낙엽처럼 바닥으로 떨어지는 게 아닌가. 주인장은 잠시 주변을 둘러보더니 싱글벙글 웃으면서 재빨리 돈을 주워 바지 주머니에 찔러넣었다.

책을 향한 신성한 의식이라 믿었던 무릎치기가 사실은 헌책 속에 든 비상금을 찾아내는 행동이었다니. 게다가 수천 권이 입고된 날도 예외 없이 모든 책을 그렇게 확인한다는 데서 주인장

헌책방이야말로 손님에게 거짓말을 할 필요가 없는 가게다.
여기선 손님을 속이지 않아도 된다.

의 무서울 정도로 기묘한 집착을 실감했다. 실망이 이만저만이
아니었다. 하지만 나는 내색하지 않고 그후로도 주인장의 무릎
치기를 흥미롭게 구경했다.

책에서 돈이 나오는 건 흔한 경우라고 할 수는 없었지만 확실
히 짭짤한 부수입이었다. 주인장은 책 속에서 돈이 나오면 주머
니에 넣고 다른 건 따로 모았다가 한꺼번에 쓰레기통에 버렸다.
호기심이 많은 나는 돈보다는 책에서 나온 '다른 것'에 더 흥미
가 있었다. 어느 날 무릎치기 의식이 끝난 다음 쓰레기통을 살폈
다. 거기엔 오래된 책에서 나온 잡동사니가 가득했다. 서점에서
나눠주던 시가 적힌 책갈피와 어떤 영업사원의 명함, 공중전화

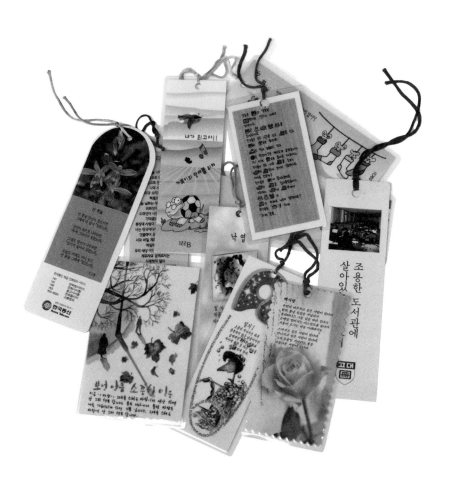

서점에서 나눠주던 시가 적힌 책갈피와 어떤 영업사원의 명함,
공중전화카드, 메모지, 편의점 영수증, 병원 진료기록, 시험지,
그리고 누군가에게 쓴 편지와 빛바랜 낙엽까지 별별 게 다 있었다.
책상 위에 펼쳐놓고 가만히 보니 그건 쓰레기가 아니라 진정한 보물이었다.

카드, 메모지, 편의점 영수증, 병원 진료기록, 시험지, 그리고 누군가에게 쓴 편지와 빛바랜 낙엽까지 별별 게 다 있었다. 나는 그것들을 꺼내 내 자리로 가져왔다. 책상 위에 펼쳐놓고 가만히 보니 그건 쓰레기가 아니라 진정한 보물이었다.

그후로 나는 헌책에 있는 흔적에 관심을 가지기 시작했다. 헌책은 한 명 이상의 주인을 거친 책이기 때문에 어떤 식으로든 흔적이 남아 있기 마련이다. 가벼운 손때부터 시작해서 본문에 밑줄을 그으며 공부한 흔적, 책갈피를 끼워둔 자국, 그리고 속지에 남긴 짧은 독후감도 자연스러운 헌책의 한 부분이다.

다른 사람의 흔적이 남아 있는 책을 꺼리는 손님도 있지만, 헌책방에 오는 분들 대다수는 개의치 않고 책을 산다. 간혹 그런 흔적이 남은 책을 더 좋아하는 이들도 있다. 흔적은 책을 읽은 사람을 상상하게 만들기 때문이다. 한 번도 만난 적 없지만 내가 좋아하는 문장에 나보다 먼저 밑줄을 그은 사람, 속지에 쓸쓸한 내용의 일기를 남긴 사람, 애틋한 마음을 담아 책을 선물한 누군가의 마음이 남은 책을 보면 괜히 가슴이 두근거린다.

헌책방 직원을 거쳐 2007년부터는 서울 은평구에서 '이상한 나라의 헌책방' 살림을 직접 꾸리며 본격적으로 책 속의 흔적과 만나고 있다. 책 속 흔적이라고 하는 것은 헌책에서만 찾을 수 있는 특별한 보물이다. 새책에는 흔적이 없다. 나는 책이 가장 책다

워질 때가 언제냐고 하는 질문을 받으면 읽은 사람의 이야기가 책에 남는 그 순간부터라고 말한다. 헌책에서 찾은 흔적엔 비록 유명인은 아닐지라도 평범해서 더 값진 우리들의 이야기가 흐르고 있다. 나는 이 멋진 흔적들을 언젠가 다른 사람들과 나누고 싶은 마음에 버리지 않고 차곡차곡 모아뒀다.

때마침 이야기장수 출판사에서 책을 써보지 않겠냐는 제안이 들어왔다. 감동적이고 멋진 이야기들, 때론 우습고 기묘한 상상이 그득한 빛바랜 흔적들이 드디어 하나로 엮여 문밖으로 나온다. 게다가 출판사 이름도 이야기장수라니! 너무나도 절묘한 타이밍 아닌가.

일본 만화책『중쇄를 찍자!』에 나오는 주인공 쿠로사와의 실제 모델이라고 해도 될 만한 이연실 편집자(심지어 외모도 비슷함!)의 기획력과 책 만드는 솜씨가 아니었다면 이 원고는 감히 세상에 태어나지 못했을 거다. 진심을 담아 감사하는 마음을 전한다.

지금부터 만나게 될 책은 그 자체로는 대단한 게 아니다. 책을 읽은 사람의 삶이 책과 연결되어 새로운 생각으로 나타날 때 책은 특별해진다. 그 생각이 또다른 우연의 여행을 통해 다른 사람 손에 들어가 전해질 때 책은 새로 태어난다. 흔적이 있는 책을 찾아 읽는 즐거움이 바로 여기에 있다.

그러므로 책은 다 같은 책이지만 세상에 똑같은 책은 없다. 책을 읽는 우리 각자의 삶도 마찬가지다. 나는 이 말을 하고 싶어서 헌책방에서 일하며 책을 쓴다. 세상을 여행하는 모든 헌책과 거기 남은 다정한 흔적에 감사하며, 이제 그들이 들려준 비밀스러운 이야기에 여러분을 초대한다.

책은 다 같은 책이지만 세상에 똑같은 책은 없다.
책을 읽는 우리 각자의 삶도 마찬가지다.
나는 이 말을 하고 싶어서 헌책방에서 일하며 책을 쓴다.

차 례

1부 * 수수께끼를 품은 기묘한 책들

# 죽도록 미운 사람이 있다면

　이건 정말 위험한 책이다. 사람의 목숨을 거둬갈 수 있을 만큼 무시무시한 책이다. 지금이 중세시대도 아니고 그런 마성을 지닌 책이 정말로 있단 말인가? 없다는 걸 증명하지 못한다면 있다는 주장 역시 무시하면 안 된다.

　자, 이 책을 보라. 나는 이 책을 처음 본 순간부터 뭔가 이상한 기운이 뿜어져나오는 걸 느꼈다. 샛노란 표지 위에 초점 없는 눈동자로 불길한 표정을 짓고 서 있는 파란 옷의 마술사 한 명. 늘어뜨린 왼손 아래 새장엔 사람 머리가 갇혀 있고, 오른손은 몸이 셋으로 나뉜 여성이 그려진 상자 위에 두었다. 상자 위 검지는 이것을 보라는 듯 아래를 향해 폈다. 초록색 파이프 담배 구멍 위로 소용돌이치는 연기가 피어오른다.

누구든 한 번 보면 잊기 힘든 강렬한 표지이지만, 선뜻 읽고 싶은 마음이 들지 않는 기분 나쁜 책이다. 게다가 제목은 '타인최면술'. 그냥 최면술이 아니라 다른 사람을 최면에 걸리게 만드는 방법을 설명한 책이다.

그런데 애초에 최면이라는 게 가능한 기술인지부터 의문이다. 최면술 얘기는 자주 들어왔지만 한 번도 경험해보지 못했고, 책이나 영화에서 본 게 전부라서 솔직히 신뢰가 가지 않는다. 외과적인 조치 없이 사람을 잠자는 상태로 만드는 방법이라니. 이뿐만 아니라 수면 상태에 있는 사람과 대화하거나 암시를 걸기도 한다. 최면 상태에서 걸린 암시는 잠에서 깨어난 뒤에도 계속 유지된다고 하니 이건 기술이 아니라 마술의 영역이라 불러야 할 것 같다. 표지에 마술사가 등장하는 건 바로 이런 이유 때문이지 않을까.

최면의 이런 효과는 믿기 힘든 구석도 있지만, 실제로 여러 방면에서 널리 쓰이고 있다. 정신과 치료와 범죄 수사가 대표적인 예다. 그래서인지 추리소설에는 때때로 최면이 범죄 트릭으로 등장한다. 애거사 크리스티가 쓴 『ABC 살인 사건』이나 『창백한 말』이 대표적이다. 코넬 울리치의 명작 『밤은 천 개의 눈을 가지고 있다』도 암시를 주제로 한 서스펜스 작품이다. 일본에서 엄청난 판매고를 기록한 『최면』의 작가 마쓰오카 게스케는 특이하게도 최면 관련 국가 자격증을 가지고 있다.

한편 미국의 추리소설 작가 반 다인은 〈아메리칸 매거진〉에 발표한 에세이 「스무 가지 추리소설 작법」을 통해 최면이나 심령술을 범죄 트릭으로 쓰거나 반대로 탐정이 최면술을 사용해 범행을 추리하는 것은 바람직하지 못하다고 주장했다. 누군가에게 최면을 걸어 남을 죽이게 만든다거나 자살로 몰아간다면 그야말로 완전범죄일 것이다. 범인 입장에서 이보다 더 쉽고 안전한 범죄가 또 어디 있을까.

히치콕의 영화 〈가스등〉에서처럼 어떤 사람에게 계속해서 암시를 주입해 끝내 그것을 믿게 만드는 것도 넓게 보면 최면의 한 영역이라 하겠다. 지문이나 머리카락 같은 증거도 일절 남지 않는다. 손가락 하나 까닥하지 않고 보기 싫은 사람을 처리할 수 있다니, 정말 솔깃하지 않은가? 최면은 적어도 목표물을 닮은 밀랍 인형을 만들어 밤마다 바늘로 찌르는 것에 비하면 훨씬 과학적이며 검증된 저주 방법이다.

서론이 길었다. 이제 『타인최면술』을 펼쳐보자. 이 책 중간쯤에는 최면으로 상대에게 암시를 거는 방법을 자세히 소개하고 있다. 이 방법을 쓴 다음 최면에 걸린 사람에게 "지금 비가 오고 있습니다"라고 말하면 실내에 있는데도 정말로 비가 오는 것처럼 허공에 우산을 펼쳐 드는 행동을 한다. 매운 양파를 주면서 "이것은 아주 맛있는 사과입니다"라고 하면 최면에 걸린 사람은 양파를 사과처럼 맛있게 베어먹는다. 책에서는 이것을 "기묘한 후최면성 암시"라고 설명한다.

책을 읽은 사람은 여기에서 감히 생각지도 못할 아이디어를 떠올린 모양이다. 정말로 누군가에게 암시를 걸어 해치려고 한 흔적이 분명히 남아 있다. 본문 위 여백에는 썼다가 빨간색 볼펜으로 지운 듯한 글씨가 있는데 그 내용은 잘 알아볼 수 있다.

김○○ 부장 너는 내가 반드시 죽인다.

단호하면서도 살벌한 문장이다. 책 주인은 김○○ 부장이란 사람을 미워해서 최면을 사용해 처리하고 싶었나보다. 문장 아래 사람이 엎드린 모양의 그림과 함께 '殺살'이라는 한자가 그 의도를 또다시 증명한다. 책에 있는 많은 흔적을 봐왔지만 이처럼 섬뜩한 것은 처음이다.

책 내용을 보면 최면술사가 어떤 청년 발밑에 장난감 블록을 한 줄로 쌓아놓고 거기를 넘어가지 못한다고 암시를 걸자 정말로 그렇게 된 예시가 나온다. 책 주인은 이 부분을 연필로 표시해두고 "최면에서 깨어난 후에도" 부분은 다시 빨간색 볼펜으로 빗금을 칠했다. 이로 미루어보아 이 사람은 김○○ 부장에게 기묘한 후최면성 암시를 걸어서 해를 입히려고 계획한 것이 틀림없다.

실제로 이 일을 실행까지 했는지는 알 수 없다. 다만 최면의 힘을 빌려서라도 해코지하고 싶을 만큼 책 주인이 김○○ 부장을 싫어했다는 사실은 명백하다. 둘 사이에 무슨 일이 있었는지 모르지만, '부장'이라는 호칭은 이 두 사람이 비즈니스를 통해 관계 맺고 있다는 걸 짐작하게 한다. 김부장은 같은 회사에서 일하는 상사일 가능성이 크다.

어떤 일을 하는 곳이든 회사라는 공동체에 발가락이라도 담가본 사람이라면 김부장처럼 못된 상사 한 명쯤은 곧바로 얼굴을 떠올릴 수 있을 것이다. 나도 헌책방에서 일하기 전 IT 회사에서 수년 동안 근무했다. 내가 회사를 그만둔 건 그 인간 때문이라고 해도 심한 말이 아니다. 대표와 친분이 있어서 낙하산으로 임원 자리에 앉은 사람이었는데, 그러면 그냥 가만히나 있을 것이지 일을 너무 열심히 해서 사무실 직원들에게 갖가지 피해를 줬다.

　이 낙하산의 특징을 한마디로 요약하면, 자기가 하기 싫은 일

"김○○ 부장 너는 내가 반드시 죽인다." 단호하면서도 살벌한 문장이다. 책 주인은 김○○ 부장이란 사람을 미워해서 최면을 사용해 처리하고 싶었나보다.

을 매번 남에게 떠넘긴다는 거다. 반대로 좋아 보이는 일은 남이 하는 중에라도 뺏어서 자기가 한다. 가져간 일을 잘하면 그러려니 하고 넘어가겠는데 뺏은 일치고 마무리를 잘한 게 없다. 그렇게 일이 엉망이 되었을 즈음 원래 그 일을 하던 사람에게 다시 떠넘긴다. 결국 일이 잘못되면 엉망인 일을 넘겨받은 사람 잘못이 된다. 이게 대체 뭐하자는 건지 도통 모르겠다.

참다못해 어느 날 전체 직원회의 시간에 내가 괴로움을 토로했더니 그 낙하산 상사는 "절이 싫으면 중이 떠나면 될 것 아닌가"라면서 비아냥거렸다. 나는 웃기려고 그런 건 아닌데 순간적으로 "저 교회 다니는데요"라고 말해버렸다. 덕분에 회의는 일찍 마쳤지만, 나는 낙하산 상사의 사무실에 따로 불려가 한소리 들어야 했다. 사무실로 돌아온 나는 한동안 직원들 사이에서 '순교자 윤 스테파노'라는 별명으로 불렸다.

수십억 인구가 어울려 사는 이 지구엔 별의별 사람이 다 있기 마련이다. 최면 암시라도 걸어서 어떻게든 해버리고 싶은 사람도 있다. 그래서인지 시내 서점에 나가보면 싫은 사람을 어떻게 대처하는지에 관한 책이 많다. 싫다고 해서 해코지를 하면 안 되니까 범죄가 되지 않는 선에서 상대를 마주하거나 피하는 방법을 알아두면 좋다. 요즘엔 복잡한 인간관계의 틈바구니에서 잘 살아남기 위해 멘탈을 강하게 만들어야 한다고 주장하는 책도 잘 팔린다.

하지만 그 모든 방법과 기술을 터득하기 전에, 우선 나부터 나쁜 사람이 되지 않으려는 노력이 더 중요하지 않을까. 나쁜 사람의 종류는 바퀴벌레의 종수만큼이나 다양해서 그들을 상대하는 기술 역시 엄청나게 많다. 기술을 다 익혔다 하더라도 그걸 적용하는 문제는 또다른 괴로움의 시작이다. 그러니까 가장 쉬운 처방은 각자가 타인에게 나쁜 사람이 되지 않으려는 마음을 갖는 것이다.

나쁜 사람이 되지 않는 방법은 간단하다. 내가 생각하기에 나쁘다고 여겨지는 일을 다른 사람에게 하지 않으면 된다. 누군가 내게 거짓말하는 게 싫으면 나도 다른 사람에게 거짓말하지 말아야 한다. 폭력은 나에게만 나쁜 게 아니라 모두에게 나쁜 것이다. 이 단순한 생각이 평화를 만드는 중요한 재료다. 평화로운 세상이 별건가. 우리 각자가 평화롭지 않다고 여기는 일을 그만두면 그게 평화다.

나쁜 마음이 생겼을 때 그것을 풀어내는 나만의 방법이 있다. 그 마음을 속에 담아두지 않고 글로 써보는 것이다. 일기장에다가 욕을 써도 좋고 편지 형식으로 누군가에게 하소연이나 넋두리를 늘어놓는 것도 괜찮다. 속에 있으면 화가 치밀어오르다가도 그걸 어떻게든 써보려고 하면 조금씩 마음이 풀린다. 시간이 지난 다음 내가 썼던 글을 다시 보면 사실 그 나쁜 마음이 들었던 원인은 별것도 아닐 때가 많다.

『타인최면술』책에 김부장을 저주하는 글을 쓴 사람도 결국 그 계획을 그만뒀기에 빨간색 볼펜으로 글씨를 지웠을 거다. 비록 한순간 살벌한 마음을 가졌지만 그걸 글로 써보니 부끄러운 마음이 들어서 그랬는지도 모른다. 혹은 내가 한 방법처럼 쓰면서 동시에 화난 마음이 수그러들었기를 바란다.

책 속에 남긴 흔적은 나와 내 마음이 나누는 비밀스러운 대화다. 속상한 일이 있을 때, 나쁜 사람이 나를 괴롭힐 때 가장 안 좋은 건 마음속에 그대로 담아두는 거다. 어떻게든 풀어내면 풀릴 실마리가 나온다. 책은 그런 실마리를 많이 가지고 있는 기특한 물건이다. 기묘한 후최면성 암시보다 월등하게 효과가 좋다는 걸 내가 보증한다.

다른 사람으로 인해 마음이 무거운 지금, 책을 읽고 있다면 걱정은 잠시 내려놓아도 좋다. 책이 명쾌하게 갈 길을 알려주지는 못하더라도 이 길을 함께 걷는 맘씨 좋은 친구가 될 수는 있다. 우리를 위로하는 책은 늘 여기에 있다. 그리고 이건 최면도 암시도 아닌 명백한 사실이다.

# 진짜 추리는 지금부터 시작된다

우리 헌책방에 가끔 들르는 손님 S는, 사실 손님이라기보다는 그냥 놀러오는 사람에 가깝다. 왜냐면 책 파는 가게에 와서 책을 안 사기 때문이다. 가끔 책을 살 때도 있긴 하지만, 아마 본인이 느끼기에도 너무 양심이 없다고 생각해서 그러는 것 같다. 하지만 나는 그가 책을 사든 안 사든 신경쓰지 않는다. 책을 사지 않는 대신 S는 언제나 책방을 즐거운 곳으로 만들어주기 때문이다.

나는 평소에 잘 웃지 않아서 처음 보는 사람에게는 인상이 차갑다는 말을 듣곤 한다. 그런데 S는 모르는 사람이 봐도 표정이 편해서 거리감이 별로 느껴지지 않는다. 재밌는 이야기도 잘해서 같이 있으면 즐겁다. 또 한 가지 내가 그를 반기는 이유는 흔적책을 곧잘 가져오기 때문인데, 책을 보여주면서 덤으로 자신이 그 흔적을 주제로 조사한 내용을 말하는 걸 듣는 게 또한 재밌다.

언젠가 나는 S에게 내가 흔적책을 모으고 있다는 얘길 한 적이 있다. 그때 S는 무척 놀라면서 "와! 저는 왜 여태 그런 생각을 못 했죠? 역시 주인장님은 천잰가봐요!"라면서 나를 추켜세웠다. 처음엔 나도 그의 그런 반응을 보면서 내심 어깨가 으쓱했는데, 누가 무슨 말을 하더라도 과한 리액션을 하는 게 그의 습관이라는 걸 알고는 허탈했다. 아무튼, 그게 S의 특징이었고 나는 그걸 나쁘게 여기지 않는다.

단점이 없는 사람은 존재하지 않는다. 늘 즐거운 표정을 지으면서 내게 흔적책을 보여주는 S에게도 커다란 단점이 있는데, 그건 그의 추리력이 너무나도 형편없는 수준이라는 거다. 이를테면 『행복한 책읽기』를 가져왔을 때 그가 들려준 이야기를 떠올리면 아직도 헛웃음이 날 지경이다.

『행복한 책읽기』는 이른 나이에 세상을 뜬 불문학자 김현의 책으로, 1986년부터 사망하기 직전인 1989년 겨울까지 쓴 개인적인 일기를 엮은 것이다. 출판사에서는 김현의 사후에 펴낸 책들을 모아 전집으로 펴냈는데, 그중에 이 일기가 가장 인기가 좋다. 헌책방에서도 이 책을 찾는 손님이 많다. 역시 사람은 남의 글을 분석하는 책보다는 비밀스러운 일기를 몰래 훔쳐보는 걸 더 즐기는 것 같다.

S는 이 책 뒷장 속지에 아주 멋진 손글씨 흔적이 있다며 내게

김현, 『행복한 책읽기』, 문학과지성사, 1992

펼쳐 보여줬다. 흥미로운 흔적이었다. 파란색 펜으로 정성 들여 쓴 시 한 편과 짧은 편지가 함께 적혀 있었고, 시는 재미있게도 글자의 좌우를 바꿔 거울에 비춘 모양으로 썼다.

말없이 사랑하여라
내가 한 것처럼 아무 말 말고
겉으로 드러나지 않게 잠자코
사랑하여라

오해를 받을 때 말없이 사랑하여라

사랑이 무시당하는 것을 참으면서

네 침묵 속에 원한이나
인내롭지 못한 마음,
또한 심한 비판이 끼여들지 못하도록
하여라
언제나 현재를 존중하고
소중히 여기도록 마음을 써라

말없이 사·랑·하·여·라

S는 이 시를 훌륭하다고 평가했다. 늘 그렇듯 감탄사를 연발하며 누가 이 시를 썼는지 찾아내서 제자가 되고 싶은 심정이라고까지 말했다. 하지만 시에 쓴 것처럼 겉으로 드러나지 않게 사랑하면 상대방이 어떻게 사랑인지 아느냐며 고개를 갸우뚱거렸다. 이런 단순함이 그의 장점이자 또한 한계였다.

"겉으로 보이는 것보다 마음으로 전해지는 사랑이 더 값지다고 표현한 것 아닐까요? 그리고 이 시 말이죠……"

여기서 S는 내 말을 끊고 서둘러 시 아래에 있는 편지를 읽었다. 그는 흥분된 목소리로 여기에 비밀이 숨어 있다고 했다. 하는수 없이 나는 그의 낭독을 들었다.

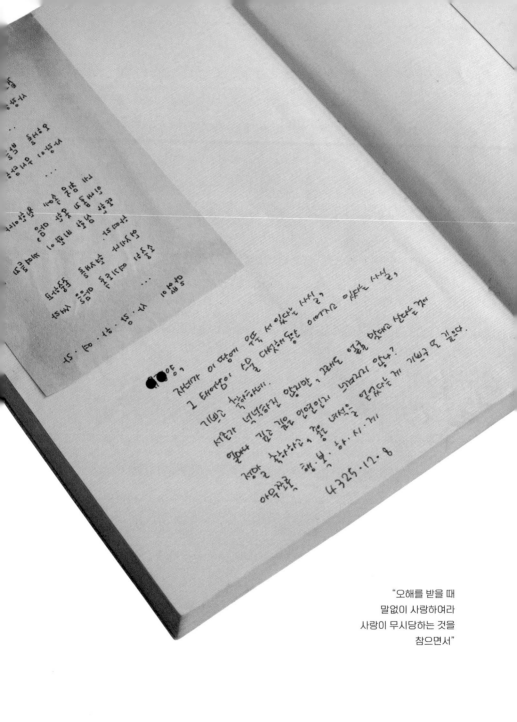

○○양,

　자네가 이 땅에 우뚝 서 있다는 사실, 그 태어남이 스물다섯 해 동안 이어지고 있다는 사실, 기쁘고 축하하네. 서로가 넉넉하진 않지만, 그래도 얼굴 맞대고 산다는 것이 얼마나 깊고 깊은 인연인지 느껴지지 않나? 정말 축하하고, 좋은 녀석을 얻었다는 게 기쁘고 또 깊으다. 아무쪼록 행·복·하·시·게

4325.12.8

　"주인장님, 어떻게 생각하십니까? 이건 분명히 비뚤어진 사랑, 그러니까 예를 들자면 불륜 같은 냄새가 나지 않습니까?"

　"여기 어디에 불륜이 있는데요?" 나는 심드렁하게 대답했다.

　S는 자신만만한 태도로 팔짱을 끼더니 자신의 추리를 내게 들려줬다. 편지를 받는 ○○양을 A, 편지 쓴 사람을 B라고 했을 때 A는 B의 후배나 제자다. 여기까진 괜찮다. A는 스물다섯 살이고 새로운 사람을 만나 결혼하게 된 것 같다. 가능한 추리다.

　이제 S의 화려한 추리쇼를 감상하자. 결혼 상대를 '녀석'이라고 표현했다는 건 B가 그의 존재를 낮게 보고 있다는 뜻이다. 혹은 맘에 안 드는 사람이다. 마지막에 '행복하시게'에 특히 점을 찍어 강조한 것은 일종의 비아냥거림이다. 그리고 가장 중요한 포인트는 바로 편지 위에 좌우 반전된 글자로 적은 시다. B는 A가 맘에 안 드는 상대와 결혼하는 걸 용납할 수 없다. 자신이

A를 더 사랑하기 때문이다. 그래서 결혼을 하더라도 겉으로 드러나지 않게 몰래 사랑하겠다는 선언이고, 좌우 반전된 글자는 뒤바뀐 사랑의 운명을 암시한다.

얘기를 다 듣고 난 후, 내가 묻고 싶은 건 하나뿐이었다.

"요즘 무슨 드라마 봐요?"

S는 눈치 없이 명랑하게 웃으면서 대답했다.

"어떻습니까? 저의 추리가 정말 드라마틱하다고 주인장님도 인정하시는 거죠?"

저런 자신감은 어디에서 생기는 걸까? 타고나는 것 외에 다른 요인은 생각할 수 없는 초자연적인 능력이다. 내 경험상 이런 경우엔 차라리 정색하고 대화를 이어가는 게 서로에게 이롭다.

"제가 보기엔 A의 결혼을 진심으로 축하해주는 멋진 편지인 거 같은데요? 다른 의도가 있다는 생각은 안 듭니다. 그리고 불륜의 증거라고 하셨던 좌우 반전된 시는 꽤 유명한 작품이고요."

S는 눈을 휘둥그레 떴다. 그의 추리와 달리 이 시는 창작이 아니다. "말없이 사랑하여라"로 시작하는 시는 벨기에 출신의 예수회 신부인 장 갈로Jean Galot(1919~2008)의 작품으로 우리말로 번역된 시집도 있다. 무슨 이유에서인지 글자를 거꾸로 적긴 했지만, 이 작품 「사랑의 기도」는 신앙시다. 그러니까 불륜이라는 추리를 듣고 허탈할 수밖에. 나는 시가 적힌 속지를 꼼꼼하게 살핀 다음 S에게 말했다.

"진짜 추리는 겉으로 드러나지 않는 무언가를 보는 것에서부터 시작해야죠."

"겉으로 드러나지 않는데 어떻게 본다는 건가요?"

역시 그다운 단순한 질문이다. 나는 책을 건네주고 속지를 밝은 스탠드 불빛에 비춰보라고 했다. 거기에 비밀이 있다.

"여길 보세요. 거꾸로 쓴 시는 속지에 그대로 쓴 게 아니라 다른 종이에 써서 붙인 겁니다. 왜 이렇게 했을까요? 보통 이유는 두 가지입니다. 그냥 그러고 싶었거나, 혹은 뭔가 감추고 싶은 게 있을 때죠. 어때요? 불빛에 비춰보니 수상한 게 보이죠?"

속지를 유심히 보던 S는 또다시 탄성을 내질렀다. 좌우를 반전시켜 쓴 글씨 뒤로 뭔가 다른 글씨가 겹쳐 보였기 때문이다. "주인장님, 시를 적은 종이 뒤에 다른 글씨가 있는데요? 암호 같은 걸까요?"

암호라니. 아직도 텔레비전 드라마 세계에서 빠져나오지 못한 모양이다. 나도 그 뒤에 있는 글씨가 궁금했다. 글씨가 겹쳐 있다는 것만 알았을 뿐 앞에 있는 종이에 가려 내용을 알아보기 힘들었다. 우리는 조심스럽게 종이를 떼어보기로 했다.

"풀로 붙인 것 같으니 헤어드라이어로 약하게 따뜻한 바람을 쐬면 접착 성분이 녹아서 떨어질 겁니다."

내가 이렇게 말한 다음 헤어드라이어를 가져와 약하게 열을 가하자 붙었던 종이가 살며시 휘어지며 뒤에 쓴 글씨가 드러났다.

S는 역시나 감탄사를 쏟아냈다. "주인장님, 정말 셜록 홈스 같은데요! 대단해요!" 실은 생각보다 종이가 잘 떨어져서 나도 놀라는 중이었지만 애써 포커페이스를 유지했다. 종이 뒤에는 쓰다 만 시로 보이는 글씨가 적혀 있었다.

사람이 얼마나 사랑을 할 수 있을까
그 사람이 내 곁에 있다는 것만으로도
사랑한다고 할

보이지 않던 것이 드러났으니 이제 진짜 추리를 시작해야 한다. 이 글은 좌우 반전된 글씨로 적은 시와 달리 원래 있던 시를 베낀 것 같지는 않다. 혹은 이 당시에 한창 쏟아져나온 어떤 사랑 시집의 내용을 옮겨 적으려 한 것인지도 모르겠다.

"풀어야 할 숙제는 두 가집니다. B는 이 시를 왜 쓰다 말고 다른 종이로 덮어버렸는가. 그리고 덮는 용도로 쓴 시를 왜 굳이 거꾸로 적었는가."

내가 낸 숙제지만 솔직히 나도 답을 알지 못한다. 우리는 속지에 적힌 글을 한참 동안 보고 있었지만, 딱히 결론을 내리지 못했다. 그런데 아까부터 글씨가 있는 면을 불빛에 비춰보고 있던 S가 심각한 표정으로 내게 말했다.

"어쩌면 여기 세번째 숙제가 있는지도 모르겠습니다."

"뭐가 또 있나요?"

S는 좌우 반전된 시가 있는 면 쪽으로 불빛을 비추고 뒤에서 글씨가 보이도록 방향을 틀어 내게 보여줬다. 희미했던 글씨가 선명해지자 단박에 세번째 숙제가 뭔지 깨달았다. 분명히 글자를 거꾸로 썼을 텐데 뒤에서 보니 너무도 자연스러운 글씨체로 보였다. 장난스럽게 글자를 거꾸로 적는 걸 나도 학창 시절에 몇 번 해본 적이 있어서 안다. 그렇게 쓰면 정작 거울로 비춰 봤을

헤어드라이어를 가져와 약하게 열을 가하자
붙었던 종이가 살며시 휘어지며 뒤에 쓴 글씨가 드러났다.
보이지 않던 것이 드러났으니
이제 진짜 추리를 시작해야 한다.

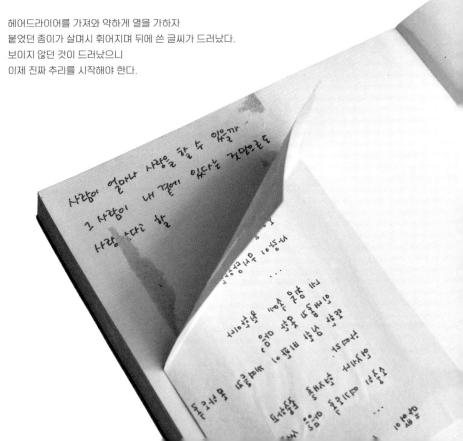

때 글씨체가 어색하다. 하지만 이 글씨는 마치 뒷면에서 적었다고 해도 믿을 정도로 서체가 매끄럽다. 어떻게 한 걸까?

이 세 가지 숙제는 아직 풀지 못한 미스터리로 남았다. 대부분의 책 속 흔적은 당사자가 아니면 그 의미를 정확히 알 수 없지만, 이 책에 남긴 글씨는 특히 많은 궁금증을 남긴 채 서가 한쪽에 잠들어 있다. 숙제를 풀지 못한다고 해서 아쉬울 건 없다. 풀지 못한 문제를 품고 있는 책이라면 내겐 훨씬 매력적이니까.

풀지 못하는 게 어디 책 속 흔적뿐이겠는가. 사람이 태어나고 살다 죽는 것 모두가 어찌 보면 거대한 수수께끼인 것을. 이 책 『행복한 책읽기』 어디를 펴보아도 책을 즐겁게 읽었다는 표현은 거의 없다. 김현은 치열하게, 어렵게, 고통스럽게 읽고 썼다. 그런데 책 제목은 일기를 쓴 사람이 직접 그렇게 정했다. 그는 이 치열함을 행복으로 여겼던 걸까.

김현은 1990년 6월에 안타깝게도 길지 않은 생을 마감했다. 일기는 1989년 12월 12일이 마지막인데, 그후로는 남겨진 일기가 없다. 더는 일기를 쓸 수 없는 몸 상태였을 것이다. 하지만 마지막 일기는 아이러니하게도 이런 문장으로 끝맺고 있다.

"아, 살아 있다."

우리는 모두 각자가 한 권의 책이며 그 자체로 커다란 수수께끼다. 사람이 어울려 산다는 건 이 수수께끼를 함께 풀어나가는 일이다. 누구도 정답을 알 수 없지만, 알 수 없으니까 살아갈 이유가 있다. 다 안다고 자만하지 말자. 『행복한 책읽기』에 숨겨진 가장 중요한 세번째 수수께끼를 찾아낸 사람도 그동안 내가 은근히 얕잡아 봤던 S였다. 그는 여전히 우리 가게에 와서 책을 잘 안 사지만, 나는 그를 좋아한다. 이 수수께끼 같은 사람이 좋다.

# 헌책방의 초능력자

이 세상에 초능력자가 존재할까? 나는 있다고 믿는다. 언제부터 그렇게 믿었냐고 묻는다면 아주 어렸을 때부터다. 이유는 설명할 수 없지만, 어쨌든 지금도 나는 초능력자의 존재를 믿고 있다. 하늘을 날아다니고 축지법으로 땅을 접었다 폈다 자유롭게 오가고 천리안으로 멀리 떨어진 곳을 손바닥 위처럼 생생하게 볼 수 있는 사람이 진짜로 어디엔가 있다.

그런데 초능력자를 만나고 싶다거나 하는 생각은 딱히 들지 않는다. 그냥 있으면 있겠거니 하면서 산다. 일부러 만나고 싶지는 않다. 그들도 제 나름대로 바쁘게 살아갈 텐데 나하고 굳이 만나고 싶지는 않을 것 같다. 만나고 싶지 않은 결정적인 이유는, 내가 생각하는 초능력자의 모습이란 평범한 사람이기 때문이다.

그들은 바지 위에 속옷을 입고 하늘을 날아다니거나 거미 독에 중독되어 머리가 좀 이상하게 된 전신 쫄쫄이 옷을 뒤집어쓴 청년이 아니다. 눈 주위에 검은 마스카라를 칠하고 박쥐 가면을 쓴 부자라면…… 말하고 싶지도 않다. 가면이라면 차라리 한복 입은 각시탈이 더 자연스럽다.

내 상상 속 초능력자는 외모나 행동이 평범한 사람과 다르지 않기에 우연히 만난다고 해도 그가 초능력자라는 걸 알 수 없다. 심지어 본인조차 자기에게 그런 능력이 있는지 모른 채 살기도 한다. 과연 그런 사람을 우연히라도 만날 가능성이 얼마나 될까? 가왕 조용필도 내 평생 실제로 만난 적이 없는데 초능력자를 만날 확률은 거의 제로에 가깝다고 봐야 하지 않을까. 그러니 차라리 단념하고 사는 편이 속 편하다. 그런데 바로 그 제로에 가까운 확률의 사건을 얼마 전 실제로 겪었다.

헌책방에서 일하다보면 별별 사람을 다 만나게 되지만 그는 좀 특별한 느낌이었다. 나이는 오십대 중반이나 예순쯤 되어 보였는데, 뒤로 묶은 백발의 긴 머리카락과 가슴 부근까지 내려온 턱수염 때문에 정확한 연배는 짐작하기 어려웠다.

딱 봐도 도인 같은 그 손님은 한참 말없이 책을 둘러보더니 『초인생활』이라는 책을 골라와 내게 내밀었다. 도인처럼 생긴 사람이 고른 책이 『초인생활』이라니. 손님에게 재밌는 농담이라도 할까 하다가 그건 아니다 싶어서 관뒀다. 내가 "오천 원입니

베어드 T. 스폴딩, 『초인생활』, 정창영 옮김, 정신세계사, 1992

다"라고 하자 뜻밖에도 손님은 무덤덤한 목소리로 "그 책 안 살 겁니다"라고 하는 게 아닌가.

이유인즉슨 자기는 책 속에 아무런 흔적도 없이 깨끗한 것만 읽는데 이건 속지에 볼펜으로 쓴 메모가 있어서 안 사겠다는 거다. 손님은 "이거 좋은 책이니까 주인장도 꼭 읽어보시구려"라고 덧붙인 다음 책을 내 책상에 올려놓았다. 흠 없이 깨끗한 책만 읽을 거라면 새책을 파는 가게에 갈 것이지 굳이 왜 헌책방에 왔을까. 이렇게 속으로 구시렁거리고 있을 때 그는 "여기서 작게 수련 모임을 하고 싶은데 대관도 하시나요?" 하고 내게 물었다.

몇 해 전까지는 외부 행사 대관도 종종 했지만 요즘엔 책방 자체 모임이 늘어서 다른 곳에 책방을 빌려주고 있지는 않다. 아쉽지만 대관은 안 한다고 그러니까 손님은 더 놀라운 말을 했다. 자신이 초능력을 가진 도인이라는 거다. 그러니까 대관의 목적은 도술을 연마하기 위한 모임이다.

갑자기 그런 말을 들으니 당황스러웠지만, 도술을 부릴 줄 안다는 증거를 보여달라고 하기도 뭣해서 나는 물끄러미 손님을 보고만 있었다. 설마 이 사람이 축지법이나 순간이동 같은 걸 할 수 있는 초능력자란 말인가? 본인이 그렇다니까 그런가보다 하고 넘어가도 될 일이다. 하지만 나는 영 믿음이 가지 않았다.

물론 이 남자의 진지한 표정이나 백발의 긴 머리는 자신을 믿어달라고 말하는 듯하다. 하지만 문제는 배다. 내 눈은 조금 전부터 그의 배를 유심히 관찰하고 있었다. 전체적으로는 마른 체구인데 유독 배만 엄청나게 튀어나와 있으니 그리로 눈이 안 갈 수가 없다.

나는 참다못해 실례를 무릅쓰고 손님에게 "도인이라고 하시기엔 배가 좀 나온 거 같은데요"라고 했다. 그는 아무렇지도 않은 듯 껄껄 웃더니 자기 배를 손바닥으로 툭툭 쳤다. 자칭 도인은 그 불룩한 배가 오랜 기간 단전호흡을 연마한 결과라고 했다. 심지어 그는 내게 자기 배를 손가락으로 눌러보라고 제안했다.

"오래 수련해서 단전에 기공이 가득한 배는 바위처럼 단단하답니다."

하지만 나는 감히 남의 배를 손가락으로 눌러보고 싶지는 않았다. "아, 그렇군요. 거기가 단전이군요"라고 하면서 어물쩍 넘어가려고 하는 순간, 갑자기 그가 내 손목을 잡더니 자기 배로 끌어당기는 게 아닌가! 억지로 만지게 되는 건 더 싫었기 때문에 나는 "알겠습니다. 한번 만져보겠습니다" 하면서 손을 뿌리쳤다. 그러곤 올챙이처럼 통통한 배에 가볍게 손가락을 올렸다.

놀라운 일이었다. 배는 전혀 단단하지 않았다. 운동을 별로 하지 않은 내 배보다도 물렁거려서 심지어 기분이 나쁠 지경이었다. 나는 얼른 손가락을 뗐다. 이때부터 내 머릿속엔 온통 이 사람을 빨리 책방 밖으로 보내버리고 싶다는 생각만 간절해졌다. 나는 마음을 추스르고 "수련을 오래하셨나봐요. 그럼, 다음에 또 들러주세요" 하면서 애써 웃음을 지어 보였다. 내가 생각해도 이 웃음은 썩은 미소다. 도인이든 외계인이든 상관없으니 얼른 나가주세요.

손님은 책방 문을 열고 나가면서도 정말 도인처럼 껄껄 소리를 내며 웃었다. 만약 그에게 초능력이 있다면 순식간에 상대방의 기분을 망치는 능력이 아닐까, 라고 생각하며 나는 자리에 털썩 주저앉았다.

정신을 차리고 보니 손님이 안 사겠다며 놓고 간 책만 덩그러니 남아 있었다.『초인생활』이다. 이 책은 스폴딩이라는 미국인이 쓴 것으로 정말 기이한 이야기를 담고 있다. 저자는 1894년에

열한 명의 다른 일행과 함께 인도에 갔는데 거기서 '에밀'이라는 묘한 분위기를 풍기는 사람에게 이끌려 여러 초인을 만나게 된다. 초인들과의 만남은 그후로도 몇 년 동안 계속 이어졌다.

스폴딩과 그 일행은 인도, 티베트 등을 여행하며 초인들이 보여주는 기이한 능력을 보고 책에 낱낱이 기록했다. 공중부양, 유체이탈, 원격이동은 물론 죽은 사람을 살리고 생각만으로 존재하지 않는 물건을 눈앞에 나타나게 하는 등 충격적인 일들이 책에 가득 실려 있다. 이 이야기의 사실 여부는 지금까지도 밝혀지지 않았지만, 물질문명이 세상의 기준처럼 여겨지던 세기말에 그와 반대되는 영적인 세계를 소개한 스폴딩의 책은 상당한 베스트셀러가 되었다.

이 책의 속지에는 전 주인의 것으로 보이는 메모 흔적이 남아 있다. 속지에 간결하게 쓴 문구는 마치 하이쿠처럼 간결하다. "밥 잘 먹고 잘 주무세요." 그리고 그 밑엔 "○○ 스님(法下)"라고 썼다.

'법하'는 불가에서 주로 쓰는 말인데 스님이 다른 스님에게, 혹은 신도가 스님에게 어떤 물건을 줄 때 법명 뒤에 붙인다. 이로 미루어보면 이 책을 준 사람은 누구인지 모르겠지만 받는 이는 ○○ 스님이다. 그렇다면 책에 밑줄을 그어가며 읽은 사람도 스님이라는 뜻인데, 스님이 어떤 이유로 초능력자들이 나오는 이야기에 관심을 가지며 읽게 되었는지 궁금하다. 그것보다 누가 이런 책을 스님에게 주었는지도 미스터리다.

　이보다 더 큰 미스터리는 책에서 나온 메모지이다. 필체를 보니 이 메모를 쓴 사람도 속지에 짧은 글을 남긴 사람과 동일인 같다. 내용은 이렇다.

　修行(수행)을 하지 않는 사람이 이 책을 번역하였기 때문에 아래 표시 단어를 바꿔서 읽으십시오.

스님이 어떤 이유로 초능력자들이 나오는 이야기에
관심을 가지며 읽게 되었는지 궁금하다.

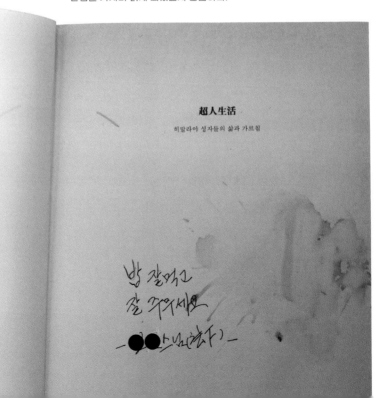

超人生活
히말라야 성자들의 삶과 가르침

밥 잘먹고
잘 주어세요
-●●스님(合掌)-

하나님→神(신), 신적인→신의

　책을 번역한 정창영이 개신교 목사이기 때문에 본문에 나오는 'God'을 '하나님'이라고 번역한 모양이다. 책을 스님에게 준 사람은 이것을 '신'이라고 바꿔 읽으라고 친절하게 메모를 남겼다. 문장의 느낌으로 짐작해보면 책을 선물한 사람이 받는 사람보다 선배일지도 모르겠다. 어쩌면 선배 스님이 이제 막 수행을 시작한 스님에게 도움이 될 만한 책을 보낸 것이 아닐까? 그건 또 그것대로 기묘하다. 스님이 스님에게 초능력 책을 선물하다니.
　흥미로운 건 이 메모를 쓴 종이다. 커피믹스로 유명한 회사가 홍보용으로 만들었을 게 분명한 종이에다가 이런 진지한 메모를 남기다니. 책을 선물하기 전에 본문을 훑어보고 있었는데 문득 그 옆에 이런 종이가 있어서 급히 글을 적었던 것 같다. 당시 상황이 어땠을지 상상해보니 꽤 재미있다. 어떤 절에 있는 사무실에서 커피믹스를 마시며 히말라야 초인이 나오는 책을 읽는 스님이라니.
　솔직히 내가 상상으로 그리던 초인의 모습도 바로 이렇게 평범한 느낌이다. 단전호흡을 연마하다가 올챙이처럼 배가 불룩 나온 기인이 아니라 한가롭게 커피믹스를 마시며 책을 읽는 스님의 능력치가 더 높을 것 같다.
　초인이 되기 위한 수련이 따로 있는 건 아니다. 다시 속지에 쓰인 글씨를 읽는다. 짧은 글이지만 되도록 천천히 읽는다. "밥 잘 먹고 잘 주무세요." 이거야말로 최고의 수행방법이 아닐까. 선배는 다른 스님에게 가장 단순하면서도 귀한 가르침을 주었다. 세상 살면서 잘 먹고 잘 자는 것 이상으로 우리의 기분을 좋게 만드는 건 별로 없다. 배가 더부룩해서 매번 소화제를 찾고, 잠을 잘 오게 해준다는 베개에 몇십만 원씩 돈을 써도 불면증에 시달리는 게 현대인의 흔한 풍경이니까.

불교 신자는 아니지만, 아무럼 어떤가. 오늘은 이름 모를 스님

더 큰 미스터리는 책에서 나온 메모지이다.
스님이 스님에게 초능력 책을 선물하다니.

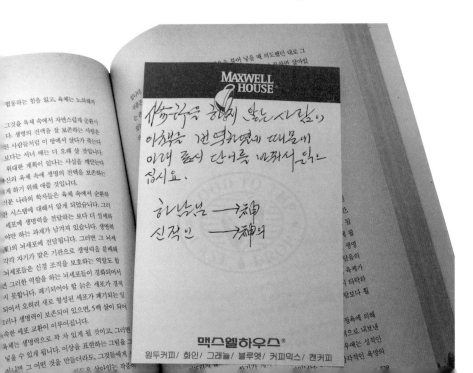

의 말씀을 떠올리며 마음을 편하게 가지고 싶다. 대단하지 않은 밥이라도 감사히 잘 먹고, 오늘밤 잘 잠들 수 있다면 조금은 행복에 가까워지는 것 아니겠는가.

# 행운을 가져다주는 네잎클로버

책방 문을 열고 드디어 문제의 남자가 나타났다. 어딘지 모르게 주눅이 든 표정의 이 사람은 일주일 전쯤 우리 가게에 책 300권 정도를 팔았다. 전화로 대강 사정 얘기를 듣긴 했지만, 이런 일은 처음이라 얼떨떨했다. 자기 책을 절대로 다른 사람에게 팔지 말고 기다려달라니.

"그러니까 책 안에 중요한 게 들어 있어서 말이죠……"

책 안에 들어 있는 중요한 거라면 물으나 마나 아닌가? 비상금 말이다. 요즘엔 드물어졌지만, 옛날엔 책 안에 몰래 돈을 숨겨두곤 했다. 비상금이기 때문에 되도록 손이 덜 타는 책에 숨기기 마련이다. 그러다가 숨겨놓은 사람도 비상금의 존재를 깜빡 잊고는 책을 헌책방에 넘겼다가 한참 지난 다음 기억나서 낭패를

겪는 것이다.

헌책방 일을 하다보면 가끔 책 안에서 의외의 물건을 발견한다. 책보다 작은 크기에 얇은 것이라면 뭐든 책 속에 들어갈 수 있다. 책 속에 든 물건 중 가장 흔한 건 서점에서 나눠준 책갈피다. 공중전화카드나 명함, 학생증이 나오기도 한다. 비상금이라고 하면 기본이 만 원권이다. 내가 발견한 최고의 물건은 콘돔이다. 뜯지 않은 콘돔 한 개가 책 안에서 나올 확률은 얼마나 될까? 거기엔 도대체 무슨 사연이 있는 걸까? 책에 얽힌 사연에 집착하는 나에게도 책과 콘돔은 도무지 상상하기 어려운 조합이다.

그렇다면 일주일 전에 책을 팔고 간, 이 손님이 간절하게 찾고 있는 건 뭘까. 설마 콘돔은 아니겠지. 이런 우스운 생각을 하는 나를 꾸짖기라도 하듯 손님은 다소곳한 말투로 "네잎클로버인데요"라고 했다. 아아, 음란계곡의 구렁텅이로 살짝 빠지려던 나를 하늘이 돕는구나.

다행히 이 손님에게 산 책은 아직 팔지 않고 다른 책들과 함께 쌓아뒀다. 하지만 마냥 다행이라고 말하긴 어렵다. 책 위에 책이 있고 그 아래도 책이 있고 책더미 속에 또 책더미가 있는 헌책방이 아닌가. 그중에서 네잎클로버가 있는 책 한 권을 꺼내려면 땀 좀 흘려야 할 판이었다. 이제 와서 손님에게는 좀 미안한 말이지만, 당시 나는 책을 꺼내기 귀찮아서 원하는 책을 손님에게 직접 꺼내라고 하려던 참이었다. 그러나 이 계획은 손님의 한마디에

하릴없이 무너졌다.

"죄송한데요, 실은 그 네잎클로버가 들어 있는 책이 어떤 건지 저도 모릅니다."

우리 두 사람은 동시에 절망의 나락으로 떨어졌다. 지금부터 작은 네잎클로버 하나 때문에 이 많은 책더미를 일일이 확인할 걸 상상하니, 벌써 팔다리에 힘이 풀릴 지경이었다. 그래도 어쩔 수 없다. 중요한 거라니까. 찾고 나서 얘길 들어보고 딱히 중요한 게 아니면 화가 날 것 같았다. 하긴 중요하지도 않은데, 그깟 네잎클로버 찾겠다고 일주일 만에 다시 책방에 와서 이 난리를 피운다면 말이 안 되겠지. 하지만 여기가 어딘가. 헌책방이다. 여기선 의외로 말도 안 되는 일이 자주 일어난다.

둘이서 한 시간 남짓 땀을 흘린 후 드디어 그 책을 찾았다. 네잎클로버는 철학자 사르트르와 '계약 결혼'을 한 것으로 유명한 시몬 드 보부아르의 책 『위기의 여자』 속에 있었다. 수십 년 동안 그 안에 들어 있던 탓인지 처음에 초록색이었을 잎은 갈색으로 변해 바싹 말라버렸다. 손님은 책표지를 가만히 손으로 만지더니 "아, 이런 책이 있었지요……"라며 말끝을 흐렸다.

손님은 그 책을 대학 다닐 때 사서 읽었다고 말했다. 딱 한 번 읽었고, 그때 네잎클로버를 끼워둔 채로 수십 년이 지났다. 네잎클로버는 동네에서 알고 지내던 여자 친구에게 받았다.

"한동네에 살았고 같은 고등학교에 다니기도 했으니까요. 사

시몬 드 보부아르, 『위기의 여자』, 오증자 옮김, 정우사, 1986

귀는 건 아니었지만 친하게 지냈습니다. 저는 대학에 갔지만, 그분은 졸업하고 바로 취업했습니다. 그래도 가끔 둘이 만나서 놀곤 했습니다. 그분은 어땠는지 모르겠습니다. 저는 점점 그분에게 호감이 생겼습니다. 좋아한다고 고백하고 싶었지만, 워낙 친구처럼 지내던 사이라 그런 말을 끝내 못했습니다."

이 수줍은 남자는 마음을 감춘 채로 계속 여자 친구와 느슨한 관계를 이어갔다. 애틋한 감정이 커질수록 상대에게 잘 보이고 싶은 마음도 자라났다. 그래서 받지도 않은 장학금을 받았다고 자랑했고 학교 성적도 우수하다며 너스레를 떨었다.

네잎클로버는 그가 대학교 4학년 때 졸업선물로 그녀에게 받은 것이었다. 여자 친구는 네잎클로버를 갖고 있으면 행운이 온다는 말이 있으니 졸업하고도 일이 잘 풀릴 거라면서 얇은 종이에 싼 네잎클로버를 주었다.

대학을 졸업하는 마당에 선물이라며 준 게 고작 네잎클로버라니. 남자는 조금 기분이 상했다. 마침 그때 읽은 책이 『위기의 여자』다. 그는 친구에게 자기 마음을 표현하기 어려워 막막했기에 책으로나마 여자의 마음이 어떤지 알고 싶었던 것이다. 당시 여대생들 사이에 보부아르의 책이 인기 있었다. 그는 학교 앞 서점에서 『위기의 여자』를 샀다. 그러나 이 책도 기대했던 만큼 여자에 대해 많이 알려주지는 못했다.

"졸업하고 몇 년 백수로 지낸 시절도 있는데, 저는 당시에도 그분에게는 좋은 회사에 취업했다며 거짓말을 했습니다. 어쩌면 그리 바보 같았는지."

손님은 직장생활을 얼마간 하다가 직접 회사를 차려 운영하며 지금에 이르렀다. 역시 여자 친구에게는 회사가 잘 굴러가고 있다고 했지만, 실은 전혀 그렇지 못했다. 최근 몇 년 동안은 특히 어려웠다. 그래서 이번엔 아예 회사와 집을 정리하고 서울을 떠나려는 참이었다. 집에 있는 책을 정리해 우리 가게로 넘긴 것도 같은 이유였다.

"책을 정리하고 나서 다음날 그분을 만났거든요. 저는 회사가 잘되어서 곧 다른 지점을 늘린다고 또 거짓말을 했습니다. 그분은 수십 년 전하고 다름없이 맑게 웃으면서 네잎클로버 얘기를 꺼냈습니다. 자기가 그걸 줬기 때문에 지금껏 운이 잘 따라준 것 아니냐면서 밥 한번 사라고 하더군요. 깜짝 놀랐죠. 저는 완전히 잊고 있었거든요."

사연은 여기서 끝이다. 이게 그토록 중요한 문제였단 말인가? 여자 친구가 그때 줬던 네잎클로버를 다시 달라고 한 것도 아니다. 팔았던 책 중에 『위기의 여자』가 있었다는 사실도 네잎클로버를 찾으면서야 알게 됐으니 책 자체도 중요한 건 아니다.

손님은 책 안에 잠들어 있던 네잎클로버가 중요하다고 했다. 그걸 받는 순간에도, 그리고 지금껏 살아오면서도 네잎클로버가 중요하다고 생각해본 적이 없고 여자 친구의 말대로 행운이 있었는가 하면 그것도 아니다.

그는 네잎클로버를 손바닥 위에 올려놓고 진짜 행운에 대해서 말했다. 행운은 다름 아닌 오랜 시간 동안 변함없이 곁을 지키던 여자 친구다. 마음을 드러내지 못했던 그 세월 동안 많은 일을 겪었지만 떠나지 않았던 건 한 사람뿐이다. 여자 친구에게 네잎클로버 얘기를 듣는 순간, 갑자기 그게 자기 삶에서 유일한 행운이라는 걸 깨달았다.

평생을 수줍게 살아온 이 남자는 책에서 찾은 네잎클로버를 가지고 여자 친구를 만날 계획이라고 한다. 대학 다닐 적 이야기를 하면서, 이번에야말로 용기를 내어 고백해보겠다고 말했다.

"물론 이번엔 너스레를 떨지 않고 제가 처한 상황도 솔직하게 다 말하려고요. 그게 훨씬 당당한 모습인 것 같습니다. 용기를 내봐야죠."

그러면서 내게 『위기의 여자』 마지막 부분을 펴 보였다. 주인공의 다짐이 적힌 문장이다.

그러나 나는 알고 있다. 내가 움직이리라는 것을. 그러면 문은 천천히 열릴 것이며 나는 그 문 뒤에 있는 것을 보게 되리라.

손님은 책 안에 잠들어 있던
네잎클로버가 중요하다고 했다.
그는 네잎클로버를
손바닥 위에 올려놓고
진짜 행운에 대해서
말했다.

그는 끝내 움직였을까? 그리고 바라던 대로 문이 열렸을까? 그 문 뒤에 있는 것은 무엇이었을까…… 실제로는 남겨진 사연이 적지 않아 여기에서 다 말하기는 곤란하다. 그 이야기는 또다른 기회에 풀어낼 자리가 있을 것이다. 분명한 건 네잎클로버가 정말로 그에게 특별한 행운을 가져다줬다는 사실이다.

# 가방에 책이 없으면 불안하다

어딜 가든 가방 속에 책 한 권을 꼭 챙겨야 맘이 편하다. 외출했을 때 책이 없으면 자연스럽게 스마트폰 화면을 보게 되는데, 사실상 그 똑똑한 작은 기계에서 내가 필요로 하는 것은 정확한 시각 표시와 날씨 예보 정도다. 실시간으로 올라오는 뉴스를 볼 수 있는 기능도 있지만, 나는 그런 뉴스에 실시간으로 반응할 만큼 감각이 빠르지 않다. 그러니 내겐 여전히 종이신문이나 주간지가 좋다. 그 정도가 내 속도에 맞는 매체다.

그런데 책이 있어야 맘이 놓이는 나에게는 치명적인 약점이 하나 있다. 그건 바로 책 챙기는 일을 자주 잊는다는 것이다. 스마트폰하고 지갑은 비교적 잘 챙기니까, 그렇다면 스마트폰에 전자책 앱을 설치해놓으면 어떨까 싶어서 한동안 외출했을 때

허만하, 『낙타는 십리 밖 물 냄새를 맡는다』, 솔, 2000

는 전자책을 보기도 했다. 그러나 기계를 손에 들고 읽는 행위를 오래 즐기지는 못했다. 역시 나는 손가락 사이사이로 들어오는 얇은 종이의 질감이 좋다. 그러고 보면 가방 속에 책이 있을 때 느끼는 편안함이란 단지 뭔가를 읽을 수 있기에 전해지는 감각만은 아니다. 무엇이 더 있을까? 나는 자주 그것에 관해 생각해 봤지만, 딱히 정의 내릴 수는 없었다.

어느 날 우리 책방에 흘러들어온 책 한 권. 의사이자 시인인 허만하 작가의 산문집 『낙타는 십리 밖 물 냄새를 맡는다』 구판이다. 구판은 오랜만이다. 이 책은 꾸준히 인기가 있어서 2016년 개정판도 나왔는데, 나는 구판의 누런색 표지를 볼 때 특히 정이

간다. 이 표지는 낙타가 물을 찾아 걸어간 어떤 사막을 나타내는 것 같다. 나보다 먼저 책을 읽은 사람은 책 맨 뒷장에 이런 글씨를 적었다.

2002. 5. 23
가방에 책이 없으면 불안하다.

누구인지 모르지만 나하고 비슷한 사람인가보다. 아니 나보다 더 심한 책벌레일 거다. 나라면 같은 문장이라도 조금은 달리 썼겠지. '가방에 책이 없으면 맘이 불편하다' 정도로. 하지만 이 사람은 단호하게 '불안하다'라고 썼다. 불편한 것과 불안한 것은 한 글자가 다를 뿐이지만, 실제로 느껴지는 감정으로 보면 상당한 차이가 있다. 불안함은 불편함보다 좀더 극단적인 심정이다. 불편함은 어떻게든 편함으로 돌아갈 여지를 남기지만, 불안은 그 자체로 이미 많이 진행된 병리적 현상의 중심에 있음을 의미한다.

이 책을 읽은 사람은 그런 불안한 감정을 기어이 다잡고 근처 어딘가에 있는 서점을 찾아냈나보다. 거기서 선택한 책이 허만하의 산문이다. 불안한 마음으로 서점에 가서 의사가 저자인 책을 집어들었다는 게 또한 흥미롭다. 과연 허만하의 글은 몸과 마음을 다 치료해줄 수 있을 것만 같다.

2002 . 5 . 23 .

누구인지 모르지만
나하고 비슷한 사람인가보다.
아니 나보다 더 심한
책벌레일 거다.

  가방에 책이 없으면 불안하다는 이 문장이 재미있어서 나는
언젠가 우리 가게에 온 손님에게 보여준 일이 있다. 손님도 공감
했는지 "허허, 이 사람 나하고 똑같구면" 하면서 고개를 끄덕였
다. 어쩐지 대화가 통하겠다 싶어서 실은 나도 그렇다고 대꾸했
다. 그런데 손님은 뭔가 꿍꿍이가 있는 표정을 짓더니 가방 속에
서 수첩 비슷한 걸 꺼냈다. 전자책 전용 리더기였다. 순간 나는
그가 리더기를 나한테 팔려고 하는 줄 알았다. 마침 생김새와 옷
차림도 어쩐지 외판원 같았고.

손님은 텔레비전 홈쇼핑에 나오는 배우처럼 이를 드러내고 웃으면서 "저는 그래서 전자책 리더기를 갖고 다니죠. 정말 편리하다니까요. 그뿐만이 아닙니다. 여기엔 책을 거의 무한정 담을 수 있으니까 아예 서재를 가방에 넣고 다니는 거나 마찬가지입니다"라고 했다. 물론 전자책이 편한 것은 인정하지만, 나는 잘 적응하지 못하겠다고 하자 갑자기 손님은 전자책의 장점을 줄줄 늘어놓기 시작했다.

"예를 들어보죠. 가방에 넣고 다니면서 읽을 만한 책이라면 기껏해야 카프카의 『변신』이나 헤밍웨이의 『노인과 바다』 정도 아닐까요? 그 작품도 당연히 좋죠. 하지만 저는 밖에서도 『잃어버린 시간을 찾아서』나 『모비 딕』 같은 걸 읽고 싶거든요. 만약 그런 책을 가방에 넣고 다닌다면, 운동은 되겠지만 분명 책 외판원으로 오해를 살 겁니다."

외판원처럼 생긴 사람이 외판원 운운하는 걸 보니 아이러니하다. 그건 그렇고, 이 손님은 왜 종이책을 파는 신성한 헌책방에 와서 전자책 홍보를 하는 거지? '도장 깨기' 같은 건 아닐 테고. 어쨌든 나는 되도록 이 페이스에 말려들지 말아야겠다고 다짐하며 손님이 침을 튀기면서 전자책 얘기를 할 때 일부러 머릿속으로는 딴생각을 했다. 경청하는 표정을 지으면서 뇌로는 전혀 다른 생각하기. 이것은 내가 그동안 훈련을 통해 익힌 고도의 책방 영업전략이자 생존 법칙이다.

두꺼운 책을 좋아하는 전자책 예찬론자 손님의 결론은, 자신은 독서 레벨이 높아 주로 어려운 책만 읽는다는 자랑이었다. 그리고 우리 책방을 둘러보니 본인 수준에 맞는 어려운 책이 없어서 오늘은 아무것도 안 사고 돌아가겠다는 거다. 여태 너스레를 떨어놓고는 정작 책은 한 권도 안 사다니. 오히려 내가 그냥 보내기 섭섭할 지경이다. 누추한 살림이라 줄 건 딱히 없고 욕이라도 한 보따리 싸드려야 할까보다.

손님이 돌아간 다음 나는 책상 위에 놓인 허만하의 산문을 다시 읽었다. 의학박사에 의대 교수를 역임했고, 시인으로도 성공을 거둔 허만하의 문장엔 자랑 따위는 찾아볼 수 없었다. 만약 내가 허만하와 비슷한 경력을 가진 사람이었다면 글에서 나도 모르는 사이 거드름을 피우는 흔적이 보일 거다. 나를 대단한 사람이라고 포장하고 싶어 안달이 났을 거다. 하지만 이 책을 쓴 사람은 전혀 그런 식으로 말하지 않는데도 대단한 인물인 걸 알겠다. 이렇게 느끼는 이유는 무엇 때문일까?

여기저기 책장을 넘기며 아무 곳이나 읽고 있는데 뜻하지 않은 곳에서 책 읽은 사람의 흔적 하나를 더 발견했다. 불안한 마음을 안고 책을 읽던 사람은 "내가 나를 버릴 수 있을 때 비로소 내가 시인으로 전신하는 것이리라"라는 문장에 밑줄을 긋고 감격과 감탄을 동시에 표현한 글씨를 남겼다.

Oh My God!

이 흔적을 만나고 나도 놀랐다. 나 또한 이 문장에 밑줄을 긋고 싶었기 때문이다. 시인은 시인이 되기 위해서는 나를 버릴 수 있어야 한다고 썼다. 여기서 시인이라 부름은 이름뿐인 시인이 아니라 진짜 시인의 본질을 말하는 것이리라. 언젠가 헌책방에 왔던, 물어보지도 않았는데 자신을 시인이라고 소개했던 한 손님이 기억난다. 그는 내게 명함을 줬는데 자기 이름 옆에 마치 직함

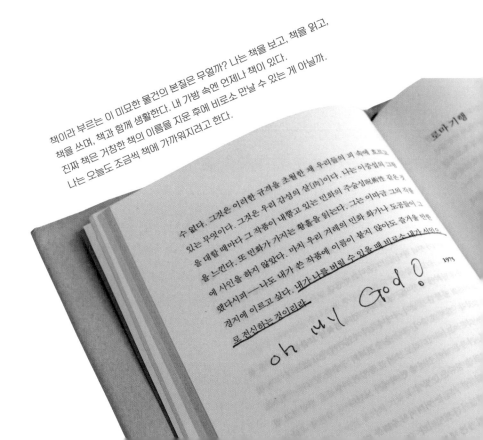

책이라 부르는 이 미묘한 물건의 본질은 무얼까? 나는 책을 보고, 책을 읽고, 책을 쓰며, 책과 함께 생활한다. 내 가방 속엔 언제나 책이 있다. 진짜 책은 거창한 책의 이름을 지운 후에 비로소 만날 수 있는 게 아닐까. 나는 오늘도 조금씩 책에 가까워지려고 한다.

이라도 되는 듯 '시인'이란 글씨가 적혀 있었다. 그렇다. 이때의 시인은 글씨에 불과하다. 그는 글씨를 잘 쓸 수 있을진 몰라도 그걸 시라고 부르지는 못할 거다.

책이라 부르는 이 미묘한 물건의 본질은 무얼까? 나는 책을 보고, 책을 읽고, 책을 쓰며, 책과 함께 생활한다. 내 가방 속엔 언제나 책이 있다. 요즘엔 마음을 좀 편하게 가지려 노력하고 있기에 가방 속에 들어 있는 것이 종이책이건 전자책이건 크게 신경쓰지 않는다. 진짜 책은 거창한 책의 이름을 지운 후에 비로소 만날 수 있는 게 아닐까. 나는 오늘도 조금씩 책에 가까워지려고 한다.

허만하는 2000년에 한국시인협회상을 받았다. 『낙타는 십리 밖 물 냄새를 맡는다』에는 그때의 수상 소감이 실려 있다. 시인은 이렇게 말한다.

활같이 부드럽게 휘어지는 해운대의 해안선을 가장 아름답게 바라볼 수 있는 자리가 꼭 한 군데 있다. 삶의 그런 자리를 찾는 것이 시가 아닐까 생각해보았다.

이 문장을 오래 기억하고 싶다. 그리고 날씨 좋은 어느 날, 가방에 시집 한 권 넣고 아무 계획 없이 부산에 가보련다. 해운대는 마음을 달래주는 따뜻한 시처럼 넓게 품을 내어주며 나를 기다릴 것이다.

# 불타버린 도스토옙스키

헌책방에서 일하다보면 훼손된 책을 심심찮게 만난다. 신간을 다루는 서점이라면 반품하면 되겠지만, 헌책방의 책은 반품할 곳이 없다. 헌책방 일꾼이 하나하나 발품을 팔아 입수한 책이기 때문에 모든 책임은 일꾼에게 있다. 그러니까 책을 가져오는 일이 언제나 신경쓰인다. 보통은 잘 확인하는 편인데 워낙 많은 책을 다루다보니 가끔은 팔 수 없을 정도로 훼손된 책을 만나기도 한다.

지금 이 책, 무명작가 콜린 윌슨을 '인사이더'로 만들어준 『아웃사이더』는 지금껏 만난 훼손된 책 중에서도 아주 특이한 축에 속한다. 불에 탄 책이다. 그런데 가만 살펴보니 이건 자연스럽게 탄 책이 아닌 것 같다. 본문 일부만 말끔하게 탔기 때문이다. 이

콜린 윌슨, 『아웃사이더』,
이성규 옮김, 범우사, 1983

건 분명히 책을 가지고 있던 사람이 일부러 훼손한 것이다. 하지
만 왜?

이런 미스터리한 흔적을 만나면 나는 가슴이 뛴다. 도대체 이
책은 어떤 사연이 있길래 이런 처지가 되었을까? 책 주인이 이
렇게까지 한 데에는 이유가 있을 것이다. 사정을 전혀 모르는 나
로서는 그저 상상해볼 뿐이다. 마치 증거품을 발견한 셜록 홈스
처럼 이 물건에서 어떤 이야기가 떠오르기를 기다린다.

증거품인 책을 자세히 검토한다. 책은 본문 일부가 타서 없어
졌다. 책 주인이 일부러 이런 짓을 했다고 확신하는 이유는 257쪽
에서 294쪽까지, 정확히 이 책의 7장 '거룩한 합일'만 불탔기 때

1부 * 수수께끼를 품은 기묘한 책들

문이다. 책을 읽다가 이 부분이 너무도 맘에 들지 않아서 그랬을까? 만약 그렇다면 그냥 찢어버려도 될 일인데 굳이 불로 태운 이유는 뭘까.

우선 이 책을 쓴 작가 콜린 윌슨과 『아웃사이더』라는 책에 대해 알아야 조금 더 앞으로 나아갈 수 있겠다. 콜린 윌슨은 1931년 영국에서 태어난 특별할 것 없는 인물이다. 부모님은 평범한 노동자였고, 어릴 때부터 천재 소리를 들었다거나 그런 일화도 없다.

그러나 책 읽기는 엄청나게 좋아했다. 콜린 윌슨은 일곱 살 때 처음 글을 배운 이후 닥치는 대로 책을 먹어치웠다. 학교 공부는 그다지 관심이 없었는지 중학교를 중퇴하고서는 공장에 취직했다. 청년 시절엔 공군에 자원입대했지만 거기서도 별로 즐거운 기억은 없었나보다. 군 생활을 오래하지 못하고 제대한 후 떠돌이 일용직 노동자로 일하며 지냈다.

이렇듯 콜린 윌슨은 사회 바깥을 겉도는 사람, 즉 그 자신이 아웃사이더로 살았다. 1956년까지는 말이다. 스물네 살이 된 청년 콜린 윌슨은 그동안 읽은 책을 바탕으로 문학비평서를 쓰려고 계획했는데, 그중 일부 논지를 발전시켜 『아웃사이더』라는 단행본으로 만들었다. 이 책이 엄청난 베스트셀러가 될 줄은 자신도 몰랐을 게 분명하다.

『아웃사이더』는 출간 후 2년도 안 되어 세계 14개국 언어로 번역되며 평론가는 물론 일반 독자들에게도 엄청난 반향을 일으

컸다. 아이러니하게도 콜린 윌슨은 '아싸'에 관한 책을 써서 하루아침에 '인싸'가 되었다. 세계대전이 끝나고 1960년대를 바라보는 시점에서 운명처럼 나타난 아웃사이더 신드롬은 그후로도 오랫동안 이어졌다.

아웃사이더는 말 그대로 공동체에 녹아들지 못하고 밖으로 겉도는 사람을 뜻한다. 이들이 겉도는 이유는 안으로 들어가려고 할 때 언제나 기존 질서와 충돌을 일으키기 때문이다. 그래서 아웃사이더는 늘 주변으로 밀려나 있고, 존재하지만 실체가 없는, 눈에 띄지 않는 그림자 같은 존재다. 콜린 윌슨은 이 사회 부적응자들이 실은 공동체를 더 풍요롭게 하는 예술가 기질을 지닌 사람들이라고 판단했다.

이 독특한 주장을 뒷받침하기 위해 콜린 윌슨은 유명한 소설 속에 등장하는 인물을 책 밖으로 끄집어낸다. 84일 동안 수확이 없었지만 아침마다 물고기를 잡으러 배에 올라타는 『노인과 바다』의 늙은 어부 산티아고, 『이방인』의 주인공 뫼르소, 『죄와 벌』에서 집주인을 살해한 대학생 라스콜니코프, 사르트르의 분신인 『구토』의 로캉탱…… 비록 이들은 사회의 비주류이며 한편으로는 패배자로 불렸지만, 오랫동안 살아남아 우리에게 갖가지 삶의 영감을 준다.

이런 미스터리한 흔적을 만나면 나는 가슴이 뛴다.
도대체 이 책은 어떤 사연이 있길래 이런 처지가 되었을까?
마치 증거품을 발견한 셜록 홈스처럼
이 물건에서 어떤 이야기가 떠오르기를 기다린다.

다시 불탄 책으로 돌아오자. 이 책의 훼손 부위는 정확히 제7장 전체이며, 내용은 도스토옙스키와 그가 소설에 쓴 인물에 관한 이야기다. 책의 흐름으로 보면 결론에 가까운 부분으로 저자의 주장이 가장 잘 드러난 곳이다. 책을 불태운 이 사람은 혹시 도스토옙스키가 싫었던 걸까? 왜 이런 추리를 하냐면 책 뒤표지 때문이다. 거기엔 책에 등장하는 여러 작가 사진이 타일처럼 배열되어 있다. 니체, 카뮈, 톨스토이의 익숙한 얼굴이 보인다. 맨 위 왼쪽에는 도스토옙스키가 있다. 그리고 거기에 붉은색 펜으로 거칠게 'X' 표시를 했다. 가만히 보고 있으니 섬뜩한 느낌마저 든다.

이제 내 상상은 도스토옙스키 쪽으로 기울었다. 이 사람은 왜 도스토옙스키를 싫어했을까? 싫다고 하더라도 책을 태우거나 사진에 흔적을 남길 필요는 없었을 텐데. 바로 이 점이 풀리지 않는 수수께끼다. 이렇게 미제 사건으로 남을 수밖에 없던 훼손된 『아웃사이더』이야기는 이 책이 내 손에 들어오고 나서 몇 년이 지난 다음에야 약간의 단서를 추가할 수 있었다. 아니, 어쩌면 이 결론이 맞을 수도 있겠다는 확신에 다다랐다.

어느 날 헌책방에 온 손님과 이야기를 나누던 중 도스토옙스키가 화제로 올라왔다. 나는 도스토옙스키 작품을 좋아해서 전집은 물론 한정판 번역서까지 가지고 있을 정도다. 손님은 도스토옙스키가 대문호인 것은 인정하지만 인간적으로 존경하는 마음까지는 아니라고 했다. 그럴 만도 했다. 도스토옙스키는 평생

책을 불태운 이 사람은 혹시 도스토옙스키가 싫었던 걸까? 붉은색 펜으로
거칠게 'X' 표시를 했다. 가만히 보고 있으니 섬뜩한 느낌마저 든다.

알코올의존증과 도박중독에 빠져서 살았으니까. 도박 빚을 갚기 위해 시작도 하지 않은 소설 원고료를 미리 달라고 출판사에 요구할 정도였다.

"이건 닭이 먼저냐 달걀이 먼저냐 하는 문제인데." 손님이 말했다. 내가 무슨 뜻이냐고 물으니 그가 다시 말을 이었다.

"만약 도스토옙스키가 도박에 빠지지 않았다면 그런 명작들을 쓸 수 있었겠느냐 이 말입니다. 돈이 절실히 필요했으니까 최고의 집중력을 발휘해서 소설을 쓰지 않았겠어요?"

손님은 도스토옙스키 작품의 원동력은 술과 도박이라고 확신했다. 그리고 아무리 좋은 작품이라고 하더라도 외부적인 요인 때문에 쓴다면 그건 진정한 의미의 예술작품이 아니라고 말했다. 흔히 예술가들이 방탕하게 살고 이성 관계도 복잡한데 그걸 작가의 예술적인 기질과 결부시켜서 생각하면 안 된다고 주장했다.

나는 이야기가 나온 김에 불탄 흔적이 있는 『아웃사이더』를 꺼내 보여줬다. 도스토옙스키 부분이 훼손된 것을 확인하자 손님은 고개를 끄덕였다.

"나라도 이렇게 했을 것 같은데요. 불탄 책을 보니 아주 속이 시원하네요."

손님은 『아웃사이더』에 대해서도 잘 알고 있었다. 콜린 윌슨이 이 책을 쓰던 나이에 놀랍게도 그는 도스토옙스키를 비판하는 책을 쓰려고 했다는 거다. 대학원생이었던 손님은 도스토옙스키의 사생활과 책 내용을 비교 분석하면서 비난에 가까운 내용으로 박사 논문을 썼다. 하지만 그 논문은 지도교수가 인정하지 않았다.

하는 수 없이 청년은 원고를 다듬어 단행본으로 출판할 계획을 세웠다. 원고지에 썼던 글을 타자로 말끔하게 정서해서 출판사 여러 곳에 보냈지만, 책으로 나오지는 못했다. 어느 출판사 담당자는 "이 원고의 내용이 사회적인 통념상 부합하지 않으므로 출판할 수 없다"는 거절 편지를 보내왔다.

"사회적인 통념이라니. 술과 도박에 빠진, 정신적으로 문제 있는 사람이 쓴 소설은 사회적 통념에 맞는다는 겁니까? 저도 술을 좋아합니다만, 원고를 쓸 때면 절대로 술을 마시지 않아요. 그러면 내가 아니라 술이 쓰는 원고가 되니까요. 이까짓 게 무슨 대문호란 말입니까!" 손님은 『아웃사이더』 뒤표지에 실린 붉은 칠이 된 도스토옙스키를 손가락으로 가리키며 말했다.

손님이 돌아간 뒤, 한동안 나는 이 문제를 곰곰이 생각했다. 우리가 예술이라고 부르는 것의 정체는 무엇일까? 예술가는 또 무언가? 예술가는 직업의 한 종류인가? 아니면 그저 놀이에 불과한 것일까. 자신의 모든 걸 쏟아부어 글을 쓴 사람은 출판사에서 거부당하고, 도박 빚에 허덕이며 책을 쓴 사람에게는 거장이란 이름을 붙이는 게 과연 정당한 걸까. 손님의 고민도 이 부분에서 멈춰 갈피를 잡지 못하고 있는 듯했다.

책을 불태우고 사진을 훼손한 사람도 아마 비슷한 고민을 했던 게 아닐까. 어쩌면 그 자신도 콜린 윌슨이 말한 아웃사이더일 수 있다. 언제나 주변에 있는 사람, 있지만 눈에 띄지 않는 사람, 억지로 안으로 들어가려 하면 언제나 불협화음을 일으키는 사람. 그러나 한편으로 그런 자신을 지극히 사랑하는 사람이다.

콜린 윌슨은 초히트작 『아웃사이더』 덕분에 '인싸'가 되어 평온한 삶을 살며 100권 이상 책을 썼다. 하지만 무엇도 『아웃사이더』만큼 인기를 누리지는 못했다. 많은 책을 써서 대중과 소통한 콜린 윌슨이었지만 말년엔 실어증에 시달리다 세상을 떠난 것도 아이러니다.

손님은 그날 책방을 나서기 전 내게 이렇게 말했다. "세상엔 아웃사이더가 어울리는 사람도 있는가봅니다. 진짜 아웃사이더는 루저가 아니에요. 독특한 방식으로 세상을 사랑하는 사람이죠. 그 사랑은 아주 오랜 뒤에야 알게 되죠."

그러면서 손님은 "주인장도 내가 보기엔 어쩔 수 없는 아웃사이더구만"이라고 했다. 과연 그럴까? 내가 보기엔 손님이 아웃사이더 기질인 거 같은데. 아니, 어쩌면 아웃사이더끼리는 서로를 알아보는 신묘한 능력이 있는 게 아닐까?

아무려면 어떤가. 그는 오늘도 어딘가에서 글을 쓸 테고 나도 지금 이렇게 책을 쓰고 있으니까. 우리가 이런 식으로 세상을 사랑하고 있다는 걸 확인한 것으로 만족한다. 사랑은 정해진 방식이 없다. 모든 사람이 제각각의 방법으로 사랑할 때 세상은 지금보다 더 풍성한 색으로 아름답게 채워질 거라 믿는다.

# 우리 시대의 디덜러스를 찾아서

　책은 그 자체만으로 대단히 수상한 물건이다. 그림이나 사진이 포함되기도 하지만, 기본적으로 책은 읽을 수 있는 글자가 가득한 단순한 종이 뭉치에 불과하다. 펼쳐서 읽기 전에는 내용을 모르지만, 내용을 아는 책이라고 해도 다시 읽으면 또 새로운 무언가를 알게 된다. 책은 산과 같아서 멀리서 보면 풍경이지만, 가까이 있을 땐 숲이고 그곳을 자주 걸으면 어느덧 길이 된다.

　책이 산과 같은 또다른 이유는 그 안에서 자주 길을 잃기 때문이다. 눈앞에 길이 하나만 있는 사람은 길을 잃지 않는다. 산에는 여러 길이 있고 설마 저기가 길인가 싶은 곳도 조금만 걷다보면 또다른 길로 연결되는 걸 발견한다. 길이 많기에 길을 잃을 수 있고, 그 안에서 처음엔 생각지도 않았던 새로운 길을 찾기도 한다.

어떤 책도 독자에게 한 가지 길만 보여주지는 않는다. 책 속에 길이 있다지만 그 길은 하나가 아니라 숲속의 오솔길처럼 여러 갈래다. 길을 자주 잃어본 사람만이 누구도 가보지 않은 새로운 길을 발견한다. 길을 개척하며 걷는 사람을 우리는 흔히 예술가라 부른다. 그가 가는 길은 보통 사람이 보기엔 엉뚱한 곳 같지만 얼마 지나지 않아 산 정상에 이르는 새로운 길이 된다. 그러니 세상의 이름 모를 예술가들이여, 자신이 만들어가는 길을 부끄러워하지 말길 바란다.

시작을 이렇듯 거창하게 한 이유는 오늘 아주 멋진 예술가를 만났기 때문이다. 실제로 만난 것은 아니고 책 속 흔적에서 말이다. 이 책의 속지를 본 순간 나는 불가사의한 호기심에 이끌려 책을 밝은 전등 아래로 가져갔다. 속지에 남긴 흔적은 다른 펜으로 지워졌지만, 다행히도 유심히 살펴보니 읽을 수 있었다.


이 책은 2012년 6월 19일에 입대한 홍○○이 1신교대를 수료하고 2신교대에 들어가기 전에 구매한 책이다. 위에 그려져 있는 마크는 홍○○의 '홍'을 2개 겹쳐 쓴 것으로 2신교대 끝나고 자대로 전입을 명 받은 후 만들어낸 것이다. 처음에는 '홍'을 2번 겹쳐 쓴 게 끝이었지만, 독창성과 식상함을 고치려 일병 4호봉에는 입을 그려 얼굴을 형상화하여 캐릭터 형식으로 만든 것이다.

마크 하단의 얼굴은 눈썹을 치켜세운 사람을 본뜬 것이어서 '패기'를 의미하고 얼굴 위 동그란 원은 지구를 의미하며 지구의 양쪽에 뿔처럼 달려 있는 것은 'Fuck You'로서 조롱을 의미한다. 이로써 전체적인 의미는 '엿이나 먹어라'라는 초딩적인 발언이 되겠다. 그럼 이만.

이 책의 속지를 본 순간
나는 불가사의한 호기심에 이끌려
책을 밝은 전등 아래로 가져갔다.

『젊은 예술가의 초상』은 20세기 최고의 소설가로 꼽히는 제임스 조이스의 장편소설로, 스티븐 디덜러스라는 한 예술가의 성장 과정을 관찰한 내용이다. 여기에 나오는 청년 디덜러스는 제임스 조이스 자신의 분신이며, 또한 영어로 쓰인 현대 문학작품 중 가장 뛰어나다는 수식어가 따라붙는 대작『율리시스』에도 등장하는 인물이다.

디덜러스는 관습과 전통을 따르며 그 안에서 자기 생활을 개척해나가는 시민의 길과 국가, 종교, 정치 등에 얽매이지 않고

속지에 남긴 흔적은
다른 펜으로 지워졌지만,
다행히도 유심히 살펴보니
읽을 수 있었다.

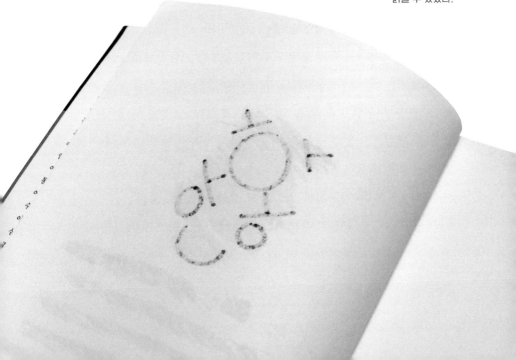

제임스 조이스, 『젊은 예술가의 초상』, 강미경 옮김, 느낌이있는책, 2011

새로운 길을 찾는 예술가 사이에서 고민하다 끝내 진정한 예술 세계를 찾아 떠나는 여행을 선택한다. 이 젊은 예술가의 고뇌와 삶의 갈등은 『율리시스』에서도 계속 이어진다. 이런 책을 읽은 홍○○씨도 디덜러스와 같은 고민을 하고 있다. 속지에 원래 썼던 글을 거칠게 지운 흔적을 보면 고민의 강도를 예상할 수 있다. 그 옛날 젊은 베르테르가 겪은 것 이상의 고뇌일지도 모른다.

하지만 지운 흔적을 가까스로 다시 살려 읽어보았을 때, 나의 이런 멋진 상상은 와르르 무너졌다. 왜 나는 이런 것에 호기심을 참지 못하는 성격이 되었을까? 뭔가가 지워져 있거나 덧바른 흔적이 있으면 왜 그렇게 했는지 너무 궁금하다. 반드시 그 흔적을 밝혀내야만 속이 풀린다.

한번은 우리 동네 사거리 찻길에 통신회사 대리점에서 걸어 놓은 것으로 보이는 광고 현수막이 내 눈길을 사로잡았다. 거기 엔 "인터넷 결합상품 신청시 랜카드 증정!"이라고 큼지막한 글 씨가 쓰여 있었다. 그건 그리 특별하지 않다. 내가 궁금했던 건 '랜카드'라고 쓴 글씨의 '카드' 부분이 덧발라져 있는 모습이다. 분명히 뭔가 글자를 잘못 인쇄했기 때문에 수정하느라 저렇게 해놓은 것이리라. 덧붙인 '카드' 글씨 뒤에는 대체 무슨 글씨가 있는 걸까? 확인하지 않으면 밤에 잠이 오지 않을 것 같아서 굳 이 건널목을 두 개나 건너 대각선 방향에 설치된 그 현수막 뒤편 을 조사하러 갔다.

현수막 뒤로 가서 보니 놀라웠다. 대리점은 분명 "랜카드 증 정!"이라고 문구를 정해 보냈을 텐데 인쇄업체는 실수로 현수 막에 "랜트카 증정!"이라고 프린트한 것이다. 인터넷 상품을 신 청한 것뿐인데 자동차를 무료로 주다니. 인쇄업체 직원도 작업 하면서 고개를 갸우뚱하지 않았을까. 혹은 애초에 대리점에서 잘못 쓴 문구를 인쇄업체에 전해준 것인지도 모른다. 그런 상상 을 하면서 나는 사거리에 있는 현수막을 붙잡고 한참이나 낄낄 대며 웃었다.

결론이 "엿이나 먹어라"라는 허무한 수준이었지만, 어쨌든 지워진 글씨를 확인한 것으로 만족한다. 홍○○씨는 제 나름대로 예술가적 기질을 가진 것 같다. 우선 자신의 성을 가지고 멋진 마크를 그렸다가 나중에 조금 더 보강해 캐릭터로까지 성장시킨 걸 보면 보통 사람은 아니다. 나는 사실 처음부터 '홍'을 두 번 겹쳐서 그린 그림도 지루한 느낌은 아니라고 여겼다. 내친김에 내 성인 '윤'으로는 무슨 그림을 그릴 수 있을까 상상해봤는데, 아무리 머리를 짜봐도 빙글빙글 돌아가는 물레방아 이상은 나오지 않았다. 그런데 가운데 'ㅇ'을 중심으로 하여 태극기의 사괘를 연상시키듯 완성한 홍○○씨의 그림은 꽤 신선했다.

여기서 끝이 아니다. 그는 일병 4호봉 때 이 그림 아래에 간단히 입을 그려넣으면서 진정한 예술작품을 완성했다. 이것이 말로만 듣던 '화룡점정'인가? 입을 그린 후, 이 젊은 예술가는 문단을 바꿔 나와 같은 예술 문외한들을 위해 그림을 설명한다.

처음에 내가 신선하게 여겼던 커다란 'ㅇ'은 다름 아닌 '지구'를 형상화한 것이다. 역시 예술가의 상상력이란 나하곤 사이즈 자체가 다르구먼. 게다가 지구 위에 'F**k You' 두 번이라니. 지구라는 세계에 거대한 조롱을 보내는 패기와 대담성에 박수를 보낸다! 정작 본인은 초등학생 정도의 솜씨라고 겸손을 표시했지만, 나는 여전히 이 그림과 문장들이 혁신적이며 신선한 예술작품이라고 판단한다.

그런데 홍○○씨는 왜 이 그림과 문장을 지워버렸을까? 책에 남긴 흔적을 지우는 이유는 크게 두 가지다. 첫째, 책을 남에게 주거나 헌책방에 팔기 위해서. 둘째, 자신이 보기에도 부끄러워서. 첫번째일 가능성은 크지 않다. 이런 경우라면 흔적을 남긴 속지를 칼로 잘라 깔끔하게 없애는 게 더 효과적이다. 흔적을 다른 펜으로 지운 자국이 있으면 오히려 헌책방에서는 낙서로 취급해서 매입이 안 되는 일도 있으니까. 남에게 책을 주는 것도 마찬가지다. 수정액이나 펜으로 지운 글씨는 의지만 있다면 어느 정도는 읽을 수 있다. 그래서 결론은 두번째, 나중에 보니 자기가 쓴 게 부끄러워서 그랬던 것으로 짐작한다.

하지만 나는 이마저도 예술가다운 행동이라고 본다. 진짜 예술가들은 언제나 자기 작품을 부끄러워한다. 스티븐 디덜러스도 좋아하는 여인을 떠올리며 쓴 멋진 시를 보며 한숨지은 일이 있지 않은가. "그 어린 시절의 슬기에서 지금의 이 어리석음에 이르기까지 10년이란 세월이 흘렀군." 그렇지만 부질없다고 여기는 상황 속에서도 그는 멈추지 않고 계속 썼다.

현실의 디덜러스인 홍○○씨를 직접 만날 기회가 있다면 응원해주고 싶다. 당신의 길을 가세요. 누가 뭐라고 하든. 계속 가세요. 진짜 부끄러운 짓을 하는 사람들은 부끄러운 줄도 모르는 게 세상이니까. 그가 지금 어느 길을 가고 있든 실망하거나 부끄러워하지 말고 계속 걸어가기를 바란다.

2부 * 책 속에 적힌 수상한 편지

# 우리는 늘, 아니, 어쩌면 항상

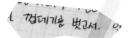

나 혼자 사장과 직원을 겸하는 작은 헌책방이지만, 혼자서 일할 수는 없다. 어떤 가게든지 보이지 않는 조력자들이 필요한 법이다. 인쇄소에서 갓 찍어 나온 새책을 다루지 않는 헌책방의 특성상 이런 사람들의 도움은 꼭 필요하다.

오래전부터 흔히 '나까마'라는 이름으로 불리며 존재한 이 중간상인들은 대부분 일정한 조직 없이 혼자 활동한다. 헌책방 주인이 이런 사람들과 일하는 이유는 간단하다. 그냥 보면 평범한 사람 같지만, 책에 관해서라면 고수의 수준을 넘어 외계인에 가까운 지식을 가졌기 때문이다. 배워서 알 수 있는 것까지의 지식은 한계가 있다. 책을 좋아하는 것은 기본이고 대부분의 생활을 책에 몰입하는 이들이 헌책방 사장들과 관계를 맺을 수 있다.

그래서인지 몰라도 나까마들은 보통 성격이 이상하다. 온종일 책만 생각하며 살다보니 사람 대하는 일에도 미숙하다. 정신적으로 문제가 있는 사람이 아닌지 의심이 들 정도다. 하지만 그들이 가진 책에 관한 지식의 크기를 알면 절대로 무시할 수 없다.

그전에 먼저 이들에 대한 편견을 넘어야 하는 숙제도 있다. 워낙 개성이 강한 사람들이라 처음 몇 번 만나면 정이 떨어져서 다시는 마주치고 싶지 않다는 생각도 든다. 진짜 속마음을 알고 나면 더없이 좋은 친구가 되지만, 마음이란 게 맘대로 들여다볼 수 없으니 편견이 굳어질 때가 많다. 문 앞에 서서 인내심을 갖고 기다리는 수밖에 없다. 스스로 마음을 열어주기 전까지. 계기는 믿고 기다리는 사람에게 느닷없이 찾아온다.

나는 헌책방을 운영하면서 손님들에게 절판된 책을 찾아주곤 한다. 굉장한 값어치가 나가는 고서는 아니지만 한 사람의 기억 속에 오래 남아 있는 책을 찾아주면 손님만큼이나 나도 기쁘다. 하지만 말만 하면 무슨 책이든 뚝딱 찾을 수 있는 게 아니다. 시간이 오래 걸릴 수도 있다.

그럴 때면 알고 지내는 나까마 몇 명에게 찾아가 조언을 구한다. 내가 특별히 좋아하는 사람은 시계 수리점을 운영하는 N씨다. 그는 겉으로 보기에는 작은 가게에 웅크리고 앉아 시계를 수리하거나 중고 시계를 사고파는 일을 하는 것 같은데, 사실 책의 고수다. 이 정도로 책을 많이 알면 책방을 운영해도 괜찮을 텐데

잉게 숄, 『아무도 미워하지 않는 자의 죽음』, 박종서 옮김, 도서출판 청사, 1987

그는 왜 시계와 씨름하고 있는 걸까. 궁금해서 몇 번 물어본 적
은 있는데 워낙 말수가 적은 사람이라 제대로 된 대답을 듣지 못
했다.

"좋아하는 걸 팔면 먹고살기 힘들어요." 보통은 이런 식으로
빙빙 돌려 말한다.

그런데 어느 날 N씨를 만나러 갔을 때 조금 긴 이야기를 들었
다. 10년 이상 그를 알고 지내면서 처음으로 듣는 마음속 이야기
였다. N씨는 내게 책 한 권을 내밀었다. 『아무도 미워하지 않는
자의 죽음』이다. 이 책은 1990년대까지 대학생들을 중심으로 인

기가 많았던 스테디셀러였기에 딱히 희귀한 책은 아니다. 내가 구해달라고 말한 적도 없다.

"속에 글씨 같은 게 있는 책을 수집한다면서요?" N씨는 책의 첫 장을 펼쳐서 내게 보여줬다. "이 책에도 글씨가 있는데 한번 보세요. 내용은 아마도 후배한테 주는 편지 같습니다. 어때요? 흥미가 당기시나요?"

ㅇㅇ아!

이 책—아·미·자—는 내가 1학년 때 참 감명 깊게 읽은 책이란다.

우리는 늘, 아니, 어쩌면 항상 자기 자신만을 위해서 살아가지는 않는지

가끔은, 아니면 단지 몇몇 사람에게만이라도 다른 사람을 정말 아무런 편견, 선입관, 이해타산을 떠나서 그 사람을 이해하고 생각해주려고 노력했는지 반성해보자꾸나.

ㅇㅇ아!

주어진 현실에서 최선을 다해서, 찐하게, 열심히, 치열하게, 껍데기를 벗고서 알몸뚱이로 살아가자.

1989. 9. 21

비 오는 날 밤에

●○아!

이 책─아·미·자─는 내가 1학년 때 참 감명깊게
읽은 책이란다.

우리는 늘, 아니, 어쩌면 항상
자기 자신만을 위해서 살아가지는 않는지

가끔은, 아니면 단지 몇몇 사람에게만이라도
다른 사람을 정말 아무런 편견, 선입관, 이해타산을
떠나서, 그 사람을 이해하고 생각해 주려고
노력했는지 반성해 보자꾸나.

●○아!

주어진 현실에서, 최선을 다해서, 진지하게,
열심히, 치열하게, 껍데기를 벗고서, 알몸뚱이로
살아가자.

1808. 9. 21
비오는 날 밤에

편지는 속지에 그대로 쓰지 않고 다른 종이에 써서 테이프로 붙인 상태였다. 이렇게 30년 이상 지내다보니 테이프가 삭아서 누런 흔적이 됐다. 새삼 종이의 위대함에 감탄한다. 영원할 것만 같은 플라스틱 테이프도 30년 세월을 못 이기는데 그걸 붙였던 종이는 바로 엊그제 문구점에서 산 것처럼 말끔하다.

이 책은 나치 독일에 맞서 저항운동을 한 독일 대학생들이 비밀경찰에 잡혀 처형되기까지의 일을 기록한 논픽션 수기다. 글쓴이 잉게 숄은 형장의 이슬로 사라진 대학생 중 한스 숄과 소피 숄의 누이로 그들의 행동과 생각, 그리고 생의 마지막을 가장 가까운 곳에서 지켜본 사람이다. 유대인이나 프랑스인이 아닌 독일인 젊은이가 극단으로 치닫는 조국의 미래를 걱정하는 마음으로 혁명의 길을 선택한 사건은 비록 실패로 돌아갔지만, 세계에 큰 반향을 일으켰다. 후배에게 주는 손편지는 1980년대 한국의 정치적 풍경이 책 내용과 묘하게 겹치면서 작은 울림을 전해주고 있었다.

N씨는 뜻밖에도 자기가 이 책에 감명을 받아 소설을 한 편 쓴 적이 있다고 고백했다. 지금껏 나는 그가 대학에서 문학을 전공

"주어진 현실에서 최선을 다해서,
찐하게, 열심히, 치열하게,
껍데기를 벗고서
알몸뚱이로 살아가자."

했다는 걸 몰랐다. 그는 어릴 적부터 소설가가 되길 꿈꿨단다.

"이 책을 보니까 그때 생각이 나더라고요."

N씨는 한참 만에 등을 펴고 자세를 편하게 고쳐 앉았다. 몸을 젖히니 오래된 작업용 의자에서 끼익 하는 소리가 났다.

그는 학창 시절 이야기부터 시작했다. 어린 N씨는 초등학생 때부터 책 읽고 글쓰는 걸 좋아해서 백일장만 나가면 상을 받았다. 필력은 중고등학생 때까지 줄곧 이어져서 그 당시에 쓴 산문이 교지에 실려 다른 학교에까지 소문이 났을 정도다. 이때부터 이미 그의 꿈은 소설가 외에 다른 것은 생각할 수도 없었다.

대학에 진학하고는 신입생 때부터 몇몇 잡지에 글을 발표해 주변 학우들로부터 천재라는 소리까지 들었다. 하지만 신문사에서 주최하는 신춘문예나 잡지사의 신인상 공모에는 일부러 도전하지 않았다. N씨는 상을 받고 작가로 데뷔한다는 게 순수하지 않은 방법이라 여기고 있었다. 소설가가 되었을 때, 만약 자신에게 문학상 같은 게 주어진다면 그 역시 거부할 거라고 단호하게 말했다.

기회는 일찍 찾아왔다. 대학을 졸업하고 군에서 틈틈이 공부하며 쓴 소설 한 편을 전역 후 출판사 몇 군데에 보냈는데 그중 한 곳에서 연락이 온 것이다. 그가 쓴 소설은 『아무도 미워하지 않는 자의 죽음』에서 모티프를 얻은 거였다. 그리고 평소 관심을 두고 있던 기독교 세계관의 철학을 주제로 삼아 이야기를 풀어냈다.

"사람이 친구를 위하여 자기 목숨을 버리면 이에서 더 큰 사랑이 없나니."

N씨는 마치 성직자처럼 낮은 목소리로 읊조렸다.

"이건 성경 요한복음 15장에 나오는 말입니다. 이 거룩한 사랑의 의미를 소설로 재해석하고 싶었던 거죠. 물론 신앙소설은 아닙니다. 주인공은 종교 자체를 거부하는 니힐리즘 성향을 갖고 있거든요. 출판사에서는 제 원고를 아주 높이 평가했습니다. 대박이 날 것 같다고 하더군요."

그러나 이른바 그 '대박'이라는 목표를 위해서 원고를 조금 수정해줄 수 있겠느냐고 제안이 들어왔다. 처음엔 제안이었지만 시간이 갈수록 그것은 명령에 가까워졌다. 출판사 편집자는 '학철鶴哲'이라는 주인공 이름이 너무 어렵고 고리타분해서 요즘 독자들에게는 맞지 않는다고 했다. 그 이름은 두루미처럼 고고한 철학을 지키려는 주인공의 성격을 고려해 N씨가 여러 날 고민해 만든 것이었다. 편집자는 N씨가 이름에 얽힌 상징성을 말해주어도 아랑곳하지 않고 '현우'나 '우빈'으로 바꾸길 원했다.

주인공이 때때로 라틴어 성경 구절을 무심하게 내뱉는 장면도 문제로 거론됐다. 편집자는 그 장면을 모두 우리말 성경 번역으로 바꾸자고 했다. 그 편이 독자들에게 더 친근함을 줄 수 있다는 의견이었다. 하지만 글을 쓴 N씨는 학철이 사람들과 친근해지고 싶지 않기에 일부러 라틴어 성경을 암송한다는 설정을 잡아놓은 터였다. 이 부분을 고치면 주인공의 성격 자체가 아래에서부터 무너진다.

이런 식으로 몇 차례 회의가 진행되다가 마침내 N씨는 편집자와 심하게 다퉜다. 그는 소설 속 인물의 이름과 성격은 물론 상징적인 사건들도 수정한다면 완전히 다른 소설이 되는 거라며 목소리를 높였다. 하지만 편집자는 그런 N씨를 매번 우습게 여기는 투로 대했다. N씨는 고개를 옆으로 돌려 창밖을 보았다. 의자에서 다시 요란한 소리가 났다.

"편집자는 자기 말대로 하면 이 소설이 베스트셀러가 될 거라고 장담했습니다. 대중은 어려운 철학이나 삶의 깊은 의미 따위는 좋아하지 않는다나요. 그런데 마치 그런 의미가 있는 것처럼 살짝 포장만 하면 책이 잘 팔린다고 했습니다. 제가 쓴 소설이 상당히 훌륭한 수준이라는 건 그도 인정했습니다. 하지만 처음부터 이렇게 쓰면 안 된다고 단호하게 말했습니다. 일단 베스트셀러 작가가 되면 그다음부턴 무얼 쓰든지 기본 부수는 나가니까 그때 가서 이런 소설을 발표하면 된다고 하더군요."

N씨는 결국 책 출판을 그만두기로 했다. 이 사건은 그에게 큰 상처를 남겼고 이로부터 꽤 시간이 지났지만, 아직도 회복되지 않았다고 말했다. 다친 곳이 아플수록 순수한 책의 세계에 더 집착하게 됐고 책을 사고팔아 돈 버는 일 자체에 환멸을 느꼈다. 이

상이 그가 들려준 이야기 전부다.

여기까지 말한 다음 N씨는 여느 때와 마찬가지로 입을 굳게 다물고 책상 위에 놓인 작은 시계를 향해 다시 몸을 구부렸다. 나는 얼마 동안 조용히 그가 하는 작업을 지켜보고 있다가 몸을 일으켰다. 작고 많은 톱니바퀴를 연결해 끝내 정확한 동작을 하게 만들어내는 그의 작업은 그야말로 순수한 철학이 바탕에 깔린 노동이었다.

여기 누군가 쓴 편지처럼, 나는 앞으로 이 사람을 아무런 편견이나 이해타산도 없이 만날 수 있기를 바랐다. 그에게 상처를 주었던 편집자처럼 대하지 않고, 꿍꿍이 없이 순수하게 그의 일을 응원하리라 다짐했다. 나는 "자, 그럼" 하면서 가볍게 인사하고 문을 열었다. 그는 일하느라 계속 고개를 숙인 채였다.

문을 열고 몸이 반쯤 사무실 밖으로 빠져나갔을 즈음, N씨가 갑자기 나를 불렀다.

"시간 되면 내 책도 좀 찾아주쇼. 사연을 들려주면 책을 찾아준다지? 굉장한 사연은 아닐 테지만, 나중에 들려주리다."

"N님이 못 찾는 책도 있나요? 그걸 제가 어찌 찾겠어요."

하지만 그는 농담을 하는 것 같지 않았다.

"나보다 그쪽이 잘 찾을 수 있을 것 같은 책이라……"

N씨는 여전히 고개를 들지 않고 말했다. 도대체 그 책이란 뭘까? 나는 조만간 다시 들르겠다고 말한 다음 문을 닫았다. 다음

에 올 땐 비타민 음료라도 사들고 와야겠다. 아니, 이젠 그도 나
이가 있으니 홍삼 음료로 해야 할까나.

# 갑자기 시가 읽고 싶었어

  기형도는 단 한 권의 시집을 남기고 이른 나이에 세상을 떠났다. 이 책이 바로 그의 유고시집 『입 속의 검은 잎』이다. 작가로 살면서 단 하나의 작품만을 남긴다는 건 수십 권의 책을 쓰는 것보다 더 어려운 일이다. 그래서 남겨진 책, 유고遺稿를 보면 마음이 쓸쓸하다. 유고는 또한 부모 없이 남겨진 아이, 유고遺孤이기에 읽으면 자꾸 눈가가 아려온다.

  차고 불안한 공기가 거리를 가득 메웠던 1990년대의 끄트머리에, 엄마는 문득 시가 읽고 싶었나보다. 한 세기가 저물어가는 막막한 기분을 느끼며 엄마는 거기 이렇게 썼다. 이제부터 이어지는 문장은 써놓은 것을 그대로 옮기되 읽기 편하도록 일부 글자만 수정했다.

기형도, 『입 속의 검은 잎』, 문학과지성사, 1994

1999. 12月 30日 구입. 갑자기 시가 읽고 싶었어.

엄마가 읽은 책에 표시해놓은 것을 그대로 놔두고 읽을 만한 곳 찾아서 시 보렴.

엄마는 이 책을 자녀에게도 권했다. 그런데 왜 말로 하지 않고 메모를 남겼을까. 그래야만 했던 이유가 문장에 드러난다. 엄마는 책에 어떤 표시를 해두었는데, 그걸 그대로 놔두라고 일러둔 것으로 보아 자녀가 시와 함께 이 표시를 발견해주길 원했던 것 같다. 혹은 말로 할 수 없는 처지에 있는 것인지도 모르겠다.

글은 말보다 힘이 세다. 이 책을 읽어보라고 말로 하는 것보다 글로 적혀 있는 걸 보는 게 마음에 훨씬 잘 와닿는다. 글보다 말이 더 직접적인 의사소통 방식인데 때론 글 앞에서 말은 고개를 숙인다. 엄마가 쓴 글은 말을 넘어선 애틋한 감정으로 가득하다.

엄마는 시집에서 단 한 곳, 「질투는 나의 힘」이 있는 면에 어떤 이야기를 썼다. 자녀에게 보이고자 했던 표시가 바로 여기다. 글씨는 여백을 가득 채웠고, 그래도 끝내지 못한 이야기는 다른 종이에 써서 시 위에 붙였다. 이것은 아무리 위대한 시인이라도 감히 담아내지 못할 한 사람의 순수한 고백이다.

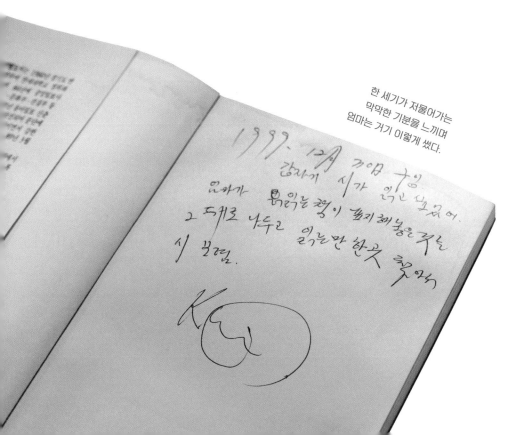

한 세기가 저물어가는
막막한 기분을 느끼며
엄마는 거기 이렇게 썼다.

엄마가 쓴 글은 말을 넘어선 애틋한 감정으로 가득하다.
글씨는 여백을 가득 채웠고, 그래도 끝내지 못한 이야기는 다른 종이에 써서
시 위에 붙였다. 이것은 아무리 위대한 시인이라도 감히 담아내지 못할
한 사람의 순수한 고백이다.

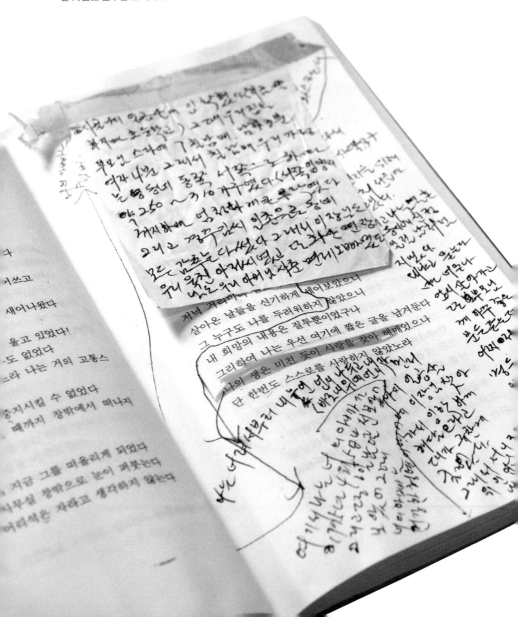

첫 문장은 시 3행 "그때 내 마음은 너무나 많은 공장을 세웠으니"에 화살표로 이어져 오른쪽 여백에 썼다.

　나는 시집와서 시집, 시댁 식구 시집 친지를 위해서 최선을 다했다. 그리고 나는 결혼과 동시에 친정에 일절 남처럼 지냈다. 왜냐고 묻는다면 너무나 없이 살아가고 또 부모님께 아주 좋은 분들 같은데 어찌 저렇게 병들어 있을까 의문이 많았다.

　마음에 세운 공장은 시집살이 얘기와 이어진다. 결혼하고 친정 식구 대하기를 남처럼 지낼 정도로 고달팠던 시절이 공장을 닮았다는 뜻일까. 사람을 기계처럼 부리는 공장, 공장의 부속품이 되어 살아가는 그 느낌과 결혼생활이 묘하게 겹친다. 그리고 다음 4행 "어리석게도 그토록 기록할 것이 많았구나"에서 본격적인 삶의 기록이 이어진다.

　나는 어려서부터 내 위의 언니(바로 내 위의 언니) 놔두고 내가 먼저 나이 일곱 살에 이장님 찾아가서 입학하게 해달라고 내가 귀찮게 굴었다. 그래서 나의 3살 위인 언니 놔두고 내가 먼저 입학했다.

　결혼생활을 회상하던 엄마는 시간을 거슬러올라 초등학생이 된다. 친구들과 어울려 공부하는 게 좋았던 엄마는 당돌하게도 이장님을 찾아가 학교에 보내달라며 보챘다. 엄마는 당당하고 명랑한 성격으로 또래 아이들은 물론 어른들에게도 사랑받았을 게 분명하다.

일곱 살짜리 여자애가 이장님을, 게다가 아직 나이도 덜 찼는데 남들보다 일찍 학교에 가고 싶다며 담판을 지으러 간다. 이런 성격은 자라면서 쉽게 달라지지 않는다. 나는 어릴 때 이와는 정반대였다. 소심해서 친구도 별로 없었고 학교에 가면 꼼짝 않고 앉아만 있다가 오곤 했다. 사회생활을 하면서 이 성격을 고치려고 여러모로 애써봤지만 달라지지 않았다. 이 성격이 단점이라고 생각하지는 않지만, 나와 같이 어울렸던 친구나 직장 동료들은 참으로 답답했을 거다. 이 소심함을 밑바닥부터 이해해주는 사람은 우리 엄마뿐이었다.

시는 행을 건너뛰어 13행에 이르러 "나의 생은 미친 듯이 사랑을 찾아 헤매었으나"에 와 멈췄다. 엄마는 이 문장을 형광펜으로 칠한 다음, 공장에 속하기 전 가장 아름다웠던 시절 이야기를 꺼낸다.

여기서 나는 너의 아빠와 1975년 4월 5일날 선보았어. 그리고 또 6일날도 보았어. 그때 너의 아빠는 건강한 청년이었어.

아래 여백을 다 쓴 다음 이야기는 화살표를 따라 위를 향한다. 그리고 거기에 이어서 쓴다.

너의 아빠는 첫번째 나에게 말하는 건 노동과 일당쟁이 젊음 하나밖에 없다 했어. 그때 나는 철없이 잘생기고 키 크고 잠바 스타일 신발 단화 스타일……

엄마는 키가 크고 잘생긴 아빠를 좋아했다. 그는 점퍼 차림에 가벼운 운동화를 신었다. 선보던 그즈음 인기 있던 영화 〈별들의 고향〉에 출연한 배우 신성일 같은 느낌이었을까. 아빠는 가진 거라곤 젊음 하나뿐이라고 했다. 그건 엄마도 마찬가지였다. 철없는 둘이 만나 철든 사랑을 만들어가기로 약속했다.

그러나 시집살이는 녹록지 않았다. 앞에 쓴 결혼생활에 관한 글을 보면 부모님이 병들어 있다고 밝혔다. 그들은 실제로 육체가 무너진 상태일 수도 있겠지만, 생각과 행동이 병든 것일 가능성도 있다. 엄마는 줄곧 그들과 함께 지냈다. 새벽에 일어나 날마다 끊임없이 이어지는 살림노동이 공장의 일상과 다르지 않다고 여긴 것일까.

여기서 이야기는 다시 초등학생 때로 돌아간다. 그 시절, 철없이 지냈던 아름답고 순수하던 기억이 자꾸만 떠올라 새로운 종이에 써서 붙여야 했다.

지금 나이 일곱 살에 입학했다. (지금 말하자면 초등학교) 그때 우리집은 부모님 슬하에 칠 남매. 남자 3분, 여자 4분. 그래서 칠 남매 우리 가정은 동네 동쪽 서쪽으로 하여 약 250~310가구였다. 서쪽 입양리까지 하면 엄청나게 큰 부락이었다. 그리고 경주 김씨 일촌으로 동네 모든 감투는 다 썼다. 그래서 이장님도 우리 육촌 아저씨였고 또 화산면장님도 우리 아버님 사촌 먼 데 오빠였다.

경주 김씨가 모여 살았다면 엄마 고향은 포항이 가까운 경상북도 영천시 화산면인 것 같다. 가족과 친척이 함께 어울려 살던 평화로운 풍경이 눈앞에 그림처럼 펼쳐진다. 이장님도 친척이라 그리 당돌하게 입학 허가를 받으러 갔나보다.

그렇게 일 년 일찍 학교에 간 엄마는 시골이라고 하기 힘든 큰 동네에 살면서 그보다 더 큰 꿈을 꾸었을 거다. 포항 앞바다에 고래가 노니는 꿈, 동해를 넘어 태평양을 항해하는 꿈, 칠 남매가 부모님과 오순도순 행복한 꿈. 사부작사부작 길어올리는 엄마의 꿈.

나는 사람 사는 이야기를 좋아한다. 세상에 재밌는 소설, 흥미진진한 영화가 많다고 하지만 진짜 삶의 이야기만큼은 아니다. 한 사람이 살면서 남긴 발자취는 소설책 한두 권이 아니라 도서관 전체에 맞먹는다. 보르헤스의 말처럼 그 도서관은 바벨처럼 끝없이 확장한 우주와 같다. 나락 한 알에도 우주가 들었다는데 하물며 사람은 어떠하랴. 그리고 엄마의 이야기는 우주라는 말로도 다 담을 수 없을 만큼 끝없는 사랑으로 가득하다.

기형도의 유고시집은 엄마의 기억을 담은 작은 선물상자다. 보석처럼 빛나는 어린 시절의 꿈과 달콤한 사랑 이야기도 거기 소박하게 담았다. 엄마는 자녀에게 이야기를 들려주고 싶었던 거다. 말로는 하지 못한, 다 하지 못할 엄마의 이야기를.

시집을 덮으면서 오늘은 엄마에게 전화를 드릴까 하다 이내 전화기를 내려놓았다. 엄마 목소리 듣는 것도 좋지만, 이번엔 편지를 써야겠다. 마지막으로 엄마에게 편지 쓴 게 언제였더라. 기억이 가물가물하다. 엄마에겐 늘 미안한 마음만 가득하다.

말은 흩어지지만, 글은 남는다. 이렇게 글씨는 남아서 또다른 누군가에게 엄마의 꿈과 기억을 전한다. 시집에 쓴 글은 이제 모르는 사람의 이야기가 아니다. 누구의 이야기든 가만히 귀 기울여 들으면 엄마의 목소리다. 그러므로 나는 홀로 남겨진 아이가 아니다.

기형도가 남긴 단 한 권의 시집은 수십 년 세월이 흘렀지만, 여전히 서점에서 잘 팔리는 책이다. 시집을 읽는 이가 작게라도 마음에 속삭이는 소리를 듣는다면, 이 책은 유고遺孤가 아니다. 누구라도 혼자가 아니다. "내가 살아온 것은 거의 기적적이었다"(시 「오래된 서적」)라고 쓴 기형도처럼 우린 모두 기적의 시대를 살아가는 게 아닌가. 세상 모든 엄마는 날마다 기적을 만든다.

# 이래두 여자 같은 모습 없어?

난 오빠가

사랑이란…… 이 단어는 참 묘하다. 사랑은 마음속으로 생각하는 것과 입술을 움직여 소리 내었을 때 전해지는 느낌이 다르다. 그리고 종이에 사랑이라고 쓰면 드디어 이 단어는 글자가 아닌 감정이 되어 살며시 마음을 어루만진다. 〈안녕이란 두 글자는 너무 짧죠〉라는 노래가 있다. 반대로 사랑이란 두 글자도 사랑을 표현하기엔 너무 짧다. 그래서 사랑에 빠진 사람들은 넘치도록 부풀어오른 감정을 이기지 못해 연애편지를 쓰는가보다.

내가 이렇듯 감상에 젖은 이야기를 하는 이유는, 어쩌다 우리 책방까지 흘러들어온 시집 한 권 때문이다. 제목은 '당신을 사랑합니다'. 평범하다. 1990년대 많이 쏟아져나왔던 사랑시집류다. 우리 책방에선 이런 시집을 균일가 매대에 놓고 천 원에 팔

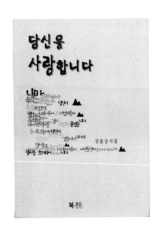

김용궁, 『당신을 사랑합니다』, 북클럽, 1998

고 있다.

그러나 이 시집 속지에 누군가 쓴 편지는 평범하지 않다. 사랑하는 사람에게 쓴 편지다. 『당신을 사랑합니다』라는 책 속에 쓴 연애편지라니. 의도부터 너무 노골적인 것 아닌가. 하지만 때로 사랑은 이렇게 직설적이어야 한다. 지금부터 이 거침없이 몰아치는 사랑의 소용돌이 속으로 들어가본다.

사랑하는 오빠! 이렇게 200일을 기념하기 위해서 준비했어…
나 어때? 이래두 여자 같은 모습 없어? 히히…
그래도 오빠가 날 사랑해줘서 너무나 고마워.

우리 앞엔… 200일이 아닌 더 많은 시간이 있잖아―

그날을 위해서 지금의 이 한순간 순간을 더욱 사랑하고, 소중히 여기자―

사랑해요―

98. 11. 19

이 편지는 너무 명백해서 분석이나 추리가 필요 없다. 처음 만난 날로부터 200일이 지난 시점에서 그것을 기념하기 위해 여성이 남성에게 보낸 메시지다. 11월 19일이 200일을 맞는 날이라면 첫 시작은 5월 2일이고 이날은 토요일이다. 상상만 해도 마음이 몽글몽글해진다. 5월의 봄날, 그리고 토요일. 사랑에 빠지지 않는 게 더 이상한 날이다.

우연인지 몰라도 5월 2일은 일본 5천 엔권 지폐의 모델인 천재 작가 히구치 이치요가 태어난 날이다. 그가 쓴 단편 「키 재기」는 한 소녀가 풋풋한 사랑의 감정을 간직한 채 성숙한 여인으로 성장하는 시절의 기록을 다룬 훌륭한 작품이다. 소설 속에서 주인공 미도리는 맘에 두고 있던 노부유키에게 끝내 아무 말도 전하지 못했지만, 이 편지를 쓴 여성은 미도리를 넘어선 당당함을 보여준다. 그래서 편지의 주인공은 히구치 이치요의 생일인 5월 2일로부터 200일이 지난 것을 기념하며 이처럼 당돌한 고백편지를 쓴 것일까? 음…… 이건 내가 생각해도 좀 억지인 것 같다.

사랑하는 오빠!

이렇게 200일을 기념하기 위해서

준비 했어...

신기해? ㅎ

이렇두 여자같은 면도 있어 ㅎ

히히 ...

그래두 오빠가 날 사랑해줘서 너무너

고마워.


우리앞엔 .. 200일이 아닌 더많은

시간이 있잖아 ——..

그날을 위해서 지금의 이 한순간순간을

더욱 사랑하고. 소중히 여기자 ——.

　　　사랑해요 ———..

　　　　　　　　98. 11. 19.


사랑은 이렇게 직설적이어야 한다. 지금부터 이 거침없이 몰아치는
사랑의 소용돌이 속으로 들어가본다.

하지만 사랑이란 게 그렇지 않나. 사랑하는 사람에겐 모든 날이 다 억지스럽게 특별한 법이다.

의심의 여지 없는 이 연애편지에서 한 가지 짐작해볼 만한 부분은 "이래두 여자 같은 모습 없어?"라는 질문이다. 오빠는 평소 여자친구에게 여자 같은 모습이 없다고 그랬는가보다. 여자 같은 모습이란 뭔가? 귀여움이랄지, 애교랄지, 연약한 모습이랄지, 아마도 그런 종류가 아니겠는가. 요즘엔 여자 같다거나 남자 답다거나 하는 말이 실례지만 이 당시엔 딱히 그런 것도 아니었다. 연예인만 하더라도 여자는 곱고 예쁘게, 남자는 강한 이미지를 보여줘야 인기가 있던 때였다. 그러니 편지를 쓴 여자분도 오빠에게 애교 넘치는 200일 기념 깜짝 책 선물을 준비했던 게 아닐까.

나에게도 이와 똑같은 경험이 있다. 그래서 이 시집 속 연애편지를 보고는 좀 놀랐다. 내가 C에게 썼던 연애편지와 어쩜 이리도 비슷한지. 오래전 일이라 뚜렷이 기억나지는 않지만, 분명히 나도 "이래도 남자 같은 모습 없어?"라는 문장을 썼다. 왜 편지에 이런 문장을 썼는지는 말 안 해도 알 거다. 나는 어릴 적 주변 사람들로부터 숫기가 없다거나 약해 보인다는 말을 자주 들었다. 초등학생 때는 여자애로 오인당한 적이 있을 정도였다. 그런 나에게도 어김없이 봄날의 사랑은 찾아왔다.

중학교 2학년, 새 학기를 시작하고 얼마 지나지 않았으니까 그때도 5월 무렵이었던 것 같다. 나는 C라는 아이를 좋아했다. C는 나보다 손바닥 하나만큼 키가 컸다. 얼굴은 동그란 편이었는데 피부가 하얗고 옷차림은 늘 말끔했다. C는 청춘스타 이미연과 최재성이 광고하는 최신 유행 죠다쉬 청바지에 멋지게 일자 주름 다리미질까지 해서 입고 다녔는데, 나는 그 모습에 홀딱 반했다.

굳이 첫사랑이라고 말하지는 않겠다. 나는 워낙 사랑에 잘 빠지는 성격이라 이미 여러 사랑을 거친 뒤였다. 그렇다고 멋지게 사귀었다거나 슬픈 이별을 한 건 아니다. 소심한 성격이 하늘을 찌른 덕분에 내 사랑은 언제나 짝사랑이었으니까. 중학생이 되어서도 이 성격은 여전했다. 하지만 이번엔 꼭 사귀고 싶었다. 남자답게, 당당하게 고백하는 내 모습을 상상 속에서 몇 번이나 그려봤다. 이번엔 절대 짝사랑이 아니다! 이건 성공적인 고백을 앞둔 상남자의 극사실주의 이미지트레이닝이다.

내 계획은 이랬다. 하굣길에 C를 우연히 만난 것처럼 연기하는 거다. 나는 C가 어디 사는지 모르지만, 학교 정문을 나서면 시장까지는 길이 하나뿐이다. 학생들은 모두 그 길을 지나쳐 시장 입구까지 간 다음 거기서 각자 집으로 흩어진다. 시장 입구 골목에서 기다린다면 C를 만나게 될 것이다. 이런 곳에서 만나게 될 줄은 전혀 몰랐다는 듯 자연스럽게 연기한 뒤, 속지에 편지를 써서 준비한 책을 C에게 준다. 그러면 끝이다. 워낙 단순한 계획이라 실패는 있을 수 없었다.

　이제 편지를 쓸 적당한 책을 고르면 된다. 이 역시 미리 정해둔 게 있다. 신달자 작가의『백치 애인』이다. C는 내가 자기를 좋아해서 고백을 준비하고 있다는 건 꿈에도 모르겠지. 아무것도 모르는 백치 애인에게 쓰는 달콤한 사랑의 편지라니. 얘기가 너무 딱딱 잘 맞아떨어져서 내가 생각해도 소름이 돋을 정도였다.

　그러나 모든 것이 완벽한 이 계획에 한 가지 약점이 있었으니 그건 바로 나 자신이다. 말했듯이 나에겐 남자다움이란 게 조금도 없었고, 그것 때문에 여태 제대로 된 사랑을 해보지 못한 거라고 믿었다. 심지어 C도 얼마 전 내게 "넌 너무 숫기가 없어"라고 했다. 좋아, 그렇다면 내가 이번에 숫기가 뭔지 보여주도록 하지. 당당한 수컷의 고백으로 더이상의 짝사랑은 없다!

　이런 연유로 나는『백치 애인』속지에 쓴 고백편지에 "이래도 남자 같은 모습 없어?"라는 문장을 넣게 되었다. 쓰면서도 좀 유치하다는 생각이 들긴 했는데 어쨌든 이번에야말로 남자다운 모습을 보여줘야 한다는 강한 의지가 육체와 정신의 유치함을 지배했다. 밤늦도록 정성스럽게 책에 편지를 쓴 다음 교과서와 함께 가방에 챙겨넣었다. 내일이면 드디어 결전의 순간이다! 가슴이 두근거려 잠이 오지 않는다. 이 두려움을 용기로, 아니 사랑으로 바꿀 수만 있다면……!

　그러나 첫날 나는 C를 만나지 못했다. 아무래도 C가 나보다 먼저 이 길을 지나갔나보다. 다음날은 마지막 수업이 끝나자마자 최대한 빨리 가방을 챙겨 시장 입구까지 뛰었다. 하지만 이날도 C는 못 봤다. 어찌된 걸까? 가능한 경우의 수는 두 가지뿐이다. 첫째, C는 거의 육상선수급으로 빨리 뛰어 언제나 나보다 먼저 이 길을 지나갔다. 둘째, C는 내가 기다리고 있는 걸 이미 알고 일부러 어딘가 숨어 피하는 거다. 두번째 이유라면 정말이지 생각하고 싶지도 않다. 차라리 첫번째가 낫다. 그렇다면 나는 꾀병을 부려서라도 조퇴하고 C를 기다리겠다고 다짐했다.

실제로 꾀병을 부린 것은 아니지만 어쨌든 나는 매일 방과후에 시장 입구까지 누구보다 먼저 뛰어가서 C를 기다렸다. 하지만 몇 시간 동안 기다려도 C는 오지 않았다. 이상하다. 하굣길은 이곳 하나뿐인데.

이 미스터리는 그로부터 몇 개월이 지나서야 풀렸다. 알고 보니 C의 집은 학교 정문과 시장 입구 사이에 있었다. 거기엔 엄청나게 높은 담으로 둘러싸인 고급 주택이 몇 채 있었는데, C는 그중 한 곳에 살고 있었다. 그런 집에 살 정도라면 부모님은 분명 유명한 사업가나 정치인쯤 되지 않을까? 인상도 딱딱해서 만약에 만나기라도 한다면 나는 동상처럼 굳을 것 같다. 그런데 대관절 왜 나는 C의 부모님 만날 생각부터 했던 걸까. 어쨌든 부담스러운 그 집을 본 순간 짝사랑도 막을 내리고 말았다. 나는 『백치애인』에 쓴 고백편지를 휴지통에 버렸다. 남자답게 쫙쫙 찢어서

버렸다.

　이렇게 잠시 추억에 잠겨서 나는 누구인지 모를 이 책의 주인공에게 마음으로 응원을 보냈다. 여자 같은 모습으로 전한 이 책과 편지는 오빠에게 잘 전달됐을까? 이 둘은 여전히 애틋하게 사랑하고 있을까? 지금쯤은 결혼해서 아이들도 있으려나? 동화의 마지막 문장처럼 오래오래 행복하게 지냈으면 좋겠다.

　아니, 그런데 잠깐. 뭔가 수상하다. 에이, 설마 그럴 리는 없겠지…… 시집이 너무 깨끗하다. 조금이라도 봤으면 본문을 넘긴 흔적이라도 있을 텐데, 이 책은 인쇄소에서 엊그제 나온 신간이라고 해도 믿을 만큼 말끔하다. 설마 오빠는 이 책을 받자마자 바로 헌책방에 판 것일까? 그게 아니라면 편지만 써놓고 오빠에게 주지 않은 걸 수도 있다. 이 책의 발행일은 9월이다. 200일 기념은 11월. 편지를 미리 써놓았는데 그사이에 헤어져서 책을 주지 않았을 가능성도 있다. 이런 상상은 하고 싶지 않다. 사랑은 다 잘됐으면 좋겠다. 모든 사랑은 아무런 이유도 없이 잘 풀리면 좋겠다. 그러면 세상은 언제나 사랑의 기운이 넘실대는 멋진 바다같이 평화로움으로 충만할 텐데.

　헌책에는 여러 흔적이 있지만, 연애편지가 쓰인 책을 보면 마음이 짠하다. 이 책의 주인 때문이 아니라 내가 겪은 짝사랑의 기억들이 떠올라서 그렇다. 사랑을 위해 용기를 내는 것과 남자다움은 아무런 상관이 없는데도 나는 늘 내성적인 성격만 탓하면서 사람을 마음으로만 좋아했다.

하지만 그게 꼭 나쁜 것만은 아니다. 매번 짝사랑으로만 끝났으니 다행이지 분기마다 한 번씩 바뀌는 짝사랑 대상에게 매번 고백했더라면 나는 무사하지 못했을 것이다. 분명 누군가한테 육체와 영혼이 분리될 만큼 두들겨맞고 지금쯤 베드로가 지키고 있는 하늘의 문 앞에 서 있을 게 분명하다. 베드로한테도 고백했으려나? 지친다, 여기까지만 하자.

# 웬만하면 족구는 조금씩만 해라

 책 좀 읽었다 싶은 사람치고 루쉰을 모르는 사람은 드물 것이다. 나 역시 『아큐정전』이나 『광인일기』를 통해 학창 시절부터 루쉰이란 이름에 익숙하다. 이름만 알았지 책을 읽은 건 한참 후의 일이지만 말이다.

 루쉰은 혁명가이지만 헌책방에선 꾸준히 찾는 사람이 많은 스테디셀러 작가이기도 하다. 루쉰의 책이라면 오래된 것도 잘 팔린다. 그런데 잠깐, 이 책을 보면 지은이가 '루쉰'이 아니라 '노신'이다. 서지면을 보니 1991년에 번역 출판된 책이다. 이때까지만 하더라도 루쉰은 노신이었다. 외국인 이름은 때때로 한글 표기법이 바뀐다. 학창 시절 귀에 딱지가 앉도록 들었던 음악의 아버지 '바하'도 이제는 '바흐'다. 뭐라도 괜찮다. 이름과 상

노신, 「아침꽃을 저녁에 줍다」, 이욱연 편역, 도서출판 창, 1991

관없이 바흐의 음악은 아름답고 루쉰은 오늘도 책방 매상을 올려주고 있으니까.

그런데 작가 이름이 두 개면 우리 책방에선 좀 곤란한 상황을 겪는다. 나는 책장을 정리할 때 문학작품은 저자 이름 첫 글자를 보고 가나다 순서로 분류한다. 『파우스트』의 저자는 '괴테'니까 'ㄱ' 책장에 들어가고 카프카의 『심판』과 카뮈의 『이방인』은 'ㅋ' 책장이다.

여기서 문제가 생긴다. 저자 이름이 '노신'이라고 표기된 이 산문집은 'ㄴ' 책장에 두어야 할까, 아니면 '루쉰'이라는 요즘 표기법에 따라 'ㄹ' 책장으로 가야 할까? 그냥 저자 이름만 보고 책장을 정리하면 되는 거 아니냐고 할지 모르겠는데, 책방에서 실제로 손님을 맞다보면 이게 그리 단순한 문제가 아니다. 같은 저자의 책인데 표기법이 다르다는 이유로 한 권은 'ㄴ' 쪽에, 다른 책은 'ㄹ' 책장에 있으면 손님과 일꾼 모두 헷갈릴 때가 있다.

특히 연세가 좀 있으신 손님이라면 '루쉰'이 익숙지 않아서 'ㄴ' 책장에서만 살피다가 찾고 있던 책을 놓칠 수 있다. 실제로 그런 일을 몇 번 겪었다. 한 손님이 루쉰의 책을 가져와서 "이거 'ㄹ' 책장에 있어서 한참 찾았네요. 책이 잘못 들어간 것 아닌가요?"라고 물었다. 나는 책을 살펴본 뒤 "이 책은 저자가 루쉰이라고 쓰여 있으니까요. 그래서 'ㄹ' 책장입니다" 하면서 책을 다시 손님에게 건넸다.

손님이 찾은 책은 『광인일기』였다. 손님은 분명히 '루쉰'이라고 쓰여 있는 걸 보면서도 왜 이게 '노신'이 아니라 '루쉰'이냐며 열을 올렸다. 최근에 외래어 표기법이 바뀌었다고 말해도 소용없었다. 이미 죽은 사람이 개명 신청을 할 리도 없는데 왜 노신이 루쉰이 됐느냐며 도무지 물러설 기미를 보이지 않았다.

이때 옆에서 이 상황을 지켜보던 다른 손님이 우리 대화에 끼어들었다. 저자 이름 때문에 문제가 된다면 이름 대신 책 제목을 기준 삼아 정리하면 되지 않겠느냐는 거다. 하지만 제목에 작가 이름이 들어가면 또 곤란해진다. 나는 『톨스토이 단편선』의 예를 들면서 그 책도 예전에 나온 건 제목이 '똘스또이'로 시작하니까 'ㄷ' 책장에 가야 하냐고 물었다. 노신만 맞는다고 주장한 손님이 이번엔 내 편에 서서 똘스또이가 진정한 러시아식 발음이라며 목에 핏대를 세웠다. 그러자 다른 손님이 도스또옙스키는 토스토엡스키인지 또스토예프스키인지 도스토엡스끼인지 말해보라며 비꼬듯이 물었다. 아아, 머리 아파, 이젠 그만! 이 사람 저 사람 얘기 다 듣고 있다가는 머리가 빙글빙글 돌 것만 같았다. 그냥 내 맘대로 할 테니까 제발 신경 꺼주세요!

나에게 책임이 있는 일을 하면서 다른 사람 말을 너무 의지하면 때로 심각한 피해를 보기도 한다. 아무리 그럴듯한 조언이라도 무작정 따라가지 않는 게 여러모로 이롭다. 물론 모든 선한 의도의 조언을 다 내치면 안 되겠지만. 그러나 족구를 좀 줄이라는 조언은 당장 받아들이는 게 좋다. 족구는 가장 사악한 스포츠다. 여기 루쉰의 책을 보라. 이 책은 선배, 혹은 선생인 듯 보이는 누군가가 생일선물로 준 책인데, 짧은 문장에 담긴 수려한 은유적 표현을 보면 글쓴이는 문학적 소질이 엿보이는 훌륭한 인물임을 짐작할 수 있다.

　　가을 앞에서 부지런했던 ○○이의 여름 생일을 늦게나마 축하한다.

　　그리고 웬만하면 족구는 조금씩만 해라.

91. 8. 22

훌륭한 인물의 조언치고는 어쩐지 느닷없다고 보일지 모르겠지만, 나는 충분히 이해한다. 다시 말하지만, 족구는 사악한 스포츠이기에…… 족구가 인류에게 미치는 나쁜 점은 일일이 말하기 어려울 정도로 많다. 대표적인 단점을 꼽는다면, 족구를 즐기는 사람은 다른 사람에게 족구 얘기를 너무 많이 한다는 것이다. 출처가 불명확한 어떤 보고서에 의하면 여럿이 모였을 때 화제로 올리기 적당하지 않은 순위 3위가 군대 얘기다. 2위는 족구다. 그렇다면 대망의 1위는? 바로 군대에서 족구한 얘기다.

많은 사람이 이 순위에서 족구 자리에 축구가 들어가는 것으로 알고 있는데, 내 경험상 해악을 끼치는 범위와 수준으로 따지면 축구보다 족구가 단연 앞선다. 축구도 말이 길어지긴 하지만 대개는 말로 끝난다. 그러나 족구 좋아하는 사람은 절대 말로 끝나지 않는다. 그들은 남녀노소를 가리지 않고 끌어들여서 실제로 족구를 해야만 욕망이 풀린다. 학교 선배나 회사 부장님이 족구 마니아라면 휴식 시간은 없다고 봐야 한다. 태양이 작열하는 한여름은 물론이고 눈이 펑펑 쏟아지는 겨울에도 공만 있으면 족구를 하자고 불러낸다.

헌책방에서 일하기 전 나는 컴퓨터회사에 다녔는데 상사가 심각한 족구 중독자였다. 사실인지 모르겠지만 군대 있을 때 족구공을 발로 차서 멧돼지를 기절시킨 일도 있다고 한다. 직원들은 점심시간에 밥을 빨리 먹고 와서 반드시 족구를 하는 게 순서

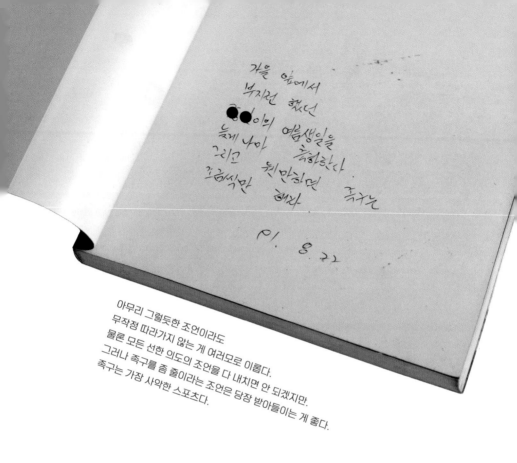

가을 앞에서
바지런 했던
○○이의 여름생일을
늦게 나마 축하한다.
그리고 웬만하면 족구는
조금씩만 해라

01. 8. 22

아무리 그럴듯한 조언이라도
무작정 따라가지 않는 게 여러모로 이롭다.
물론 모든 선한 의도의 조언을 다 내치면 안 되겠지만.
그러나 족구를 좀 줄이라는 조언은 당장 받아들이는 게 좋다.
족구는 가장 사악한 스포츠다.

였다. 심지어 퇴근하고 나서 집에 가기 전에 족구 한번 하고 가자
며 직원을 집합시키곤 했다. 물론 족구는 한 번으로 끝나지 않았
다. 악마가 따로 없었다. 직장인이 스트레스받는 요인 1위가 회
식이라고? 족구 노예가 되어보지 않은 사람은 말도 마시라.

회사에선 매년 가을마다 강원도에 있는 펜션으로 워크숍을
갔다. 말이 워크숍이지 갔다 하면 2박 3일 동안 밤낮으로 족구에

시달렸다. 도저히 안 되겠다 싶어서 직원들끼리 꾀를 냈다. 실수인 것처럼 족구공 대신 농구공을 챙겨가는 것이다. 그러면 족구를 안 해도 되고 어차피 농구공이 있으니 우리끼리 농구도 잠깐할 수 있을 터였다.

그러나 작전은 완전히 실패했다. 실패에서 끝난 게 아니라 참패였다. 족구 마니아는 어쩔 수 없으니 이번에는 농구공으로 족구를 하자며 우리를 불러냈다. 나는 워크숍 가서 농구할 마음에 들떠 새로 산 나이키 한정판 조던 신발을 신고 갔는데(게다가 흰색이다), 딱딱하고 무거운 농구공을 발로 찼더니 예쁜 신발에 주황색 자국이 남아서 울고 싶었다. 그날 밤 샤워할 때 보니 발 색깔이 거뭇하게 변할 만큼 멍이 들어 있었다.

발보다 더 상황이 심각한 건 머리다. 날아온 농구공을 이마로 받으면 두개골이 빠개지는 고통과 함께 순간적으로 돌아가신 할머니 얼굴이 눈앞에 어른거렸다. 농구공 족구 사건 이후로 나는 정상적인 상황 판단과 인지능력에 손상을 입은 것 같다. 게다가 이때 빠진 머리카락은 아직도 자라지 않고 있다! 이대로 대머리가 된다면 다 족구 탓이다. 이것도 산재 처리가 되는지 알아볼걸 그랬다.

내가 족구로 피해를 봤다는 이유로 이 훌륭한 구기 종목을 악마의 스포츠로 몰아간다고 투덜거리는 독자가 있을 것 같아 한가지 사례를 더 추가한다. 이건 우리 헌책방에 온 손님에게 들은 얘기다. 족구는 잘나가던 한 사업가를 나락으로 떨어뜨려 회생 불가능한 상태까지 만든 저주받은 게임이다. 물론 '저주받은 게임'이란 무서운 표현은 내가 아닌 손님이 직접 말한 것이다.

중년의 손님은 몇 년 전까지 부산에 있는 한 신발공장에서 오래 일했다. 그 공장을 운영해온 사장은 견실한 사업가로 비록 자기 브랜드는 없었지만, 백화점과 마트에 품질 좋은 신발을 납품하며 수십 년 동안 신뢰를 쌓아왔다. 사업은 꾸준히 성장해 서른 명의 직원을 둔 이 회사는 상품 검수가 까다롭기로 유명한 일본에까지 신발을 수출할 정도가 됐다.

그러던 어느 날 사장은 대학 동기라는 한 남자를 만나 어울리더니 족구에 심취하게 됐다. 사장의 측근에서 일하며 이 과정을 지켜본 손님은 처음엔 족구를 매우 건전한 놀이로 여겼다. 회사 경영자가 비싼 술집에 다니거나 해외 원정 골프를 치는 것보다는 모양새가 훨씬 좋아 보였다. 가끔은 회사 직원들도 사장과 어울려 족구를 즐겼다.

이렇게 한 일 년쯤 지났을 때, 사장은 직원을 모아놓고 드디어 회사 브랜드를 만들겠다고 선언했다. 납품에만 의지할 게 아니라 나이키나 아디다스처럼 독보적인 브랜드로 성장시킬 아이템을 찾았다고 했다. 그건 다름 아닌 '족구화'였다. 족구를 할 때 전용으로 착용하는 신발을 만들겠다는 게 사장의 계획이었다.

사실 이건 사장의 계획이 아니었다. 대학 동기라는 그 사람이 부추긴 거다. 그는 '대한 새마을 족구협회'라는 수상한 단체의 상임이사를 맡고 있다고 했다. 족구는 앞으로 야구나 축구만큼 세계적인 스포츠로 성장할 동력이 있기에 족구화 브랜드를 만들어 선점하면 미래가 보장된다고 사장을 설득한 모양이다. 사장은 족구화 시장이 블루오션이라며 강조했는데, 직원들은 그 말이 '족구화는 레드썬이다' '족구화는 그린 랜턴이다'처럼 허무맹랑하게 들릴 뿐이었다. 하지만 사장의 결심은 단호했다.

일은 빠르게 진행됐다. 사무실과 공장, 물류창고가 새로 지어졌고 브랜드 로고 디자인에도 큰돈을 썼다. 사장 친구가 말한 족구협회에도 상당한 자금이 투자 명목으로 흘러들어갔다. 동남아 여러 나라에 한국 족구를 전하기 위한 전초기지를 세운다며 외국 법인도 설립했다. 이 모든 일을 도맡아 진행한 게 사장 친구였다.

"이쯤 되면 결말이 어떻게 될지 아시겠죠?" 손님이 말했다.

말 안 해도 알 것 같다. 족구로 사장을 포섭한 그 남자는, 실은 대학 동기라는 것만 빼고 모든 게 거짓인 사기꾼이었다. '대한 새마을 족구협회'도 실제로 존재하지 않는 단체였다. 사기꾼은 사장을 부추겨서 공장을 담보로 대출까지 받게 만든 다음 그 돈을 다 갖고 외국으로 도망쳤다. 사장은 사기 행각을 의심하면서도 족구하는 사람치고 나쁜 사람 없다며 한참 동안 친구가 외국 법인 문제로 베트남에서 일하는 중이라고 믿었다.

"거참 나쁜 사기꾼이네요." 얘기를 듣고 난 뒤 내가 말했다.

"족구가 문제죠. 빌어먹을 저주받은 게임에 우리 모두 놀아난 겁니다."

몇 달 뒤 공장은 부도를 냈고 직원들은 모두 뿔뿔이 흩어졌다. 손님도 그 이듬해 부산 생활을 정리하고 친척이 있는 서울로 거처를 옮겼다.

이런 일화를 통해 우리는 건전한 친목 도모 스포츠로 위장한 족구의 위험성을 바로 알고 늘 경계해야 한다는 걸 배웠다. 족구에 중독된 사람들을 위해 정부 차원에서 전용 상담 전화 개설도 시급하다. 다행히도 우리 주변엔 광야의 예언자 요한처럼 족구에 경각심을 가지라고 외치는 이들이 있다. 여기 그 증거가 있다. 루쉰 책에 경고의 흔적을 남긴 이 사람이야말로 우리 시대를 구하고자 자기 몸을 던진 숨어 있는 선각자라 부를 만하다.

# 깊어가는 가을밤에
# 왠지 문득 생각이 났습니다

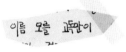

사랑에는 국경도 없다지만, 역시 사랑을 하려면 '급'이라는 게 맞아야 잘 풀리는 것 같다. 돌이켜보면 내가 중학생 때 짝사랑했던 C에게 고백편지를 썼다가 전하지 못하고 찢어버린 이유도 결국 급이 안 맞았기 때문이다.

내 사랑을 전하기에 C가 사는 대궐 같은 집 담장은 너무도 높았다. 잠시 후 다시 말하게 되겠지만, 나는 그 집 앞을 매일 지나다니면서도 그게 설마 집이라고는 상상도 못 했다. 집이라면 담 중간에 문이 있어야 할 텐데 그곳은 마치 중세 요새처럼 아무런 틈이 없었다. 나중에 알고 보니 담과 문 디자인이 비슷해서 그게 문이라는 걸 알아차리지 못한 것이었다. 심지어 문은 엄청나게 컸다. 살면서 그렇게 큰 문을 본 적이 없었으니 나는 그 문도 벽

에리히 프롬, 「자기를 찾는 인간」, 박갑성·최현철 옮김, 종로서적, 1982

의 일부라고 생각했던 거다. 거대한 성벽 앞에서 내 사랑의 감정은 가소롭게 느껴졌다.

매번 이렇게 짝사랑만 하다보니 주변에서 친구가 연애를 하면 마냥 부러웠다. 남자애들은 여자친구한테 받은 아기자기한 편지를 쉬는 시간에 일부러 큰 소리로 읽곤 했다. 아아, 세상 어떤 대문호의 문장보다도 아름다운 사랑의 편지라니! 나도 그런 편지를 받아보고 싶었다.

내가 받은 건 아니지만, 너무 아름다운 편지를 한 장 간직하고 있다. 이 편지는 우편엽서에 쓴 것인데 어떤 집에 출장 매입 갔다가 가져온 책 가운데 에리히 프롬의 『자기를 찾는 인간』 본문 중간에 끼여 있었다. 책 주인이 대학생 때 받은 편지인 것 같다. 내용은 아래와 같다.

　안녕! 가을이 점점 깊어갑니다. 깊어가는 가을밤에 왠지 문득 생각이 났습니다. 그간 어떻게 지내셨는지요. 가을이 옴은 지나간 사람들을 다시 한번쯤 생각나게 한다고 생각하지 않으시는지요.
　지금 이곳은 학생휴게실. 창밖에는 노랗게, 빨갛게 물든 나뭇잎과 반짝거리는 별들만이 있습니다. Campus는 온통 적막에 싸여 있고 나에게는 이름 모를 고독만이 다가옵니다. 이럴 땐 인생이란 것을 생각합니다. 인생은 환락도 비애도 아니고 다만 노력과 정진이 따른다고 생각지 않는지요. 또, 인생은 한 잔의 One black coffee라고 생각됩니다. 한 숟갈 한 숟갈의 설탕을 타면서 살아가는 것이라고 생각합니다.
　많은 별들이 세상을 내려다봅니다. 그 많은 별들 중 가장 빛나는 사람이 되어보지 않겠습니까. 늦은 밤 학교에서…… 82. 10. 21

　받는 사람은 서울대학교 사회1계열 1학년 박○○. 이화여자대학교 물리교육과 1학년 하○○ 학생이 발신인이다. 스탬프를 보니 대학교 우체국을 통해 주고받은 엽서다. 그런 건 아무래도 상관없다. 편지를 보고 있으면, 읽는 것만으로 설탕을 숟가락으로 퍼먹는 듯한 달달함이 전해진다. 연속해서 두 번 이상 읽으면 당안녕!

가을이 점점 깊어 갑니다.

깊어가는 가을밤에 왠지 문득 생각이 났습니다.

그간 어떻게 지내셨는지요.

가을이 옴은 지나간 사람들을 다시 한번쯤

생각 나게 한다고 생각하지 않으시는지요.

지금 이곳은 학생휴게실.

창 밖에는 노랗게 · 빨갛게 물든 나뭇잎과

반짝 거리는 별들만이 있습니다.

Campus는 온통 적막에 쌓여 있고

나에게는 이름 모를 고독만이 다가옵니다.

이럴땐 인생이란 것을 생각합니다.

인생은 환락도 비애도 아니고 다만 노력과

정진이 따른다고 생각지 않는지요.

또, 인생은 한 잔의 One black Coffee라고

생각 됩니다. 한 숟갈 한 숟갈의 설탕을 타면서

살아 가는 것이라고 생각합니다.

많은 별들이 세상을 내려다 봅니다. 그 많은

별들 중 가장 빛나는 사람이 되어 보지

않겠습니까. 늦은밤 학교에서 ····· 82. 10. 21.

"인생은 환락도 비애도 아니고 다만 노력과 정진이 따른다고 생각지 않는지요.
또, 인생은 한 잔의 One black coffee라고 생각됩니다.
한 숟갈 한 숟갈의 설탕을 타면서 살아가는 것이라고 생각합니다."

수치가 과도하게 오를 것 같아서 나는 평소 일하다 지쳤다 싶을 때 한 번씩만 읽고 다시 서랍에 넣어둔다.

이런 편지를 주고받은 사람은 나의 짝사랑과는 달리 서로 급이 맞아서 잘됐을 것 같다. 게다가 글 자체가 문학적으로 완성도가 높다. 사랑이라는 단어가 하나도 나오지 않는데 읽어보면 연애편지라는 걸 알 수 있다. 은유로 가득한 이 편지는 그대로 한 편의 시다.

너무 감상적인 분위기로 빠지기 전에 지금부터 1982년 이화여자대학교 신입생 하○○ 학우의 편지를 진지하게 비평하는 시간을 가져보자. 우선, 이 글은 '기승전결'의 완벽한 구조를 갖추고 있다. 시작은 편지글에서 빠지지 않고 등장하는 날씨 얘기다. 가을이고 밤이다. 밤은 생각에 잠기기 좋은 시간이다. 게다가 가을밤이라면 그냥 생각이 아니라 애틋한 생각이 아닐지. 중요한 얘기를 꺼내기 위한 시작이 좋다.

다음은 감상에서 벗어나 현재 눈에 보이는 풍경을 사실주의 기법으로 묘사한다. 나도 당신을 생각하고 있으니 편지를 읽는 당신도 지금 나의 모습을 그려보라는 의도로 해석할 수 있겠다. 글쓴이는 지금 학생휴게실에서 예쁘게 물든 단풍과 반짝거리는 별을 보고 있다. 아무도 없는 캠퍼스를 바라보니 고독함이 밀려온다. 고독은 자연스럽게 인생을 돌아보게 만든다.

고독한 젊은이의 사색은 인생의 철학에서 노력과 정진이라는

받는 사람은 서울대학교
사회1계열 1학년 박○○.
이화여자대학교 물리교육과
1학년 하○○ 학생이
발신인이다.
스탬프를 보니
대학교 우체국을 통해
주고받은 엽서다.

거대한 두 주제를 끌어낸다. 그리고 이 부분에 이르러 글 전체를
아우르는 최고의 상징적 표현이 등장한다. "인생은 한 잔의 One
black coffee"다! 나는 이 문장을 읽고 무릎을 탁, 쳤다. '원 블랙
커피'는 이미 한 잔인데 다시 한번 '한 잔의 원 블랙커피'라고 강
조하는 대담한 문장력에 간담이 서늘해질 정도다. 그런 다음 고
독한 젊은이는 커피처럼 쓴 인생에 한 숟갈씩 설탕을 넣으면서
산다는 인생론을 펼쳐 보인다. 또한 이 비유는 바로 이어지는 결
론을 위해 준비한 치밀한 복선이다.

마지막 단락에서 시선은 다시 가을밤, 하늘에 떠 있는 별이다. 젊은이는 편지를 읽는 상대에게 묻는다. 저 많은 별 중에서 가장 빛나는 사람이 되어보지 않겠느냐고. 직전 문단에서 글쓴이는 인생은 쓴 것이라 했고, 거기에 달콤한 설탕을 조금씩 넣으면서 살아보기를 권했다. 블랙커피와 까만 밤하늘, 하늘에 점점이 박혀 반짝이는 하얀 별과 커피에 녹아드는 하얀 설탕 가루가 대비를 이루면서 글은 더욱 완전해진다.

　그리고 쓴 인생을 달콤하게 만들어주는 설탕이 무엇이겠는가? 바로 사랑이다. 그냥 사랑이 아니라 하늘의 별처럼 영롱하게 반짝이는 특별한 사랑이다. 가을과 고독, 밤하늘에서 빛나는 별로 이어지는 기막힌 문장력에 나 같은 하수는 절필 선언을 하고 싶은 심정이다.

　이렇게 긴 지면을 활용해서 엽서에 쓴 글을 분석한 이유는, 실은 나도 편지를 받아본 일이 있기 때문이다. 누구냐면 바로 C다. 중학교 2학년 때 눈물을 머금고 돌아섰던 짝사랑 상대 C에게서 편지가 온 것이다. 2년이 지난 고등학교 1학년 때 일이다. 당시엔 휴대전화가 없던 때라 졸업하면 반 친구들끼리 모두 주소와 집 전화번호를 공유한다. 고등학생이 되어 서로 다른 학교에 가더라도 소식을 주고받으라는 뜻이다. C는 거기서 우리집 주소를 보고 편지를 보낸 것이다.

　너무도 뜻밖이어서 편지를 열어본 순간 꿈이라고 착각할 정도였다. 편지는 봄에 왔다. 봄은 모든 사랑이 시작되는 계절이다. 우선 나는 시원하게 김칫국부터 마시면서 편지를 읽었다. 하지만 기대했던 달콤한 내용은 아니었다. 그저 안부를 묻는 평범한 편지였다. 하긴 처음부터 솜사탕 같은 얘기를 쓰는 건 좀 이상하지. 나는 최대한 마음을 진정시키고 답장을 썼다. 그런데 만약 내 답장이 우체국의 실수로 그 아이 집에 배달이 안 되면 어쩌지? 그러면 C는 내가 자기 편지를 무시했다고 생각할 게 분명하다. 그렇게 되면 운명은 여기서 끝나는 거다. 끝날 때 끝나더라도 편지 몇 번은 주고받은 다음 끝나고 싶다. 쓸데없는 걱정에 사로잡힌 나는 직접 C의 집까지 가서 우편함에 편지를 넣고 돌아왔다. 편지를 내가 직접 배달한 걸 알면 바보라고 놀림당할까봐 봉투에 우표를 붙이고 우체국 일정까지 고려해 3일 후 C의 집에 가는 고도로 치밀하게 설계한 바보짓을 실행했다.

두어 번 그렇게 편지가 오간 다음 더욱 충격적인 일이 벌어졌다. C가 자기 집에 나를 초대한 것이다. 여름방학이니까 시원하게 집에서 함께 공부하자는 제안이다. 게다가 둘이서만! 좋은 일이었지만 또하나의 변수가 생겼다. C는 인문계 고등학교에 갔지만 나는 상업고등학교 학생이었다. 우리 학교에서 가장 중요한 과목은 주산이나 장부기장 같은 거였다. 둘이서 공부하는데 모양 빠지게 주판을 들고 갈 수는 없지 않은가? 생각 끝에 나는 문학 교과서를 챙겨서 C의 집으로 갔다.

드디어 운명의 날, 나는 벽이라고 믿었던 그 집 앞에 서서 초인 종을 눌렀다. 잠시 후 초인종에 설치된 스피커에서 엄청나게 교양이 넘치는 목소리로 "누구쎄요호~" 하는 소리가 흘러나왔다. 내 이름을 밝히자 놀랍게도 그 커다란 문이 철컥 하는 소리와 함께 자동으로 열렸다. 문 안쪽의 세계는 바깥쪽과 완전히 달랐다. 문만 열었을 뿐인데 마치 비행기를 타고 외국에 온 느낌이었다.

대문을 열면 바로 현관이 있을 줄 알았는데 집은 거의 몇백 미터 정도는 떨어져 있었다. 이런 식이라면 대문을 열고 현관까지 걸어가는 동안 길을 잃거나 탈진하는 사람도 있을 것 같았다. 이 정도라면 대문에서 현관까지 셔틀버스라도 운행해야 하지 않을까? 다행히 C가 커다란 양산을 들고 내 쪽으로 마중을 나왔다. 정원이 너무 넓어서 당황스러웠다. 현관까지 가다가 지치면 쉬어가라는 뜻인지 정원 곳곳에 벤치와 가로등까지 있었다.

집은 총 3층 건물이었는데 대리석으로 마감한 외벽은 그리스 신전처럼 희고 웅장했다. C의 공부방은 2층이고 3층은 취미로 그림을 그리는 어머니의 아틀리에로 쓴다고 했다. 우리는 곧장 공부방으로 올라갔다. 방도 역시 크고 쾌적했다. 한쪽은 통유리 창문이었는데 커튼을 걷으니 벤치와 가로등이 놓인 정원이 한눈에 들어왔다. 그걸 보고 있자니 마치 달력 그림 안에 들어가서 공부하는 것처럼 기분이 어색했다.

나는 가방에서 준비해온 문학 교과서를 꺼냈다. C는 웃으면서

"넌 글쓰는 거 좋아하더니 고등학교 가서도 문학 공부 열심히 하는구나"라고 했다. 그러면서 자기는 고등학교 졸업하고 프랑스로 유학 갈 계획이라 얼마 전부터 프랑스어를 공부한다고 말했다. 그런 말을 들으니 내가 더 작게 느껴졌다.

공부는 애초에 두 시간 동안 할 계획이었는데 같이 있는 게 너무 불편해서 한 시간도 지나지 않아 좀이 쑤시기 시작했다. 급기야 배가 아파왔다. 자칫 긴장을 늦추면 방귀가 나올 것 같아서 잠깐 나갔다 오겠다고 한 다음 급히 문을 열고 밖으로 나갔다. 문밖은 끝없이 이어진 2층 복도였다.

어디로도 갈 곳이 없어서 그냥 거기서 살짝 가스를 밖으로 내보내고 다시 들어가기로 했다. 배가 부글부글 끓어서 예상했던 대로 방귀가 잘 나왔다. 그런데 아뿔싸! 방귀 소리가 상상 이상으로 크게 나와버리고 말았다. 복도가 홀처럼 생겨서 그랬는지 방귀 소리가 벽에 부딪혀 뿡야뿡야 하며 메아리까지 들렸다. 노래방에서 엉덩이에 마이크를 대고 방귀를 뀌면 이런 소리가 나려나?

지금 이런 이상한 생각이나 하고 있을 때가 아니다. 분명 방안에 있는 C도 이 소리를 다 들었을 거다. 꿈에 그리던 짝사랑과 둘만 있는 자리에서 이게 무슨 개망신인가. 나는 그대로 도망가고 싶었지만, 집이 워낙 커서 현관까지 가지도 못한 채 집안에서 길을 잃을 것 같아 포기하고 다시 방으로 들어갔다.

방에 들어와서 아무 소리 없이 자리에 앉았는데 5초 정도 지났을 무렵 노크 소리가 들리더니 어머니가 음료를 들고 들어오셨다. 그렇다는 건 내가 복도에서 방귀를 뀌었을 때 이 교양미 넘치는 어머니가 상당히 근거리에 계셨단 뜻이다! 아아, 그냥 지금 방바닥에 쓰러져서 죽은 척할까.

　어머니가 들고 오신 까만 액체는 다름 아닌 블랙커피였다. 미묘한 표정으로 나를 바라보며 "미스타 유운(윤)도 아이스 블랙 코오피 괜찮겠지요호?"라고 하던 어머니의 나긋나긋한 목소리를 지금도 잊을 수 없다. 조금 전 초인종에 달린 스피커로 이 목소리를 들었을 때 나는 당연히 스피커가 고장나서 저런 우스꽝스러운 목소리가 나는 줄 알았다. 이게 본래 목소리였을 줄이야…… 이것이야말로 인생이란 한 잔의 원 블랙커피라고 쓴 위대한 문필가의 예언이 아니고 무엇이겠는가.

　공부를 마치고 거대한 그리스 신전에서 빠져나온 나는 두 번 다시 여기 오지 않겠노라 다짐했다. 집에 메아리가 울릴 정도로 방귀나 뀐 놈을 다시 초대하지도 않겠지만. C는 그후로도 편지를 몇 번 더 보냈지만 나는 이미 사랑의 연료가 바닥난 상태여서 늘 평이하게 답장을 썼다. 우리는 애초에 급이 맞지 않는 거였다. 나는 방귀를 뀌어도 메아리가 울리지 않는 우리집이 훨씬 좋다.

　이 트라우마는 꽤 오래 계속되어서 대학생이 됐을 때도 나는 블랙커피에 거부감이 있었다. 컵에 입을 대면 커피향이 아니라 방귀 냄새가 날 것만 같았다. 지금은 스스로 커피를 내려 마실 정도로 극복했지만, 여전히 블랙커피는 내 기억 속에서만은 복잡한 사정을 품고 있는 요상한 음료다.

트라우마는 멀찍이 치워놓고, 오늘은 오랜만에 '한 잔의 원 블랙커피'를 마시면서 느긋하게 에리히 프롬의 책을 읽어봐야겠다. 그런데 왜 이 달콤한 엽서는 『자기를 찾는 인간』에 끼여 있었던 걸까? 이 책에는 다음과 같은 구절이 나온다.

사람은 행동하고 이해함으로써 세계와 생산적으로 관련을 맺을 수 있다. 인간은 사랑과 이성을 통해서 정신적으로나 정서적으로 세계를 이해하는 것이다.

여기서 '행동'은 '사랑', '이해함'은 '이성'과 짝을 이룬다. 사랑이란 참으로 미묘한 감정이다. 어쩌면 내가 어릴 때 느꼈던, 급이 안 맞는다는 단정도 오만한 생각일지 모른다. 사람들이 저마다 사랑의 감정을 행동으로 보여주고 이성적으로 상대를 이해하려고 노력한다면 세상은 참 평화로울 것이다. 엽서를 받은 책주인은 그런 생각을 하며 편지를 여기에 보관한 게 아니었을까. 그 사랑은 설탕을 적당히 넣어 풍미가 더 향긋해진 한 잔의 원 블랙커피처럼 이 계절을 맛있게 물들일 것이다.

# 사랑 때문에 울어서는 안 된다

수상한 책을 발견했다. 책 자체가 수상한 건 아니다. 어느 헌책방에나 한 권 정도는 있을 법한 옛날 문고본이다. 문예출판사에서 1991년에 펴낸 『지상의 양식』.『전원 교향곡』『좁은 문』 등과 함께 앙드레 지드의 대표작으로 꼽히는 책이다. 번역은 불문학자인 평론가 김붕구가 했다. 유명한 작가의 책을 유명한 학자가 번역했지만, 역시 흔한 책이다.

하지만 이 책이 수십 년 후 세계인의 입에 오르내리는 흔한 책이 될 줄은 앙드레 지드 자신도 미처 몰랐던 것 같다. 책에 함께 실린 1927년판 서문을 보면 『지상의 양식』 초판은 10년 동안 500부밖에 팔리지 않았으며 당시에 이 책을 언급한 평론가 역시 거의 없었다는 문장이 나온다. 어쨌든 『지상의 양식』은 흔한 책이다.

앙드레 지드, 『지상의 양식』, 김붕구 옮김, 문예출판사, 1991

너무 흔한 책은 제목만 알고 실제로 읽지 않는 일도 종종 있는데 『지상의 양식』이 바로 그런 책 중 하나다. 초등학생 때부터 앙드레 지드와 『지상의 양식』에 대해서 자주 들었지만, 나조차도 이 책을 제대로 읽은 건 대학생 때니까 할 말은 없다.

수상한 건 책이 아니라 책 속에 누군가 남긴 메모다. 메모만이 아니다. 이 책 속엔 편지도 함께 들어 있다. 지금부터 메모와 편지를 중심으로 이 흔해빠진 책의 수상한 점을 살펴보도록 하겠다.

가장 먼저 눈에 들어오는 건 속지에 있는 책 제목 바로 아래에 있는 글씨다. 간단히 "1996. ○○○에게"라고만 썼다. 이건 무슨 뜻인지 유추하기 쉽다. 1996년에 누군가가 ○○○에게 이 책을 선물로 준 것이다. 하지만 제목 위에 약 45도 정도 기울어진 상태로 쓴 글씨는 그 뜻을 금방 알아차리기 힘들다. 전문을 아래에 옮겨 적는다.

방향과 속도를 조절할 수 있고 가다가 이건 도저히 아니다 싶으면 딱 멈춰 설 수도 있고 무엇보다 넘어졌을 때 혼자 일어설 자신이 생겨야 사랑을 시작할 자격이 있다. 사랑 때문에 울어서는 안 된다.

이 문장은 인생의 선배가 ○○○에게 주는 삶의 조언 정도일 것 같다. 단정지어 생각해볼 부분은 별로 없다. 선물하는 책에 쓴 글이라고 하기엔 글씨가 다소 정성스럽지 않다는 정도다. 원래 글씨를 잘 못 쓰는 사람일 수도 있으니 일단 이 부분은 넘어가자.

다음은 1장 본문이 시작되기 전 비어 있는 면에 루 살로메의 시를 옮겨 적은 메모다. 제목은 '볼가강'이다. 글씨는 앞에 쓴 것보다 좀더 단정하게 쓰려고 노력한 흔적이 보인다.

너 비록 멀리 있어도 난 너를 볼 수 있다
너 비록 멀리 있어도 넌 내게 머물러 있다
표백될 수 없는 현재처럼, 나의 풍경처럼
내 생명을 감싸고 있구나
내 기슭에서 한 번도 쉬지 않았더라도

"넘어졌을 때 혼자 일어설 자신이 생겨야 사랑을 시작할 자격이 있다. 사랑 때문에 울어서는 안 된다."

앙드레 지드

# 地上의 糧食

金 鵬 九 譯

1996. ●● 이께.

네 광막함을 난 알 것만 같다
꿈결은 항상 네 거대한 고독에
날 상륙시킬 것만 같다


　글을 쓴 사람은 루 살로메의 시를 외우고 있었거나 아니면 시집에서 보고 그대로 옮겨 적었을 것이다. 속지에 사랑에 관한 메모를 남겼으니 1장을 시작하는 곳에서 이런 시를 적어둔 것은 어

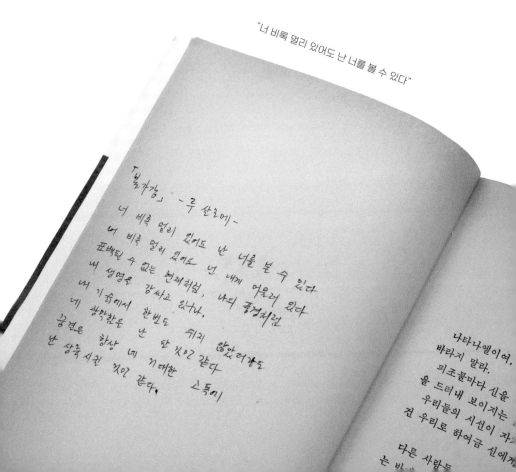

색하지 않다. 다만, 글쓴이는 원래 시에 나오는 "네 가슴에서 내 한 번도 쉬지 않았더라도"라는 부분을 "내 가슴에서 한 번도 쉬지 않았더라도"라고 틀리게 적었다. 일부러 틀리게 적은 것인지 실수였는지 그 이유는 확실하지 않지만, '네 가슴'과 '내 가슴'의 차이는 작지 않다.

다음은 66쪽으로, 본문 4장이 시작되기 전 빈 곳에 연필로 적은 메모다. 필기구가 달라졌고 급히 쓴 듯한 흔적으로 봐서 책에

"상식을 초월한 비논리적인 사람 속에는 평범한 인간이
감히 꿈꾸지 못하는 위대함이 숨겨져 있지."

그러나 너희들은
예, 밥다

있는 모든 메모를 같은 날 적은 건 아닌 것 같다. 메모 전문은 아래와 같다.

상식을 초월한 비논리적인 사랑 속에는 평범한 인간이 감히 꿈꾸지 못하는 위대함이 숨겨져 있지. 위대하기 때문에 본질적으로 비극일 수밖에 없는 사랑… 다만 비극적인 사랑만이 존재할 뿐이다.

글의 주제는 역시 사랑에 관한 단상이다. 다음은 6장 앞에 있는 빈 곳에 쓴 글이다. 이어지는 단상이 조금 더 철학적으로 발전

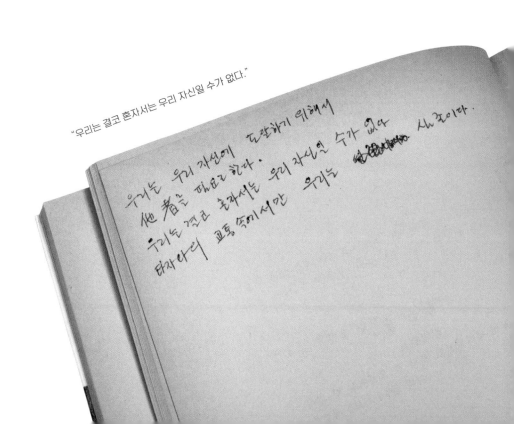

하는 모습을 볼 수 있다.

우리는 우리 자신에 도달하기 위해서 他者(타자)를 필요로
한다. 우리는 결코 혼자서는 우리 자신일 수가 없다. 타자와의 교
통 속에서만 우리는 (지운 흔적) 실존이다.

마지막으로 8장 앞에 쓴 글을 읽는다. 역시 연필로 썼고 알아
보기 힘든 부분도 있지만 내용은 아래와 같다.

"도서관 풍경이 메스껍게 한다. 구토가 난다."

조금씩 죽음을 향해 치닫고 있는 나의 영혼. 도서관 풍경이 메스껍게 한다. 구토가 난다.

글쓴이는 도서관에 앉아 이 책을 읽으면서 메모를 남겼을까? 마지막에 휘갈겨 쓴 "구토가 난다"는 마치 사르트르의 소설 『구토』가 연상되는 부분이다. 지드의 책을 읽으며 영혼과 실존의 문제를 고민하던 이 사람은 마침내 자신을 로캉탱과 같은 위치로 끌어올리고 있다. 아니, 끌어내렸다고 볼 수도 있겠다.

본문에 남긴 메모는 이것으로 끝이고 이제 편지가 남았다. 편지는 따로 편지지를 마련해서 쓴 게 아니고 복사용지를 잘라서 만든 종이에 썼다. 전문을 아래에 그대로 옮겨 싣는다.

— ○○○에게 —

불순물이 전혀 섞이지 않은 젊음!

순수한 상태 그대로의 젊음!

어떠한 혼란의 기미도 보이지 않는… 자신을 가질 것!

언제부터인가 나의 인생은 사막과 같았다.

삶에의 뜨거운 열정도 식은 지 오래지…

그런데 요즘, 조금씩 인간적인 열기를 느끼게 된다.

아마도 내 시선 속으로 들어온 많은 작은 인간들 때문이리라.

아직은 순수와 맑은 영혼을 가진…

오직 정신 속에서 자신을 구제할 것!

그렇지 않으면 삶이란 끔찍한 것에 불과하다.

— 공허함을 이겨내는 방법 —

1. 시간을 좋은 것들로 채울 것!

2. 말을 하지 말 것!

3. 끊임없이 사유하고 기록할 것!(일기, 편지 등등)

즐거운 졸업여행이 되었으면 한다.

아는 만큼 느끼고 느낀 만큼 안다고 했던가?

많이 보고 느끼고 돌아오기를 바란다.

— 너의 선생님 —


짧은 편지 한 장에 여러 주제가 등장하기에 이 편지를 쓴 이유
와 목적은 다른 메모들과 마찬가지로 명확하지 않다. 짐작할 수
있는 부분은, 편지를 받는 OOO가 조만간 졸업여행을 가게 될
거란 사실이다. 보내는 이가 "너의 선생님"인 것으로 보아 졸업
여행이란 고등학교 졸업여행일 것 같다. 또한 이 편지와 책을 받
은 사람인 OOO와 글쓴이는 사제간임을 알 수 있다. 하지만 글
쓴이가 학교 선생님일 확률은 낮다. 만약 학교 선생님이었으면
졸업여행을 함께 갈 것이기 때문에 굳이 "많이 보고 느끼고 돌
아오기를 바란다"고 쓸 이유는 없다. 그러니까 여기서 선생님은
학원이나 과외 선생님일 가능성이 있다. "너의 선생님"이라는

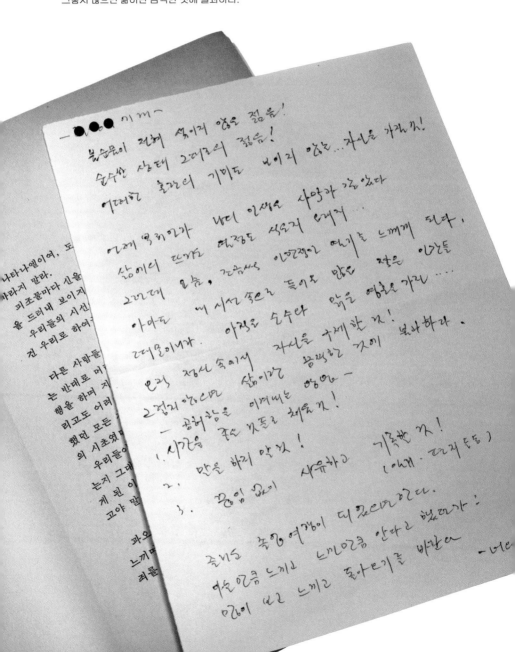

친근한 호칭으로 짐작해보면, 학원이 아니라 일대일로 만나 공부하는 과외 선생님이 아닐까. 마지막 메모에 '도서관'이 나오므로 현재 선생의 신분은 대학생일 것이다.

자, 모든 자료를 책상 위에 펼쳐놓았다. 이제는 이 책과 얽힌 사연을 재구성해볼 차례다. 기본적인 상황은 대략 이렇다. 과외 선생님인 A는 학생 ○○○가 학교에서 졸업여행을 떠나기 전 선물로 『지상의 양식』을 주었다. ○○○에게 이런저런 조언을 해주는 편지 내용으로 봐서 선생님은 학생을 각별하게 여기는 것 같다.

가장 수상한 점은, 선물로 줄 책인데 새책이 아니라 왜 헌책을 주었느냐는 거다. 이 책의 서지 면을 보자. 1991년 중판이다. 그런데 선물한 연도는 속지 첫 부분에서 알 수 있듯 그로부터 5년이 지난 1996년이다. 본문에 남긴 메모에 날짜를 함께 적어두지는 않았지만, A는 1991년에서 1996년 사이 어느 날 이 책을 사서 읽고 때때로 감상을 적었다. 이렇게 자신의 흔적이 있는 책을 학생에게 선물로 준 이유는 뭘까? 무슨 의도일까?

선생 A가 남긴 메모와 편지의 내용을 보면 그는 실존주의의 영향을 많이 받은 인물 같다. 『구토』의 로캉탱이나 『이방인』의 주인공 뫼르소처럼 말이다. 이렇듯 세상을 어둡고 냉소적으로 보고 있는 A에게 곧 고등학교를 졸업하는 학생 ○○○는 싱그러운 자극을 주었다. 어쩌면 그것은 사랑의 감정일지도 모른다.

더 상상을 밀고 나가보자면, A는 이 책을 고등학생 시절인 1991년에 사서 읽고 가지고 있던 게 아닐까. 5년 뒤, 지금은 대학생이 되어 ○○○의 공부를 돕고 있다. 그러다 ○○○에게 사랑 비슷한 감정을 느꼈다. 하지만 자신은 그것을 아직 확신할 수 없고 상대는 미성년자다. A는 이 복잡한 마음을 전하기 위해 책과 편지를 사용했다. 자신이 고등학생 때 읽었던 바로 그 책을 지금 고등학생인 ○○○에게 준다면, 어쩌면 말로 표현하지 못할 복잡한 마음이 ○○○에게 닿을 수 있지 않을까.

졸업여행을 다녀오면 어쩐지 어른이 된 것 같은 기분이 든다. ○○○는 여행지로 향하는 기차나 버스 안에서 선생님이 준 『지상의 양식』을 읽었을까? 그리고 그 안에 들어 있는 내가 아닌 다른 사람의 고민과 편지도 봤을까? 타인의 존재를 이해할 수 있을 때쯤 우리는 어른이 된 것을 느낀다. 나의 세계와 타인의 세계가 무한한 우주에 의미 없이 둥둥 떠다니고 있는 게 아니라 서로 끊임없이 관계하고 있음을 ○○○는 알게 됐을까.

○○○와 선생님. 두 사람이 나중에 어찌됐는지 알 길이 없지만 내 손 위에는 몇십 년 전 두 사람이 함께 봤을 흔한 책 한 권이 남아 있다. 이 책은 또 어떤 이유로 세상을 떠돌아다니다가 여기까지 왔을까. 인쇄소에서 나온 책은 다 같은 책이지만 누군가의 흔적이 남아 있으면 세상에 둘도 없는 특별한 책이 된다. 사랑도 마찬가지다. 그러니까 우리는 사랑을 하되 다 똑같은 사랑을 하

지 않고 저마다 특별한 사랑을 꿈꾸지 않던가. 사랑만이 우리가 지상에서 맛볼 수 있는 가장 아름다운 양식이다.

3부 * 진정한 책의 수호자들

# 엉뚱한 생각이란

　전 주인의 공부 흔적이 빼곡하게 남은 책을 만나면 반갑다. 물론 이런 책은 헌책방 손님에게는 분명 호불호가 갈린다. 모르는 사람의 공부 흔적은 쓸모없는 낙서로 보이기도 하는 법이다. 그래서 흔적이 많은 책은 새로운 주인을 만나지 못해 헌책방의 재고로 쌓이다가 결국 파지로 처분되는 일이 잦다. 실은 지금 이 책도 시내 한 헌책방에 들렀다가 극적으로 구조한 흔적책이다.

　헌책방 주인장이 다른 헌책방에 가서 또 헌책을 산다고 하면 이상하게 여기겠지만, 나로 말할 것 같으면 헌책 팔아서 번 돈으로 새책도 사서 보는 묘한 취미가 있는 사람이다. 그런데 내가 아는 책방 주인장들은 대개 그렇다. 종일 수타로 면을 뽑는 중화요리 가게 주방장이 다른 음식점에 가서 굳이 자장면을 사 먹을까 싶긴 하지만, 책방 일꾼은 다른 책방에 가서 책을 자주 산다. 그 이유는 나도 잘 모른다. 그냥 책 좋아하는 사람들은 좀 이상한 면이 있다는 것 정도로만 이해해주시길 바란다.

헌책방에 가면 나는 늘 주인이 일하는 자리 주변에 있는 책을 먼저 훑어본다. 그쪽에 있는 책들은 지금 정리중이거나, 방금 정리를 마쳤거나, 아니면 어떻게 해야 할지 망설여지는 책이 쌓여 있기 마련이다. 내 경험상 의외의 책이 거기 있을 확률이 높다. 하지만 거기 있는 책에 너무 집착하면 일꾼이 귀찮아하니까 지나가는 척하면서 슬쩍 곁눈질로 보도록 하자. 진정한 고수는 헌책방이라는 혼돈의 카오스 속에 어지럽게 흩어져 쌓인 겹겹의 책등만 봐도 단박에 보물을 알아차린다.

이날 내 눈에 들어온 것은 마광수의 책 『성애론』이다. 마광수는 소설 내용이 너무 외설적이라는 이유로 법정에까지 선 작가다. 그게 1990년대의 일이다. 어떤 창작품이 외설인지 예술인지를 법으로 따진다는 것부터가 좀 우습긴 했는데, 당시엔 텔레비전 뉴스에도 나올 정도로 상당한 논란이 됐다. 그런 마광수가 자신이 생각하는 에로티시즘의 철학을 솔직하게 털어놓은 에세이집이 바로 이 책이다.

헌책방 주인에게 그 책을 내가 사갈 수 있겠냐고 물으니 뜻밖에도 그냥 가져가라고 했다. 마광수의 책이라면 헌책방의 스테디셀러인데 웬일일까. 책이 훼손되어 상품 가치가 없다는 게 이

마광수, 『성애론』, 해냄, 1997

유다. 그런 책은 모았다가 파지 업체에 넘기는데, 마침 오늘 오후에 트럭으로 실어 보낼 계획이니까 가져가라는 거였다.

책을 꺼내서 살펴보니 확실히 상태가 안 좋았다. 앞쪽 일부는 본문이 찢어져서 없고 속지에는 전 주인이 한 신문 스크랩이 여러 장 붙어 있다. 맨 뒷장을 보니 사인펜으로 글씨를 쓴 흔적도 있다. 이래서는 싼 가격을 매긴다고 해도 살 사람이 없을 게 분명하다. 하지만 책에 신문 스크랩을 붙여가며 진지하게 공부했을 이름 모를 누군가가 떠올라서 버려지는 게 영 아쉬웠다.

"책을 그냥 가져가면 죄송한데요. 책값 대신 제가 좀 도울 게 없을까요?"

"그러면 이따가 트럭에 책 싣는 걸 도와줄래요? 내가 요즘에 허리가 좀 안 좋아서…… 그런데 괜찮겠어요? 책 나르는 게 생각보다 힘이 많이 들어가거든요."

나는 흔쾌히 그러겠다고 약속했다. 이런 일이라면 나도 몇 년은 해봤으니 책 다루는 일이 쉽지 않다는 것 정도는 잘 안다. 책 한 권을 받고 노력봉사를 하기로 계약이 체결된 것을 기념하여 우리는 해맑게 웃으면서 악수까지 했다. 그러나 이 맑은 웃음은 몇 시간 후 먹구름이 될 운명인 걸 왜 몰랐을까? 그 얘기는 잠시 후에 다시 하고 우선은 『성애론』에 관해서 헌책방 주인과 나눈 대화를 소개한다.

트럭이 오기까지 시간이 남아서 우리는 이런저런 얘기를 나눴다. 그러다가 『성애론』에 있는 신문 스크랩으로 화제가 이어졌다. 여느 헌책방 일꾼이 그렇듯, 이 가게 주인도 젊은 시절에 책을 무척 좋아했다. 그냥 좋아한 게 아니라 맘에 드는 책이 있으면 거기 나오는 문장을 노트에 쓰고 외울 정도로 즐겼다는 거다. 책과 관련된 내용이면 신문이나 잡지를 오려 스크랩하는 건 기본이라고 했다.

"지금이야 인터넷으로 신문 보고 간단하게 북마크도 하지만 예전엔 그런 게 어딨어요? 열심히 다른 책 보면서 자료 찾고, 신문하고 잡지 뒤지면서 공부하는 게 전부였지. 참 번거로운 일인데 지나고 나서 돌이켜보니 그렇게 번거롭게 공부한 게 제일 기

표지그림 마광수 작 ①
표지제작 고문화

馬光洙교수 5년반만에 복직 98'5/12

지난 3월 복권된 마광수(馬光洙) 전 연세대교수가 5년6개월만에 교수직에 복직됐다. 연세대는 최근 국문학과 교수회의와 교원심사평가위원회를 열어 마 교수를 지난 1일자로 부교수로 복직시켰다고 11일 밝혔다.

마 교수는 92년 10월 자작소설「즐거운 사라」가 음란성이 짙다는 혐의로 검찰에 구속돼 그해 12월 1심에서 징역 8월에 집행유예 2년의 실형이 선고됨에 따라 연세대 교수직에서 직위해제됐으며, 95년 6월 대법원에서 원심이 확정됐다.

〈辛容寬기자·qq@chosun.com〉

---

"신세대 소설속 性의 노골화·
뒤틀린 사회향한 理性的 저

평론가 김미현씨 주장

『90년대 문학에서 노골적으로 드러나는 성(性-sexuality)은 감성을 대변하는 요소가 아니다. 왜곡된 사회에 대한 이성적 저항을 지향하는 것이다.』

여성 문학평론가 김미현(32)씨가 「신세대 소설」 속의 성(性)에 관해 색다른 해석을 내렸다. 그는 「문학동네」 봄호에 기고한 평론「섹스와의 섹스, 슬픈 누드」에서 신세대 소설에 나타난 성(性)을 『그들의 환부를 보여주는 상처의 언어』라고 분석했다. 비정상적 성 묘사는 정상적인 성에 대한 회구, 단절적 성은 소통에 대한 갈망을 담고 있다는 것이다.

가령 느닷없이 침입한 혁명가 때문에 성교 불능 증세를 보이는 주인공을 다룬 우승제 소설「열려라 밤」은 김씨의 분석을 따르면「온전한 오르가슴을 허락하지 않는 사회적 억압

을 고발한 소설」이다.
도하게 탐닉하는 인물을
는 박성원, 동성애를
시간을 견디기 위한
긍정하는 백민석의 작품
해서도 김씨는 『성을
만들지 못하는 권력에
판』으로 본다.

심지어 근친상간의
묘사한 배수아 이응준
등의 소설에 대해서도
개념의 부재를 역설적
러내는」 작품이라고 의
여겼다. 죽음과 육교(肉)
는 듯한 절망적 섹스를
깊영한 작「나는 나를
권리가 있다」나 박청호
씨 劇場」 등에 등장하는
위같은 성행위는 「절망적
을 확인시키는 메마른
다.

그래서 김씨는 90년
에 나타난 성이란 그저
도 칠치지 않은 「알몸(n
이 아니라, 하나의 폭사
누드(nude)라고 봤다.

▲한국의 어
호 지음)=
화부터 신라
난 나체 인류
안압지 출토
성행위가 묘
경(銅鏡),
도와 춘화에
사를 포괄해
품적 성신앙
티시즘의 특
여성신문사,

**<6>**

오스카 와일드
파리서 사망

1900년 11월 30일

# 100년만에 인정받은 동성애

〈조선일보 DB사진〉

# 알고싶은 성 아름다운 성

EBS 8 오후 7시15분

청소년 性고민
스스럼없이 다뤄

"지금이야 인터넷으로 신문 보고 간단하게 북마크도 하지만 예전엔 그런 게 어딨어요? 열심히 다른 책 보면서 자료 찾고, 신문하고 잡지 뒤지면서 공부하는 게 전부였지. 참 번거로운 일인데 지나고 나서 돌이켜보니 그렇게 번거롭게 공부한 게 제일 기억이 오래갑디다."

섹스, 성性, 에로티시즘 등에 관한 다양한
기사가 책에 차곡차곡 붙어 있었다.

억이 오래갑디다.”

이야기를 나누면서 『성애론』 책을 들춰보니 과연 신문기사 스크랩이 여러 장 붙어 있었다. 섹스 문제에 관심이 많은 사람인 듯싶었다. 말이 나온 김에 우리는 스크랩을 자세히 살펴보기로 했다. 맨 처음 눈에 들어온 건 마광수 교수가 5년 6개월 만에 복직됐다는 기사다. 1992년에 쓴 소설 『즐거운 사라』가 음란성 논란을 일으켜 법정 다툼이 시작되었고, 이를 계기로 마교수는 연세대학교에서 직위 해제됐다. 스크랩 위에는 이 기사가 1998년 5월 12일자라고 손글씨로 따로 써두었다.

스크랩은 마광수 교수 관련한 내용이 대부분일 거라 생각했는데 자세히 보니 그런 것만도 아니다. 섹스, 성性, 에로티시즘 등에 관한 다양한 기사가 책에 차곡차곡 붙어 있었다. 스크랩 날짜도 다양해서 가장 이른 것은 1998년 2월 19일자 신문에서 가져온 평론가 김미현씨의 에로티시즘에 관한 칼럼에서부터 1999년 3월 4일의 청소년 성 관련 텔레비전 프로그램 소개, 동성애 혐의로 감옥에 갔던 소설가 오스카 와일드의 사망 100주기 기사, 그리고 2000년 4월 25일자 신문기사에는 최근에 섹스에 관한 개인적인 이야기를 책으로 엮은 수기가 여러 종 출판됐다는 내용도 확인할 수 있다.

그리고 책 맨 마지막 장엔 이 스크랩을 통해 말하고 싶었던 주장이 단호한 필체로 남아 있다.

엉뚱한
잡길존 생각(말)
꿈에관 에
이다녀 매
인녕이
자의

언
9/1ᄃ

"「엉뚱한 생각(말)」이란 기존 관념에 매인 자의 잠꼬대이다."

「엉뚱한 생각(말)」이란 기존 관념에 매인 자의 잠꼬대이다.

97/ 9/ 19

"아주 훌륭한 말을 써놨구먼." 헌책방 주인은 책에 쓰인 글씨를 천천히 소리내어 읽은 다음 이렇게 말했다. 밖에서 자동차 배기음이 들렸다. 드디어 트럭이 온 모양이다. 주인은 내게 작업용 장갑을 한 켤레 내주면서 다시 말을 이었다.

"여기 이렇게 앉아 있다보면 책 좋아한다는 사람들이 손님으로 많이 와요. 대학교수라는 사람, 무슨 박사라는 사람, 미국에서 공부했다는 사람, 자수성가해서 통장에 몇백억씩 쌓아놓고 산다는 사람…… 하는 얘기를 들어보면 어디서 주워들었는지 아는 건 많아요. 그런데 이 책에 쓴 것처럼 다들 잠꼬대예요. 나도 공부라는 걸 좀 해보니까 알겠더라고요. 공부 제대로 하면 남에게 떠벌리지를 못해요. 오히려 말수가 줄고 헛소리를 안 하게 되는 게 공부의 장점이야."

나는 말없이 고개를 끄덕였다. 정말 그렇다. 그리고 나는 지금까지 어떻게 지내왔을까? 나도 모르게 튀어나온 헛소리로 일을 그르친 때가 있었는지 기억을 떠올렸다. 그런 일이 바로 생각나지 않는 걸 보니 살면서 큰 사고는 안 치고 살았나보다. 이 또한 감사할 일 아닌가. 그런데 지금 뭔가 분위기가 이상하다. 헌책방 주인은 매장 근처에 따로 있는 책 창고로 나를 데려갔다. 트럭에

실을 책을 거기에 모아뒀다는 거였다.

조금 전 책 창고 문을 열었을 때 왜 이상한 느낌을 받았는지 단박에 알았다. 트럭에 실어야 할 책이 엄청나게 많이 쌓여 있었다. 헌책방 주인은 "얼마 전에 비가 많이 왔잖아요? 그때 창고에 물이 들어서 하는 수 없이 책들을 좀 처분해야 하거든요. 젊은 사람이 도와준다고 하니 얼마나 다행인지 몰라" 하면서 거대한 책무더기 쪽을 손가락으로 가리켰다.

맙소사! 왜 내가 책을 가져가면서 대신 몸으로 때우겠다는 말을 한 걸까. 몇 년 동안 책 좀 다뤄본 걸 가지고 허세를 부리며 내뱉은 헛소리가 이런 대형사고로 이어지는구나…… 나는 그날 두 시간 넘게 헌책방 주인과 함께 책을 날랐다. 그냥 책도 아니라 젖은 책이어서 몇 배는 더 무거웠다. 젖은 책을 경험해본 사람이라면 알 거다. 책이 물을 먹으면 책이 아니다. 열 권 정도만 쌓아서 들어도 쌀가마니처럼 무겁다.

나는 아직 공부가 한참 부족한 모양이다. 이 헛소리 사건을 계기로 입을 좀더 무겁게 해야겠다고 다짐했다. 아무튼 이날 노동의 대가는 아주 화려했다. 우선은 신문 스크랩이 가득한『성애론』한 권이 있다. 그리고 주말 내내 겪은 근육통은 덤으로 얻은 교훈으로 내 기억에 오래 남아 있다.

# 치열한 공부 흔적

이럴 수가! 이건 정말이지 해도 너무한 것 아닌가? 살다보면 이성으로 판단하기 어려울 정도로 어처구니없는 일을 겪기도 한다. 상대방도 인간인 이상 분명 이성이라는 걸 갖고 있을 텐데, 그의 이성은 나의 이성과 다른 세계의 그것이란 말인가? 이상한 이야기가 처음에 대개 그렇게 시작하듯 이 사건도 낯선 사람으로부터 걸려온 전화가 발단이었다.

내게 전화한 사람은 제법 젠틀한 목소리로 자기가 보던 책을 헌책방에 팔 수 있느냐고 물었다. 인문대학을 졸업해서 철학, 역사, 그리고 다양한 인문학 연구서 단행본들이 많다고 했다. 그런 책이라면 우리 책방에서 대환영이다. 책이 많은 건 아니니 종이 상자에 담아서 직접 가져온다고 해서 방문 약속을 잡았다. 전화를 끊기 전 그는 마지막으로 확인할 사항이 있다며 내게 물었다.

"그런데 이 책들이, 말씀드렸듯이 제가 공부하던 것들이라 안에 밑줄이나 메모 흔적이 좀 있어서요. 괜찮을까요?"

헌책방에 있는 책들은 남이 읽던 책이기에 종종 전 주인의 흔적이 남아 있다. 문제는 책을 사는 사람 쪽인데, 모든 손님이 이런 흔적을 좋아하지는 않는다는 거다. 나는 책에 전 주인의 흔적이 남아 있으면 오히려 반갑다. 그 사람이 어떤 마음으로 책을 읽었는지 상상해볼 수 있으니 새책을 사서 내가 첫번째 독자가 되는 것보다 정겹다고 해야 할까? 누구인지는 모르지만 같은 책을 다른 사람이 이미 읽고 나에게 빌려준 것처럼 기쁜 마음이 든다.

정도의 차이는 있지만, 헌책방에 오는 손님이라면 대개 책 속 흔적에 큰 거부감은 없다. 하지만 흔적을 싫어하는 손님도 적지 않다. 책 귀퉁이가 접힌 자국 정도면 몰라도 전 주인의 이름이 쓰여 있거나 본문에 밑줄 같은 게 있으면 이내 얼굴을 찌푸린다.

책을 팔러 온다는 분에게 흔적이 있는 건 상관없으니 일단 책을 가져오시라 하고는 전화를 끊었다. 며칠 후 드디어 손님이 책이 든 종이상자를 들고 왔다. 과일상자 정도 되는 크기에 차곡차곡 책이 들어 있어서 서른 권 남짓이었지만 꽤 무거웠다. 상자를 열어보니 예상했던 대로 책은 모두 우리 가게에서 쓸 만한 것들이었다. 가벼운 마음으로 아무 책이나 하나 골라 책장을 쓱쓱 넘겨봤다.

자, 이제 이 글의 첫 부분을 다시 반복해야 할 순간이다. 이럴 수가…… 이건 정말이지 해도 너무한 것 아닌가? 공부하던 책이라는 건 알겠지만, 이 정도로 집요한 공부 흔적일 줄이야. 아무 곳이나 펼쳐봐도 본문 대부분이 거의 깜지 수준으로 밑줄과 메모로 가득했다. 어느 정도인가 하면, 공부 흔적 때문에 본문 글자가 눈에 들어오지 않는 수준이었다. 애써 표정을 감추고 다른 책을 골라 확인했다. 마찬가지다. 다음 책도, 그다음 책도 똑같은 상태였다.

책 팔러 온 손님은 흔들리는 내 눈동자를 알아챘는지 멋쩍게 웃으면서 "하하, 제가 공부를 좀 열심히 했거든요"라고 했다. 그 정도 눈치가 있는 사람이 이런 책을 팔겠다며 무겁게 여기까지 들고 왔다 이건가? 맷돌에 손잡이가 없으면 당황스럽다. 그런데 이건 손잡이가 없는 게 아니라 손잡이만 있고 돌려야 할 맷돌 자체가 없는 상황이라 해야겠다. 당황을 넘어서 황당이다.

여기서 끝이 아니다. 나는 책을 모두 확인한 다음, 본문 글씨가 보이지 않을 정도로 흔적이 많은 것은 매입할 수 없다고 했다. 그러자 손님은 "깨끗한 책도 있는데 그건 인터넷 중고서점에 이미 팔았거든요. 이 책들은 버리려던 건데 혹시 팔 수 있을까 하고 가져온 겁니다"라는 게 아닌가. 당황에서 황당을 지나 이제는 거기에 '무계無稽'를 덧붙여 '황당무계'의 완전체가 되는 순간이다. 책이 깜지가 될 정도로 공부한 이 사람은 도대체 무엇을 위해, 누구를 위해 공부한 걸까? 아니, 공부라는 게 뭔지는 알고 한 걸까?

책은 매입할 수 없으니 다시 가져가라고 했지만, 손님은 어차피 버리려던 거니까 알아서 처분해달라는 말을 남기고 돌아갔다. 책이 든 종이상자는 오후에 폐지 수집하는 분께 들려 보냈다. 그날 있었던 일 중에 그나마 이게 가장 마음이 편했다. 깜지 더미를 우리 책방에 버리고 간 그 손님에게도 이 마음이 조금은 전해졌기를.

이 일을 겪은 뒤로 공부 흔적이 많은 책을 보면 자연스럽게 그 손님 생각이 난다. 더불어 공부가 무엇인지에 대한 생각도 깊어진다. 학교 공부 잘해서 서울대, 하버드대 가면 뭘 하나. 우리나라 정치인이나 변호사 등등 중에는 그런 대학 나와서 엉뚱한 짓이나 하며 관심쟁이로 사는 이들도 많다. 이 얘기는 아침마다 신문을 보면 매일 나오는 거니까 여기서는 따로 하지 않겠다.

나는 책 샘플을 한 권 갖고 있는데, 가끔 손님에게 보여주기 위해 준비해놓은 책이다. 이건 우리 책방에서 사고팔 수 있는, 공부 흔적이 남은 책의 마지노선이라고 해야겠다. 노란색 표지에 제목은 '실천이성비판'으로 철학자 칸트의 책 번역서다.『순수이성비판』『판단력비판』과 함께 이 책은 칸트가 쓴 3대 비판서 중 하나라서 아주 중요한 저작이다.

안을 펼쳐서 보여주면 손님 대부분은 놀란다. 첫 장부터 마지

이마누엘 칸트, 『실천이성비판』, 최재희 옮김, 박영사, 1997

막까지 거의 빠짐없이 밑줄과 메모로 가득하다. 그만큼 책 자체도 많이 헐었지만, 낙장이나 훼손된 곳이 없고 본문 글씨도 읽을수 있는 정도다. 지저분하다고 여길지 모르겠지만 이만한 수준이면 내가 살 수도 있고, 사겠다는 사람이 있다면 팔아도 된다.

이와는 별개로 나는 이 책을 가끔 한 번씩 아무 곳이나 펼쳐서본다. 읽는 게 아니라 그저 본다. 누가 이렇게 흔적을 남겼는지모르지만, 이 공부 흔적을 보고 있으면 치열하다는 것의 의미를마음으로 그리게 된다.

『실천이성비판』의 주제를 짧게 요약하면 '나는 무엇을 해야하는가?'라는 질문에 답을 찾으려는 시도다. 이 책을 공부한 사

3부 * 진정한 책의 수호자들

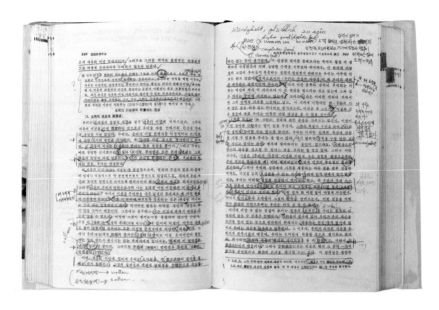

누가 이렇게 흔적을 남겼는지 모르지만, 이 공부 흔적을 보고 있으면
치열하다는 것의 의미를 마음으로 그리게 된다.

람도 스스로 같은 질문을 하고 있었을 거다. 간단해 보이지만 이
질문에 쉽게 답할 수 있는 사람은 별로 없으리라. 쉽게 내놓은 답
은 쉽게 생각한 답이다. 생각을 쉽게 하면 쉬운 답이 보이는 길로
갈 수밖에 없다.

우리 삶은 쉽지 않다. 굳이 철학자의 어려운 말을 빌리지 않더
라도 쉽게 얻은 결과보다 넘어지고 다치더라도 치열한 과정을
거쳐 도달했을 때 그 의미가 크다는 걸 안다. 이 허름한 책 한 권
은 내게 많은 걸 가르친다. 윤동주의 시가 그렇게 말하듯, 인생은

살기 어렵다는데 시가 쉽게 써진다면 부끄러움을 느껴야 한다. 어려운 길이라는 걸 알면 치열하게 갈 줄도 아는 게 삶이 아니겠는가.

# 충동구매할 필요가 있는 책

생각지 않았던 인세가 오늘 통장에 입금됐다. 인세라는 것은 사악한 돈이다. 분명히 내가 책을 써서 번 돈임에도 마치 공짜로 받은 돈처럼 여겨지기 때문이다. 공짜로 생긴 돈의 운명이 어찌 될는지는 물으나 마나다. 흥청망청 탕진이다! 자, 가벼운 옷차림으로 갈아입고 서점을 향해 가는 거다.

탕진이라고 해도 나는 먹고 마시는 방면엔 전혀 관심이 없다. 음식도 하나의 즐거움인 것은 분명하다. 하지만 먹으면 없어진다는 게 못마땅하다. 역시 나는 국밥보다는 책을 읽어야 속이 든든하다.

그러나 탕진에도 그 나름의 규칙이 있다. 무작정 아무렇게나 쓰는 돈이라면 '낭비'라고 불러야 마땅하다. 탕진은 우선 계기가 중요하다. 책으로 인세를 탕진할 작정이라면 책에서 영감을 얻은 탕진이라야 자기합리화로 이상적이다.

이 방법의 가장 쉬운 예라면 평소 책에 관한 책을 자주 보는 거다. 서평집이나 여러 가지 책에 얽힌 재미있는 이야기를 다룬 책이라면 거기서 전에는 알지 못했던 새로운 책을 발견할 확률이 높다. 읽을까 말까 망설였지만, 그 책을 소개한 다른 글을 읽고 마침내 용기를 내 마음에 부담을 덜고 책을 사기도 한다. 이렇게 읽은 책이 설령 재미가 없더라도 실망하지 않아도 된다. 나에겐 아무런 문제가 없다. 그 책을 소개한 저자를 탓하면 되는 거다.

말이 나와서 하는 말인데, 실은 나도 책을 소개하는 책을 자주 쓴다. 대체로 주변에서 평가가 좋다. 소개한 책을 읽고 실망했다며 나를 탓하는 독자를 아직 만나보지 못했다. 그러니 내가 쓴 책을 읽는 건 손해 볼 것 없는 탕진 아이템이라고 해도 좋다. 아무쪼록 많이 사주시길 부탁드린다.

본인으로 말할 것 같으면 헌책방에서 일하며 헌책 팔아 번 돈으로 새책 사서 보는 전무후무 책방계 탕진의 아이콘이다. 대한민국 경제 활성화와 출판시장 성장에 도움을 주고 싶은 맘씨 좋은 독자라면 지금부터 이 글에서 말하는 탕진 방법과 유의점을 잘 숙지하시길 바란다.

본론으로 들어가서, 오늘 내가 책으로 탕진을 좀 해야겠다고 결심하게 만든 건 우리 책방에 새로 입고된 책 『언어의 감옥』 때

프레드릭 제임슨, 『언어의 감옥』, 윤지관 옮김, 까치, 1993

문이다. 겉보기엔 평범한 책 같지만, 겉장을 넘겨보면 전 주인이
남긴 흔적이 있다.

'광장'에서 뭣 모르고 충동구매. 하지만 제임슨은 여전히 맘에
든다. 어렵긴 하지만.

이 책은 프레드릭 제임슨의 중요한 저작으로 프랑스 구조주
의와 러시아 형식주의를 비판하면서 그 한계를 밝히고 새로운
문학 이론의 대안을 제시하는 내용이다. 짧게 간추려 쓰니까 그
러려니 하겠지만 실은 나도 정확히 무슨 내용인지 잘 모르는 어

려운 책이다. 무슨 말을 하는지 도무지 모르겠는 책을 읽다보면 정말이지 언어의 감옥에 갇힌 느낌이다. 그런 의미에서 이 책은 제목을 잘 지었다.

'광장'은 서울대학교 근처에 있던 인문사회과학 전문서점인 '광장서적'일 테다. 이곳은 1978년 정치인 이해찬씨가 처음 문을

글쓴이는 '광장'이 아직 존재했던 그때, 여기에 갔다가 충동적으로 『언어의 감옥』을 샀다. 스스로 감옥에 들어가기를 바란 용감한 독자다.

'광장'에서 뭣 모르고 충동구매
하지만 제임슨은 여전히 맘에 든다.
어렵긴 하지만

열었고 1988년에 주인장이 국회의원이 된 후로 그의 동생이 물려받아 운영했다. 학생운동의 아지트 역할을 하던 곳이었는데 1990년대 이후 경영에 어려움을 겪다 지난 2013년 영업을 중단했다. 글쓴이는 '광장'이 아직 존재했던 그때, 여기에 갔다가 충동적으로 『언어의 감옥』을 샀다. 스스로 감옥에 들어가기를 바란 용감한 독자다.

그런데 이 문장은 앞뒤가 맞지 않는다. "제임슨은 여전히 맘에 든다"라고 썼으면서 글의 첫 시작은 "뭣 모르고 충동구매" 했다는 거다. 뭣 모르는데 어떻게 제임슨이 맘에 들 수 있단 말인가. 게다가 여전히 맘에 든다고 쓴 거로 봐서 이 독자는 과거에 프레드릭 제임슨의 책을 적어도 한 권 이상 읽고 이해했다는 뜻이 된다.

이렇게 언뜻 보기에 이상한 글을 남긴 것 같지만 사실 이 문장이야말로 책 탕진의 정석이라 부를 만하다. 우선 탕진은 무엇보다 충동적이어야 한다. 계획을 세우거나 책에 관한 정보를 미리 알아보는 건 반칙이다. 그러나 아무 책이나 사는 것도 안 된다. 온라인 서점에서 사는 것도 진정한 의미의 탕진이라 하기 어렵다. 몸을 움직여 서점에 가야 한다. 몸을 움직인다는 것은 오늘 내가 탕진을 하고야 말겠다는 확고한 의지를 보여주는 적극적인 행동이다.

다른 분야와 마찬가지로 책이라는 물건을 탕진할 때도 목표에 대한 기본적인 지식은 어느 정도 갖추고 있어야 한다. 이게 탕진과 낭비의 차이다. 『언어의 감옥』을 산 사람도 프레드릭 제임슨을 분명히 알고 있으며 그 분야의 배경 지식이 있는 상태다. 탕진은 이렇듯 준비된 자에게만 손잡이가 보이는 축복의 문이다. 그러니까 뭣 모르고 책을 샀다는 얘기는 문을 열었을 때 무엇이 나타날지 자신도 알 수 없다는 말이다. 이는 곧 불안과 기대가 끊임없이 교차하는 신세계, 익스트림 책 탕진 월드를 앞에 둔 애서가의 고백이다. 나는 이 멋진 고백을 보며 마치 천상의 길을 함께 여행할 베아트리체를 만난 듯 기뻤다. 이 여행을 미리 내다보고 위대한 작품 『신곡』을 쓴 작가에게 무한한 존경과 찬사를 보낸다.

책 탕진의 다음 수칙은 서점에 가서 책을 둘러본 뒤, 재미없고 읽어도 잘 모르겠는 책을 사는 거다. 철학이나 사회과학 분야인 경우, 본문 분량이 얇으면 더 좋다. 이해가 잘 안 되는 책을 사면 그 책을 이해하기 위해 다른 책을 더 살 확률이 그만큼 커지기에 탕진의 수위는 점점 높아진다.

탕진이라고 하면 대개 두껍고 비싼 책을 생각하기 마련인데 실은 얇고 싼 책을 사는 게 제대로 된 탕진으로 가는 지름길이다. 왜냐면 학자라는 인간들은 본래 말을 짧게 못 하는 고약한 성미를 가지고 있기 때문이다. 그런 사람들이 쓴 짧은 책이라면 의심부터 해보는 게 정신건강에 이롭다. 책을 들어서 아무 곳이나 펼쳐보라. 쓴 사람이라고 해도 과연 이해할까 싶은 이상한 문장들로 가득할 것이다.

'광장'에서 『언어의 감옥』을 산 사람도 같은 심정이었으리라. 200여 쪽밖에 안 되는 이 짧은 책 속에서 저자는 프랑스 구조주의와 러시아 형식주의가 이룬 업적과 한계, 그리고 앞으로 나아가야 할 새로운 방향까지 제시하고 있다. 이건 심도 있는 이야기를 요령껏 짧게 요약했다기보다, 실은 이 책을 시작으로 다른 책도 많이 사라는 200쪽짜리 마수걸이 부적이라고 봐야 한다.

내 주장에 의심이 든다면 다른 학자의 짧은 책을 펴보라. 모두 비슷할 테니까. 비트겐슈타인의 『논리 철학 논고』라는 작은 책자를 읽고 이해하려면 적어도 그의 몇십 배 정도 되는 두꺼운 책을 사 보아야 할 것이다. 솔 크립키가 원고도 없이 했다는 세 번의 강연을 글로 옮긴 책 『이름과 필연』은 어떤가? 제목도 수수께끼 같은데 내용 역시 도대체 무슨 이야기인지 감이 안 온다. 나 같은 문외한은 책을 읽다가 이 강의를 실제로 들었던 청중이 불쌍하다는 생각이 들 정도였다. 자크 데리다의 『다른 곳』, 레비나스의 『시간과 타자』 등등. 한바탕 탕진해보고 싶은 독자라면 모름지기 이런 얇은 책부터 먼저 사기를 권한다.

책 탕진은 세상 모든 탕진 중에서 가장 값진 소비다. 그래서 나는 늘 탕진과 낭비를 엄격하게 나눈다. 낭비는 얻는 것 없이 그저 버려진다. 후회해도 다시 돌아오지 않는다. 책 탕진은 소비라기보다 투자다. 게다가 수익률이 엄청나게 높은 투자 종목이다.

나는 친구들에게 주식 하지 말고 차라리 그 돈으로 책 사라고 한다. 주식 해서 큰돈 버는 사람이야 어차피 극소수이고 잃으면 다시 회수할 길이 막막한데, 책은 언제나 투자한 것 이상으로 우리에게 많은 이득을 가져다준다. 돈뿐만이 아니라 마음과 정신의 풍요로움도 얻는다.

책은 매번 100% 이상 고수익이 보장된 알토란 투자처다. 그 증거를 대보라면 바로 여러분이다. 지금 이 책을 읽고 있지 않은가? 뭣 모르고 읽었다고 하더라도 조만간 이 책을 읽은 것 이상의 기쁨을 찾게 될 것이다. 그 기쁨의 가치는 책값과는 비교도 할수 없는 크기라고 나는 확신한다.

굳이 금전적인 이득을 원하는 독자라면 이 책을 깨끗이 읽고 몇 년 동안 잘 보관해보시길 권한다. 만약 책이 절판된다면 인터넷에서 정가의 몇 배 정도 웃돈이 붙어 거래될 테니까. 기회를 잘보고 있다가 팔면…… 그러나 저자인 나는 이 책이 절판되지 않고 오래 살아남기를 바란다.

그러니까 여러분, 제발 이 책 많이 사주세요. 책이 팔려야 제가인세도 받고, 인세 받으면 또 책 탕진을 하러 서점에 갈 것 아닙니까. 그때는 여러분의 도움을 잊지 않고 고마운 마음으로 탕진에 힘쓰도록 하겠습니다. 독자 여러분, 어떻습니까? 오늘 저와함께 책 탕진 한바탕하러 가지 않으시렵니까?

# 책을 보호하는 다섯 가지 방법

    책 좋아하는 사람을 관찰해보면 대개 책의 물성 자체를 즐긴 다는 걸 알 수 있다. 일단은 내가 그렇다. 책을 읽는다는 건 글자 를 읽고 내용을 이해하는 것에서 끝나지 않는다. 오감으로 한꺼 번에 느껴야 즐겁다.

    책의 물성을 좋아하는 애서가를 분류해보면 크게 세 종류다. 책 읽기를 즐기는 사람, 책 사는 걸 즐기는 사람, 그리고 책 쌓아 두기를 즐기는 사람이다. 그러나 재미있게도 내가 본 애서가 중 에 이 세 가지 속성을 모두 가진 사람은 없었다.

    예컨대 이런 식이다. 책을 엄청나게 많이 읽는 사람은 돈이 없 어서 책 사들이는 걸 포기해야 한다. 그러니 이들은 도서관을 이 용하거나 책을 사더라도 곧바로 중고로 되팔기 때문에 쌓아둘

여지가 적다. 반대로 책을 쌓거나 사는 행위 자체에 매료된 사람 중에는 가지고 있는 책을 굳이 다 읽을 필요는 없다고 생각하는 이들이 많다. 책을 사는 것과 쌓아두는 것도 엄밀히 말해 다른 취미다.

가장 큰 차이라고 하면, 책을 사는 데 집중하는 사람은 주로 새책을 산다. 이런 사람들은 때때로 자기가 이용하는 서점의 구매 포인트나 회원 등급을 주변에 은근히 자랑하며 뿌듯한 미소를 짓는다. 쌓아두는 사람은 헌책방을 자주 찾는다. 그들은 책이 산더미처럼 쌓인 헌책방 풍경을 동경해서 자기 집을 그렇게 만드는 일에 기쁨을 느낀다. 책 쌓아두는 사람의 가장 흔한 특징 중 하나는 초대받아 집을 방문한 친구가 책 정리 좀 하라고, 여기가 헌책방이냐며 힐난을 주면 자기집은 헌책방하곤 완전 다르다고 열을 올린다는 거다. 그런데 속으로는 은근히 이런 상황을 즐긴다.

이즈음에서 지금은 그 숫자가 급격하게 줄고 있는 상당히 특별한 애서가의 네번째 부류를 소개하겠다. 이들은 책을 아끼고 소중하게 다루며 자칫 상할 수도 있는 표지와 본문을 보호하는 방법을 연구하는 데 많은 시간을 보낸다. 지금은 책도 공장에서 찍어내는 물건이라는 이미지가 커서 보통 독자들은 책을 소중히 여기지 않는다. 기술이 발전해서 예전보다 책이 튼튼해진 것도 책 보호자들의 수를 줄어들게 하는 원인이다. 그러나 이 네번째 애서가야말로 역사가 가장 오래된 부류이며 여전히 우리 주변에 존재하는 진정한 책의 수호자들이다.

책에 작은 흠집도 용납하지 않으려는 열정은 때론 집착에 가까운 행동을 보여주기도 한다. 『삼총사』의 작가 알렉상드르 뒤마가 쓴 짧은 이야기 「프랑스식 케이크 제조법」에는 극장에 앉아 공연이 시작되기를 기다리며 책을 읽는 한 남자가 나온다. 뒤마 자신인 듯한 주인공 '나'는 그 책이 무엇일까 궁금해서 슬쩍 엿본다. 그러나 "우선 그 책의 제목을 읽으려고 했지만 표지에는 종이 커버가 씌워져 있어서 읽을 수가 없었다"고 썼다. 아마도 꽤나 중요한 책이었으니 겉에 종이를 덧씌웠으리라. 남자와 대화를 나눠보니 과연 그 책은 1665년에 펴낸 엘제비르판版 요리책으로 희귀본이었다. 희귀본이라면 표지를 종이로 싸서 읽는 게 이해가 간다. 하지만 공연을 보러 와서 굳이 희귀본 요리책을 펼치는 이유는 뭘까?

기형도 시인은 신문 기자 시절에 대구에 갔다가 신인 작가였던 장정일을 만난 일이 있다. 장정일은 책에 지문이 묻는 걸 싫어해서 책을 읽기 전에 늘 손을 씻는다고 기형도에게 말했다. 그때로부터 수십 년이 지난 지금도 그러는지 모르겠지만, 이 정도면 집착이라고 부를 만하다.

책을 보호하기 위해 출판업자들이 표지를 감싸는 '더스트커버dustcover'를 사용하기 시작한 것은 책의 대량생산과 역사를 같

마침 우리 책방에 오래전 사회과학서점 종이커버가 그대로 남은 책이 들어와서
그 이야기를 하다보니 책싸개 재질을 두고 순위까지 정하게 됐다.

이한다. 그런데 처음에 이 종이 커버는 말 그대로 책을 팔기 전 먼지 같은 이물질이 표지에 붙지 않도록 보호하는 용도였다. 서점에서는 손님에게 책을 팔 때 더스트커버를 벗겨내고 주었다.

19세기 이후 더스트커버는 책을 보호하는 용도를 넘어 사람이 입는 옷과 같은 역할을 하기에 이르렀다. 보기 좋은 떡이 맛도 좋다는 말이 있잖은가. 출판사는 자기들 책을 더 멋지게 보이도록 더스트커버에 다양한 디자인을 넣기 시작했다. 잠시 책을 감싸고 있다가 곧 버려지던 더스트커버는 이제 책을 구성하는 중요한 부분으로 자리매김했다. 이렇다보니 책을 더럽히지 않으려는 독자들은 본래 책이 상하는 걸 방지할 목적으로 만든 더스트커버인 표지에 또 한 겹의 더스트커버를 입혀서 이중으로 책을 보호하기에 이르렀다.

혹시 시간이 더 지나면 여기에 또다른 커버를 씌우기도 할까? 책표지를 보호하는 더스트커버를 보호하기 위한 커버를 상하지 않게 하기 위한 종이를 다치지 않게 감싸는 보호제가 훼손되는 걸 막기 위한 커버 위의 새로운 커버들이 자꾸만 생겨나는 건 아닐까. 애서가의 머리는 복잡해진다. 가까운 미래의 어느 날, 패스트리 빵처럼 겹겹이 싸인 커버만으로 된 한 권의 책이 대형서점 베스트셀러 목록에 올라가는 상상을 해본다. 그러나 미래의 일은커녕 내일 책방에 손님이 한 명이라도 있을지조차 예상 못 하는 내가 이런 글이나 쓰고 있자니 한심스럽다.

어쨌거나 미래가 아닌 지금도 세상엔 책을 보호하기 위해 노력하는 애서가가 많다. 한번은 책방에서 손님 몇 명과 함께 책을 보호하기 위한 가장 좋은 책싸개 재질은 무엇인지에 대해 토론을 벌인 적이 있다. 마침 우리 책방에 오래전 사회과학서점 종이 커버가 그대로 남은 책이 들어와서 그 이야기를 하다보니 책싸개 재질을 두고 순위까지 정하게 됐다.

우리는 각 책싸개 재질을 내구성, 보호성, 가격, 실용성 등으

책에 작은 흠집도 용납하지 않으려는 열정은 때론
집착에 가까운 행동을 보여주기도 한다.

로 분류해 5점 만점으로 점수를 매겼다. 경쟁에 참여한 선수는 달력, 신문지, 비닐, 유산지, 영화 포스터가 나왔다. 비닐을 빼면 모두 종이 재질이다. 책을 쌀 때는 역시 비닐보다는 종이가 좋기 때문일까? 먼저 비닐부터 분석에 들어간다.

비닐로 책을 싸는 건 여러 장점이 있다. 보호성에서는 종이가 비닐을 이기지 못한다. 비닐은 물을 튕겨내고 음식물을 흘려도 닦아내면 그만이다. 내구성도 좋다. 비닐로 싼 책은 들고 있다가 바닥에 떨어뜨려도 상할 염려가 별로 없다. 약점이 있다면 불에 약하다는 건데, 그건 종이 재질도 마찬가지다. 그러나 비닐의 가장 큰 단점은 책을 오래 보관하기 어렵다는 거다.

책은 펄프로 만들어졌기에 비닐로 책을 싸면 공기가 통하지 못해 곰팡이가 생길 수 있다. 역시 같은 이유로 책은 사계절 계속 숨을 쉬면서 약간씩 크기가 변한다. 하지만 비닐은 계절에 따른 수축과 팽창 정도가 펄프인 책과 다르다. 오랫동안 책을 비닐에 싸놓고 그대로 두면 비닐 안에서 책이 뒤틀려 망가진다. 이와 같은 이유로 비닐은 보호성 면에서만 5점을 주었고 내구성은 2점, 가격과 실용성은 각각 3점으로 책정했다.

커다란 달력은 책을 싸기에 좋은 재질이다. 예전엔 집마다 달력이 있었고 연말이 다가오면 교회나 관공서, 은행 같은 곳에서 벽걸이형 달력을 자주 줬기 때문에 집에 달력이 넘쳤다. 그래서 3월에 학기가 시작되면 남아도는 달력으로 교과서를 싸는 일이

연례행사였다. 달력은 대개 코팅까지 입힌 뻣뻣한 재질이라 내구성과 보호성 면에서는 모두 4점이다. 종이지만 물에도 어느 정도 버틸 수 있으니 달력으로 싼 교과서는 일 년 동안 써도 안쪽 표지는 거의 처음 수준을 유지할 수 있다.

하지만 요즘은 책을 쌀 만큼 큰 달력을 무료로 주는 곳이 별로 없어서 달력 자체가 귀해졌다. 홍보용으로 주는 달력도 대개는 공책보다 작은 크기의 탁상달력이다. 책을 싸려는 목적만으로 달력을 사기도 좀 뭣하다. 또한 비닐과 달리 달력으로 싸면 표지를 완전히 가리기 때문에 책을 펼쳐봐야 무슨 책인지 알 수 있다. 이런 단점이 있어서 달력의 가격 점수는 3점, 실용성은 2점이다.

신문지는 아직까지는 흔하기 때문에 가격 점수는 5점이다. 하지만 너무 얇아서 찢어지기 쉽고 물에도 약하다. 책을 싸두면 표지를 확인할 수도 없다. 아무래도 신문지는 구하기 쉬운 재료라는 것 이외에 다른 장점이 별로 없다. 먼지가 묻지 않도록 잠시 보관하는 용도라면 몰라도 오래 사용하기엔 무리가 있다. 점수는 내구성, 보호성, 실용성 모두 2점에 가격만 5점 만점으로 책정했다.

다음은 유산지다. 유산지는 황산 성분으로 만든 반투명한 종이다. 종이지만 물과 기름으로 인한 오염에 강하기에 음식물을 포장하는 용도로도 자주 쓰인다. 복사용지처럼 가격이 저렴한 건 아니지만 보호성, 내구성도 괜찮고 반투명한 재질 덕분에 책

표지를 확인할 수 있다는 장점도 있다. 유산지의 최종 점수는 내구성, 보호성에서 각각 4점에 가격은 3점, 실용성 면에서는 만장일치로 5점을 주었다.

달력과 마찬가지로 예전에는 영화 포스터나 연예인 대형 브로마이드를 쉽게 구할 수 있었다. IMF 이전에는 극장에 가면 언제나 대형 영화 포스터를 몇 개씩 가져오던 기억이 난다. 그걸로 판넬을 만들거나 그대로 방 벽에 붙여 장식하곤 했다. 하지만 나는 책 싸는 용도로 사용했다. 잡지 부록으로 주는 연예인 브로마이드로도 책을 쌌다. 포스터나 브로마이드는 코팅이 되어 있어서 내구성이 강하고 달력보다 두께가 얇아서 책 싸는 용도로는 제격이다.

하지만 지금 그런 걸 구하려면 달력보다 더 비싼 값을 주고 사야 한다. 극장에서 포스터를 무료로 나눠주던 시절을 이야기하려면 언제나 "나 때는 말야……"로 시작해야 한다. 그러니까 이런 말은 아예 처음부터 하지 않는 게 이미지 관리에 좋다. 아쉽지만 영화 포스터와 연예인 브로마이드는 가격과 실용성 면에서 각각 2점으로 낮은 점수를 줬다. 내구성, 보호성은 각각 4점으로 달력과 같다.

애서가를 자처하는 손님들과 심도 깊은 토론을 거친 후, 드디어 결과 발표다. 가장 흔한 재료지만 내구성이 낮아 책 보호에 적합하지 않은 신문지가 총점 11점으로 5위다. 4위는 12점을 받은

사실 사회과학서점에서 책을 싸주던 이유는 책을 보호하기보다는
그 책을 가진 사람을 보호한다는 목적이 컸다.

영화 포스터다. 책 싸는 용도로는 달력보다 좋지만 지금은 가격
이 비싸기 때문에 이걸로 책을 싸는 건 사치에 가깝다. 공동 2위
는 각각 13점을 얻은 달력과 비닐을 꼽는다. 비닐은 장점이 많지
만 책을 망가뜨릴 수 있다는 최악의 단점도 가지고 있다. 달력은
책 보호에 장점이 있지만 표지가 가려진다는 점, 그리고 지금은
쉽게 구할 수 없다는 데에서 감점이 있었다. 1위는 유산지다. 점
수는 무려 16점! 일반적인 종이보다 약간 비싸다는 단점이 있긴
하지만 책을 잘 보호할 수 있고 반투명한 재질이라는 게 큰 장점
이다.

결과적으로 우리는 이날 책을 보호하는 방법에 대해 수다를
떨었지만, 사실 사회과학서점에서 책을 싸주던 이유는 책을 보
호하기보다는 그 책을 가진 사람을 보호한다는 목적이 컸다. 대
학교 앞에 작지만 훌륭한 서점들이 자리잡고 있던 그때, 학생들
은 철학과 사회과학책을 많이 읽었다. 그러나 아이러니하게도
그 책들은 대부분 국가에서 정한 금서 목록에 올라 있었다. 그런
책을 드러내놓고 읽으면 빨갱이 취급을 받았고, 책을 가지고 있
다는 이유만으로 경찰에 붙들려가기도 했으니까 책표지를 가리
는 건 최소한의 방어책이었다.

지금이야 누가 무슨 책을 읽든 아무도 상관 안 한다. 그런데도
우리나라 독서율은 계속 떨어지고 있다. 책방에서 일하는 나도
여기에 대해서는 별로 대책이 없다. 넋두리나 할 뿐이다. 나 때는

말야, 점심값 아껴서 책 사고 버스 안 타고 학교까지 걸어다니면서 그 돈 모아 책 사고 그랬지! 아참, "나 때는 말야" 이 말은 안 하기로 다짐했는데 또 해버리고 말았다. 독자 여러분, 부디 아량을 베풀어주시길……

# 생활이 삶을 세워냅니다

헌책방에는 유독 한때 잘나갔던 사람들이 손님으로 많이 오는 것 같다. 설마 우리 헌책방에만 그런 건 아니겠지. 처음엔 그런 얘기 듣는 게 미치도록 귀찮았는데, 요즘엔 손님이 하는 말을 들으면서 동시에 머리로는 완벽하게 다른 생각을 하는 기술을 연마했기 때문에 표정 관리를 잘하게 되었다.

그런데 한때 잘나갔던 사람들 얘기를 유심히 들어보면 어떤 패턴이 있다. 한때 잘나갔던 사람들끼리 몰래 모여서 무슨 클럽 같은 걸 만들어 서로 입을 맞추는 게 아닌가 싶을 정도로 스토리가 비슷하다. 그리고 가장 미스터리한 것은, 왜 한때 잘나갔던 분들이 헌책방에 자주 돌아다니느냐 하는 거다.

내가 들은 한때 잘나갔던 분들의 이야기만 따로 모으면 단행본 책 한 권 분량은 나올 거다. 말 나온 김에 다음 책은 이걸로 할까? 제목은 '헌책방에서 만난 한때 잘나간 사람들' 정도면 어떨지. 제목이 좀 지루하다. 요즘엔 제목이 좋아야 책이 잘 팔린다는데. 그렇다면 '한때 잘나가면 비로소 보이는 것들'이 좋겠다. 아니다. 관두자. 이러다가 나도 나중에 한때 잘나갔던 얘기 하러 다른 헌책방에 갈지도 모르겠다. 그런데 잘나갔던 적이 있긴 있었나?

한때 잘나갔던 사람의 필수요소라면 우선 유명인과의 인맥이다. 유명인과 실제로 친하게 지냈다면 두말할 것도 없고, 잠깐 악수라도 해봤다면 그들의 관계는 느닷없이 죽마고우로 각색되어 잘나갔던 이야기에 무조건 들어가는 패턴으로 박제된다.

예컨대 헌책방 손님에게 들은 다음과 같은 일화가 있다. 이제 중년의 나이가 된 점잖게 생긴 B씨는 호텔 직원으로 사회생활을 시작했다. 싹싹한 성격에 일을 잘해서 군에서 갓 전역한 어린 나이였지만 호텔에서 가장 비싼 스위트룸을 정비하는 업무를 맡게 됐다. 다른 직원의 보조업무이긴 했지만, 넓고 화려한 방이 마치 자기집이라도 되는 것처럼 뿌듯했다.

그러던 어느 날 감히 상상하기도 힘든 고객이 그 방을 쓴다는 소식을 들었다. 1996년 내한공연을 위해 한국을 찾은 팝의 황제 마이클 잭슨이 바로 그 고객이다. B씨를 비롯한 전체 호텔 직원에게 특별히 보안에 신경쓰라는 전달사항이 내려왔다.

하지만 방 정리는 보통 고객이 나간 뒤에 하는 것이기 때문에 혹시라도 마이클 잭슨과 얼굴을 마주할 기회는 없을 터였다. 그러니까 B씨는 자기가 마이클 잭슨을 보게 될 확률은 강남역 사거리에서 느닷없이 나타난 외계인을 만나는 것과 같은 급이라고 믿었다.

그런 비현실적인 확률이 현실이 될 확률은 또 얼마나 될까? 마이클 잭슨이 투숙한 다음날, B씨는 호텔 매뉴얼에 따라 스위트룸을 정비하고 있었다. 고참들은 먼저 나가고 혼자 남아 자잘한 일을 마무리하고 있는 그 순간, 거실로 쓰이는 다른 방에서 외계인을 보고야 만 것이다. 진짜 마이클 잭슨이다! 게다가 외계인이 B씨를 향해 천천히 걸어오고 있는 것 아닌가. B씨는 숨이 멎을 것 같아 한 발짝도 움직일 수 없었다.

마이클 잭슨은 공연 관계자로 보이는 다른 외국인과 함께 있었는데 곧장 B씨를 향해 오다가 3, 4미터 정도를 남기고 방향을 바꿔 드레스룸 쪽으로 발길을 옮겼다. B씨는 머리가 터질 것 같았다. 이건 평생 다시 오지 않을 기회라고 생각한 끝에 그는 마이클 잭슨을 향해 "하이" 하며 손을 들어 인사했다. 그랬더니 팝의 황제는 발걸음을 멈추고 이쪽을 바라보며 "하이"라며 손을 가볍게 들어 보였다. 마이클 잭슨은 장갑을 끼고 있었다.

B씨는 이번엔 심장이 터질 것 같았다. 악수라도 하고 싶었지만 뭐라고 하면서 악수를 청해야 할지 알 수 없었다. 그렇지 않아

도 영어가 짧았는데 외계인 앞이라 더 막막했다. B씨는 알고 있는 모든 영어 단어들을 떠올렸다. 그는 한 손을 로봇처럼 쭉 뻗으면서 "유 아 더 챔피언!" 하고 말했다. 긴장한 나머지 소리가 너무 커서 방이 울릴 지경이었다. 마이클 잭슨은 그를 향해 예의 그 멋진 미소를 지으면서 가볍게 손을 잡았다. 그러고는 노래하듯 가벼운 음색으로 "땡큐"라고 말했다.

"그런데 '유 아 더 챔피언'은 프레디 머큐리를 만났을 때 해야 맞는 인사 같은데요."

얘기를 듣고 있던 내가 말했다.

"영어 실력도 없는데다가 그때 너무 당황해서 말이죠. 군에 있을 때 퀸 노래가 인기 있었거든요. 위 아 더 챔피언……"

아무튼 이 정도의 황당한 일화도 멋들어지게 포장하면 한때 마이클 잭슨과 악수도 했을 정도로 잘나갔던 사람이 되는 것이다. 지면 관계상 짧게 소개했지만, 당시 B씨는 이 이야기를 무려 한 시간에 걸쳐 장황하게 늘어놓았다. B씨가 만약 중세 시대에 태어났으면 분명 『캔터베리 이야기』에 등장하는 순례자 중에 한 사람이 되고도 남을 터다.

마이클 잭슨은 별것도 아니다. 내가 알고 있는 최고의 유명인을 만난 사람이라면 당연히 A씨를 들겠다. 그는 환갑을 넘긴 나이에 운영하던 회사를 다른 사람에게 맡기고 은퇴했다고 자기를 소개했다.

A씨의 아버지도 사업가였는데 무뚝뚝하고 성품이 엄격했다. 아버지는 무역업을 했기에 외국에 자주 출장을 다녔다. 그런데 일본에 갈 때는 가까운 나라라서 그랬는지 가끔 아내와 A씨를 데려갔다. 1965년 당시에 A씨는 십대 청소년이었다. 평소 말이 별로 없으시던 아버지가 그때만은 A씨에게 일본 일정에 관해 이야기해줬다. 중요한 사람을 만나게 해준다는 것이었다.

그 중요한 사람이란 다름 아닌 사르트르였다.『구토』의 작가이며 노벨문학상 수상을 거부했던 바로 그 사람 말이다! 사르트르는 1965년에 일본을 방문해서 도쿄와 교토에서 강연했는데 아버지는 그 행사에 A씨를 참석시킨 거였다. 그러나 정작 A씨는 사르트르가 누구인지 전혀 몰랐다.

아버지는 거의 명령하다시피 A씨에게 강연장에 가도록 했다. 하지만 프랑스어는 물론 일본어도 모르는 A씨가 그런 철학 강연장에 가서 뭘 어쩌란 말인가. 그래도 어쨌든 아버지가 시키니까 가긴 갔다. 거기서 꿔다놓은 보릿자루라는 속담이 어울릴 만큼 가만히 있다가 나왔다. 신주쿠나 하라주쿠에 갔다면 이보다 재밌었을 텐데. 그는 속으로 계속 그렇게 생각했다. 외국어로 하는 강연은 정말로 자신에게는 아무런 의미가 없다고 여겨졌다.

강연회를 마친 다음, 아버지는 아들을 데리고 사르트르에게 갔다. 아버지는 이 유명인에게 아들을 소개했고 사르트르는 어린 A씨에게 몇 마디 했다. 물론 그는 알아듣지 못해 멍하게 바라볼 뿐이었다. 이로부터 10년이 지난 다음, A씨는 대학생이 되었고 사르트르가 누구인지도 비로소 알게 됐다. 그 정도의 유명인과 자신이 만났다고 생각하니 정신이 아득해질 지경이었다.

A씨는 아버지에게 그때 사르트르가 자기에게 뭐라고 했는지 알려달라고 했다. 아버지는 아들이 물을 때까지 그날 일에 관해서 아무런 말을 하지 않았다. A씨는 그런 아버지가 서운했다. 사르트르가 누구이며 어떤 사람인지 정도는 알려줬어도 괜찮았을 텐데.

"네가 살고 싶은 삶을 살아가렴."

과연 실존주의 철학자 사르트르다운 짧지만 의미심장한 말이었다. 아버지는 여기에 한마디 덧붙였다. 사르트르가 말한 삶이란 혁명가나 성인의 일생처럼 거창한 게 아니라 그저 하루하루 진지하게 살아가는 생활이라는 것이다. 그 생활이 모여 삶이 되었을 때 비로소 한 사람은 철학을 가졌다고 말할 수 있게 된다는 의미였다.

A씨는 내게 사르트르의 『지식인을 위한 변명』을 가져와 내밀었다. 허름한 그 책엔 전 주인이 남긴 메모가 남아 있었다.

고통이 사람을 고귀하게도 만들지만 가끔은 비열하게도 만듭니다. 여하튼 힘든 젊은 날, 생활이 삶을 세워냅니다.

92.9.25일
오늘의 책에서

사르트르, 『지식인을 위한 변명』, 조영훈 옮김, 한마당, 1992

"여길 보세요. 이 책을 읽은 사람도 생활이 중요하다는 걸 알았던 모양입니다."

A씨는 은퇴하고 나서는 헌책방을 돌아다니며 한마당 출판사에서 펴낸 이 책을 수집하는 게 소소한 취미라고 했다. 유명한 책이라 여러 출판사에서 나온 게 있는데 왜 꼭 한마당 출판사여야 하느냐고 물었더니 대학생 때 이 책을 읽고 나서 자신의 '인생책'이 됐기 때문이라고 설명했다.

"알고 보니 그날 사르트르가 강연했던 내용이 책으로 엮여 나왔더군요. 바로 이 책이었어요. 그래서 저는 이 책을 볼 때마다 청소년 시절로 돌아가는 느낌을 받는답니다. 저도 젊었을 때는 특

고통이
사람을 여리게도 만들지만
가끔은 비열하게도 만듭니다.
여하튼
힘든 젊은 날,
생활이 삶을 세워냅니다.

9 . ...

(오늘) 책 에서

히 힘들었죠. 그런데 이 책을 읽으면서 많은 위로를 받았습니다.”

그러고서는 책을 몇 장 더 넘겨 전 주인이 남긴 다른 흔적도 보여줬다.

- 현재의 운동가들을 지식인이라 일컬을 수 있을까?
- 맑스주의라는 타성에 젖은 사람들에 의해 외쳐지는 말. 그것은 과연 이 현실세계에서 정당하게 받아들여지는 것일까?
- 맑스, 엥겔스라는 외국인의 한 사상에 얽매여 부르짖는 너희들의 말은 이 세상에선 이제 공허한 메아리일 수밖에 없다.
- 너희들은 그렇게 젊은 한때의 생각으로 맑스를 찾고, 엥겔스를, 사회주의를 찾을 것이다. 하지만 언젠가는 지쳐 쓰러져 희미해진 기력으로 신음할 것이다. 왜? 라고. 하지만 그것은 분명 너희들의 시대착오적 판단에서 기인한 너희들의 그릇된 생각일 뿐이다!
- 현대는 거대한 개방과 보수의 두 물결이 표류를 하며 격랑치며 대해를 이루고 있다. 이 속에서 집단에서 개인을 찾는다는 것은 이제 미친 취급밖에 안 받을 뿐이다.

자기 생각을 힘있게 써내려간 글씨다. A씨는 이 문장을 눈으로 읽은 다음, “젊은 생각이네요. 글씨가 젊어요. 이 책은 어린 친구에게 줘야겠어요”라고 말했다. 그는 헌책방을 돌아다니다

현재의 운동가들은
지식인이라 인정을수
있을가!

맑스주의라는 사상에 젖은
사람들에 의해 터쳐지는 만.
그것은 과연 이 현실세계에서
정당하게 받아들여지는 것일가!

맑스. 엥겔스라는 타국인의
한 사상에 얽매어
부르짖는 너희들의 많은
이 세상에선 이젠 참혀한
메아리일수 밖에 없다.

"너희들은 그렇게 젊은 한때의 생각으로 맑스를 찾고, 엥겔스를, 사회주의를 찾을 것이다. 왜? 라고."
하지만 언젠가는 지쳐 쓰러져 희미해진 기력으로 신음할 것이다.

...는것.

...것이다.

...는 ...처럼 쓰여져

...으로 ...할 것이다.

...다. 하지만 그것은 변형

...한 너희들이

...은 시어터로서

...한 팔단에서

...던 너희들의 기인한

이 책은 1965년 9월 10일에 세계 영화를 장악한 거대한 독점기업에 대항한 그릇된 분이다.

...은

...이며

...던 있다.

집단에서

찾는다는 것은

미친 속한 밖에

...은 분이다.

가 이 책을 발견하면 사서 주변 사람들에게 선물하는 게 작은 즐거움이라고 했다.

A씨는 여기까지 말하면서 한 번도 자기가 한때 잘나갔다거나 사르트르와 만났다는 소리로 거드름을 피우지 않았다. 그는 편안해 보였다. 이게 말 그대로 생활이 쌓여 단단한 삶을 세운 모습이 아닐까. 그의 태도는 책방에 들어온 처음부터 문을 열고 나갈 때까지 딱딱하지 않았지만 그렇다고 물렁물렁한 것도 아니었다. 삶을 잘 쌓아올린 사람에게서 볼 수 있는 유연한 단단함이 느껴졌다.

한때 잘나갔던 사람은 많다. 그러나 한 시절 잘나갔다고 말하는 사람치고 정말로 잘살았던 사람은 별로 없는 것 같다. 잘산 사람은 남이 알아주길 바라는 삶이 아닌 자기가 원하는 삶을 산 사람이다. A씨는 사르트르가 한 말을 알아듣지 못했지만 마음으로 받아들여 그렇게 살았던가보다. 그럴 때가 있다. 언어로 일깨우는 것보다 마음으로 전해지는 게 더 진실한 순간 말이다. 이 낡은 책을 선물 받을 누군가에게도 A씨의 그런 마음이 잘 전해지기를 바란다.

4부 * 책 속의 책, 그 사람의 일기장

# 널 위해 하지 못한 거라면
# 나라도 위해, 책을 샀다

세상에서 제일 재미있는 게 불구경하고 싸움구경이라고 누가
그랬던가. 그런데 나는 겁이 많아서 어릴 때도 그런 구경은 재밌
지 않고 무서웠다. 이런 내게 제일 재밌는 구경이 뭐냐고 묻는다
면 역시 남의 일기장을 몰래 보는 거라 하겠다.

헌책방에서 일하며 때때로 책 속에서 누군가 쓴 손글씨 메모
를 발견하면 정말 즐겁다. 짧지만 그건 책 주인이 쓴 개인적인 글
이기에 여러 가지 상상을 해볼 수 있어서 재밌다. 이건 확실히 내
가 헌책방 일을 하면서 얻는 큰 즐거움 중 하나다. 하지만 거기
까지다. 다른 사람이 쓴 진짜 일기장을 몰래 봤던 적은 지금껏 한
번도 없다.

그런데 이 책 한 권을 통해 오늘 내 소원이 이루어졌다. 겉보기

김재진, 「누구나 혼자이지 않은 사람은 없다」, 시가있는마을, 1997

엔 평범한 시집이다. 1990년대에 엄청나게 인기 있던 책이다. 제
목은 '누구나 혼자이지 않은 사람은 없다'이다. 사람은 누구나
혼자라는 것인지 아니면 반대로 혼자가 아니라는 것인지 한 번
에 이해가 되지 않는 묘한 제목이다. 뭔가 사람을 홀리는 느낌이
랄까. 전형적인 구십년대의 분위기가 우선 마음에 든다. 하지만
이런 책은 이미 유행이 지나서 헌책방에선 균일가 매대에 쌓아
두고 천 원에 팔릴 뿐이다.

　이번에도 별생각 없이 책 뒤에 연필로 1000원이라고 가격을
쓰고는 균일가 매대 쪽으로 빼려고 하다가 운명적인 이끌림으

었는가?

를 잡고 누가 소리내어 꽝꽝, 못질하고

하고 싶지 않은 상처 같은 것이다.

> 지나가는 길에 9
> 그냥 발길이 나도모르게
> 책방으로 옮겨졌다。
> 요즘에
> 지금의 나는 내가 어색울 ㅇㅇㅇ
> 느꼈다。 감히 ―。
> 무릎꿇 들떠있는 기분만 받고 그랬다。
> 네에게 모든 할수있을 거란걸
> 생각만 해왔을지ㅇㅇ。
> 나부터도 그러지 못해더런걸99
> 그냥 널위하지 못한거라면
> 다른모 위해 9
> 책을 샀다。 칠월십일월,

"지나가는 길에,
그냥 발길이 나도 모르게
책방으로 옮겨졌다.
그냥 널 위하지 못한 거라면
나라도 위해, 책을 샀다."

로 표지를 넘겼다. 와우, 짱 쇼킹! 이 상황에서는 바로 이 정도의 구십년대식 리액션이 나와줘야 한다. 시집 속지에 날짜와 글이 적혀 있었다. 다음 쪽도 마찬가지다. 그다음 쪽에도 역시 날짜와 함께 글이 있다. 본문에 여백이 많은 시집 특성상 책을 읽다가 감상에 젖어 몇 자 적는 건 종종 있는 일이다. 그런데 이 책은 여백마다 글씨가 있는 게 아닌가. 가슴이 두근거린다. 이건 시집에 쓴 진짜 일기장이다!

여기에 일기 내용을 다 소개할 수는 없으니 간단하게 정리해서 말하겠다. 일기가 시작된 날은 1997년 7월 11일이고 가장 마지막에 등장하는 날짜는 같은 해 12월 28일이다. 한 사람이 반년에 걸쳐 쓴 일기인 것이다. 일기는 일주일에 한두 번씩 꾸준히 이어졌고 그럴 만한 사정도 있었다.

일기를 쓰기 시작한 사정이란 연인과 헤어졌기 때문이다. 첫 번째 일기를 보면 무슨 일이 있었는지 대강 짐작할 수 있다.


지나가는 길에, 그냥 발길이 나도 모르게 책방으로 옮겨졌다. 요즘, 지금의 나는 내가 아닌 것을… 느꼈다. 감히 ― 뭘 하든 들떠 있는 기분만 봐도 그렇다. 너에게 뭐든 할 수 있을 거란 걸 생각만 해왔지… 나부터도 그러지 못했던걸. 그냥 널 위하지 못한 거라면 나라도 위해, 책을 샀다.

처럼 나른한 표정으로

...나온 나의 정부는

달빛 커튼 뒤로 손통을 만진다.

18층이나 20층, 아니면 22평이나 25평쯤에서

이렇게 계속되는 정사情事.

하늘 가까운 데서 바라보는 세상은

한시 앞을 모르게 암투 중이다.

*눈에 마주치면 내가 먼저 피하던가 하는데…
뭔가 나름의 미소를 띠었으니까…
그리고 자리를 잡아서 어디라 가…
어쨌든 행동하다.
누워서…… 그러길 바래.

*죽어도 오늘은 내게 없어서 특별한 날이다.
다섯달쯤 왔을 즈음으로 그랬었으니까… 6월23일…
이름만으로도 설레게 만이 되어버린 너에게…

2주 동안 사랑하고
6개월을 잊지 못해
내내 그리워하는
이 마음의 정체는 무엇일까?

일기 내용을 자세히 살펴보면, 이 글을 쓴 사람 이름은 최○○이고 올해 열여덟 살 여성이다. 헤어진 연인으로 추정되는 사람은 권○○인데 여기서 이름을 밝힐 수는 없지만 '구봉서'나 '서영춘'처럼 상당히 구수한 느낌을 풍기는 이름이다. 이름만 봐서는 딱히 이렇게 절절한 사랑에 빠질 수 없을 것 같은데(세상 모든 구수한 이름을 가진 분들께 머리 숙여 양해를 구한다), 어쨌든 최○○는 권○○를 만나 한눈에 반했고 둘은 뜨겁게 사랑했다. 그러다 알 수 없는 이유로 헤어졌고 그즈음에 이 일기를 쓰기 시작한 것이다.

일기는 이런저런 일상을 보여주지만 대부분은 헤어진 연인을 그리워하는 내용이다. 친구와 만나 카페에 가도, 영화를 봐도, 거리에서 흘러나오는 음악을 들어도 생각은 언제나 권○○에게로 향한다. 9월부터는 새롭게 만나는 남자친구에 관한 이야기도 나오는데 이 사람과(그는 대학생이고 이름은 '정우성'처럼 멋지다) 데이트할 때도 마음은 늘 권○○를 그리워한다.

일기 내용을 보면 권○○는 서울 돈암동에 있는 '고담'이라는 카페에서 아르바이트를 하는 것 같다. 연인을 잊지 못하는 최○○는 얼굴이라도 보고 싶은 마음에 가끔 고담에 간다. 하지만 11월 이후 권○○는 고담에서도 모습을 감춘다. 12월에 일기가 끝날 때까지 권○○는 다시 등장하지 않는다.

그런데 여기서 상당히 놀라운 점 하나는 11월 25일자 일기다.

어떻게도 늘 마주칠려 노력했었지만,
역시 내 맘을 또 형용할수 없는 표현도 하막몬지?
괜 덤덤한 배려정도 만으로 또 끝이나버렸다.
솔직 처음보고, 마음도 싱숭생숭하고,
말 한마디를 제대로 제대로 물어지 않았었어?
저럼 처음이라고 믿는 처음은거라엄마면...
Pen 도 다 닳아버렸다. 너 자신 보다 더 널 생각하꼰
넌 좋잖아. 아끼는 사람이어서...

행복해라.

그 내용은 아래와 같다.

    적어도 오늘은 내게 있어서 특별한 날이다. 다섯 달 전 오늘 처음으로 그앨 보았으니깐… 6월 25일… 이름만으로도 설레임이 되어버린 너에게…

    날짜까지 정확히 밝히고 있듯이 이제 우리는 두 사람이 처음 만난 날을 알 수 있다. 6월 25일. 그런데 이거 좀 수상하다. 모두 알듯이 일기를 시작한 날짜가 7월 11일이다. 두 사람이 언제 헤어 졌는지는 일기에 쓰지 않아 모르지만, 첫 일기를 쓴 날이 이별 당일이라고 해도 둘의 사랑은 고작 2주뿐이다. 도대체 이 시간 동안 둘 사이엔 무슨 일이 있었던 걸까? 2주 동안 사랑하고 6개월을 잊지 못해 내내 그리워하는 이 마음의 정체는 무엇일까?

    어떻게든 눈을 마주쳐보려 노력하고 노력했지만, 역시 내 맘을 글로 형용할 수 없듯이 표현도 하지 못하고, 그냥 단순한 배려 정도만으로 또 끝이 나버렸다. 술도 취했고, 마음도 싱숭생숭하고, 말 한마디도 제대로 붙이지 않았고, 차라리 처음이라면 오늘이 처음 보는 거였다면… Pen도 다 닳아버렸다. 넌 좋겠다. 너 자신보다 더 널 생각하고 아끼는 사람 있어서…

    행복해라.

117쪽에 날짜 없이 적은 이 글을 읽어보면 사무치는 그리움의 실체를 조금이나마 이해할 수 있을 것 같다. 이 일기는 권○○가 일하는 카페에 들른 날 쓴 것인데 끝내 마음을 표현하지 못하고 돌아온 걸 후회하고 있다. 차라리 오늘이 처음 보는 그날이었다면 어땠을까 하는 마음이 내게도 절절하게 전해진다.

처음부터 다시 시작할 수 있다면 더 잘할 수 있을까? 하지만 우리 삶은 되돌릴 수 없을뿐더러 비슷한 상황에서 같은 실수를 반복할 때가 많다. 후회는 쌓여서 그리움이 되고, 그리움은 이상하리만치 사랑을 더 크게 부풀린다. 너 자신보다 더 널 생각하고 아끼는 사람이 여기 있는데, 그는 지금 무얼 생각하며 지낼까. 답을 들을 수 없는 공허한 질문이 잠들지 못하는 밤을 온통 새까맣게 칠한다. 그래도 마지막은 그에게 행복을 빌어주는 따뜻한 마음을 남겨두었다.

나는 어릴 때부터 일기를 썼다. 초등학교 2학년 때 처음으로 학교에서 그림일기라는 걸 쓰라고 숙제를 내줬는데 여느 아이들과 달리 나는 일기 쓰는 게 좋아서 한 번도 날짜를 밀린 적이 없었다. 4학년 때, 나는 이제 어른이 됐다고 믿었다. 그래서 선생님이 내 일기를 검사하는 게 못마땅했다. 같은 어른끼리 뭘 확인할 게 있다고 일기까지 들추나 싶었다. 그때부터 나는 일기를 두 번 썼다. 일기장도 두 개다. 하나는 검사받는 용도라 대충 썼고 다른 일기장에는 진짜 일기를 썼다. 그 일기장을 아직도 가지고 있다.

내가 쓴 일기를 본다. 어떤 시절의 일기는 사랑 이야기로 가득하다. 이별해서 아픈 마음도 언제나 일기장에 썼다. 일기장은 누구에게도 말하지 못할 비밀을 나누는 둘도 없는 친구다. 나조차 잊어버린 아득히 먼 지난 일을 일기장은 기억한다. 어른이 되고 쓸쓸한 기분이 들 때면 공책을 펼치고 어렸을 때 썼던 일기를 읽곤 한다. 가끔은 '내가 이런 생각도 했었나?' 싶어서 남의 일기장을 훔쳐보는 기분이 든다.

오십에 가까운 나이가 되어 다시 예전 일기장을 보면 거기엔 한심한 글도 많지만, 대개는 내가 쓴 문장에서 위로를 받는다. 몇 달, 아니 몇 주만 지나도 별것 아니게 지나갈 일이었는데 그 당시에는 왜 그리도 삶과 사람에 실망했는지…… 그런데도 오래 주저앉지 않고 일어나 어떻게든 걸어왔던 길이 일기장엔 오롯이 남아 있다. 나보다 나를 더 잘 아는 사람이 어디 있으랴. 결국, 내 상처를 알아주고 보듬는 건 다른 이가 아닌 내 마음이 할 일이다.

일기가 빼곡한 시집엔 시인이 쓴 "흘러가는 것들은 모두 잊기 위해 갈 뿐이다"라는 문장이 나온다. 시절이 흐르듯 사람도, 사랑도 흐른다. 이별도 거기에 어울려 저 아래로 흐른다. 흘려보낸 다음엔 새로운 물줄기를 맞이할 일만 남았다.

이별의 아픔을 달래기 위해 시집에 일기를 쓴 이 사람은 지금

갈망하면서도 왜 아무것도 이루어지는 것이 없는지,

사랑은 기다림만큼 더디 오는 법

다시 나는 당신을 만나기 위해 나갑니다.

일천구백구십륙년 칠월십삼일 ⸳⸳⸳
새벽 2시 56분이다.
그렇게 몇일동안을 정신없이 힘들고 복잡하게 보냈던것이다.
그래도 이렇게 앉아서 담배 필 시간이 있다는것⁹⁹
어쩜 지득까지의 어느 시간보다 더 길고 소중한 시간이
될지도 ⸳⸳⸳
그래서 생각해보면 웃음이 난다
한시간 전만의 일이라도 후회하며 사는게 그렇게 말고
또, 그렇게 생각하며 사는게 사람이 아니던가
18일 이러면 ⸳⸳⸳
도대체 난 그애의 어떤면이⸳
그냥 웃는 모습이 좋았었나 보다.
누구보다 더 기억날것이다
그것은 그애와이 보낸 시간이 행복해서였다기 보다, 아니
행복해서가 아니라
또, 그애가 좋아도 미칠도록 사랑해도 아닐것이다.
아니 아닐것이다.
그애도 인제 나의 생각정도가 한뭉이 아니 어쩜
단 몇일동안의 시간이⁹⁹
18년 동안의 마버스먼 그리고 배우고 듣고 보고 느끼면
그런 허된 시간들의 땟가 였다고 믿기 때문이다.
난 어렸었나 보다.
18년 동안의 긴 시간을 모두 지워버리게 해주었던
그 애를 ⸳⸳⸳
13
어떻게 이야해하면 좋을까 ⸳⸳⸳

어떤 시절의 일기는 사랑 이야기로 가득하다. 나조차 잊어버린
아득히 먼 지난 일을 일기장은 기억한다.

가트 한 쪽에서 흩어지는 연기
더러운 사리를 입고 있는
내 전생이
3000년 전 바자르를 헤맨다.

이런날 ㅇㅇㅇ

벌써9
실연하고, 너뜸한날
까짱 단지 내 자선 달래며
변뚝 채워받겨고
그래면서도 향상 속어빛것같던
그전 날 우묘히 FN고
한자 두자 썼던제 벌써
석달이 지났다.
내 짧은 생에 너가는 존재가
이토록 헌났할지는 물했어.
사실 알았더라면 —.
그때 아써 자갈쳐 몽개면서
너를 쫓아가뒀겠지 ㅇㅇㅇ

이별의 아픔을 달래기 위해 시집에 일기를 쓴 이 사람은
지금 어디에서 무엇이 되어 있을까.

어디에서 무엇이 되어 있을까. 따뜻한 마음을 가진 사람이니까 분명 주변에 사랑을 전하며 살고 있을 거다. 오늘밤, 일기를 쓰는 모든 사람에게 사랑과 평화가 함께하길 빈다.

# 6년 동안 이어진 교환일기?

밤이다.

 

'교환일기'를 써본 일이 있으신지? 교환일기란 마음이 맞는 친구와 한 권의 일기장을 공유하며 쓰는 걸 말한다. 한 사람이 일기를 쓴 다음 그 공책을 다음날 친구에게 건네면, 일기장을 받은 사람이 뒤를 이어 일기를 쓰는 식이다. 일기란 애초에 혼자 쓰는 거지만, 두 사람이 함께 일기를 공유하면 평소에 말로는 하지 못했던 상대방의 속마음을 알 수도 있어서 재미있다.

나는 학창 시절에 교환일기를 두 번 써봤다. 시작부터 김빠지는 소릴 하는 건 나답지 않지만, 두 번 모두 잠깐 하고 그만뒀다. 그만뒀다기보다 '망했다'고 표현하는 게 맞겠지만.

초등학교 다닐 적 교환일기 쓰는 게 아이들 사이에서 유행이었다. 진짜 친한 친구라면 당연히 교환일기를 써야 하는 것처럼 여겨졌다. 반대로 누군가 교환일기를 쓰고 있다면 그 둘은 공식적으로 정말 친한 친구라는 뜻이 된다. 나에게도 그런 친구가 있었다. 그래서 우린 당연히 교환일기를 쓰기로 했다.

그런데 일주일 정도 일기장이 오간 다음 곧 흥미가 떨어졌다. 이 친구의 일기가 너무 재미없었기 때문이다. 남이 쓴 일기에 재미를 따지는 건 뭣하지만, 나는 적어도 다른 아이들과는 나누지 못하는 내밀한 감정 같은 게 쓰여 있기를 바랐다. 하지만 친구의 일기는 극단적인 리얼리즘의 예술 세계를 보여주고 있었다. 에밀 졸라가 제자로 삼고 싶을 만큼의 자연주의 기법이라고 할까.

일기의 내용은 하나같이 그날 있었던 일을 최대한 자세하게 나열하는 식이었다. 저녁에 봤던 텔레비전 어린이 프로그램의 내용을 요약하거나 저녁식사 때 먹었던 반찬 이름을 의미 없이 나열했다. 텔레비전이 재밌었다거나 밥이 맛있었다는 말도 일절 없이 무미건조하게 사실만 기록한 걸 계속 보고 있자니 나도 일기 쓸 마음이 쑥 들어갔다. 결국, 2주 정도 그렇게 일기장을 교환하다가 쓰기를 멈췄다.

중학생 때 교환일기 상대는 완전히 반대였다. 이 친구는 감성에 너무 극단적으로 치우쳐 있어서 우리가 같은 차원의 세계에 살고 있는지 의심이 들 정도였다. 같은 반이었고 종일 붙어 다녔음에도 그날의 일기는 이랬다. "파도 소리에 귀를 기울이면 내 마음은 별이 되어 반짝거립니다." 우리는 북한산 근처에 살고 있었는데 여기 어디서 파도 소리가 들린다는 건지? 그리고 뜬금없이 웬 존댓말?

가만 생각해보니 친구는 학교에서 배운 윤동주의 시를 흉내 내는 것 같았다. 그렇다면 나도 질 수 없다. 네가 윤동주면 나는 김소월로 응수하겠다! 그날 밤 나는 김소월 시집을 펼쳐놓고 여기저기서 멋져 보이는 문장을 대충 짜깁기해 이런 식으로 일기를 썼다. "가고 오지 못할 철없던 우리 시절에 님은 어디에 있나요." 다음에 돌아온 일기는 더 난감했다. 첫 시작부터 "그리운 어머니의 이름을 불러봅니다." 뭐, 대충 이런 일기였다. 북두칠성의 세번째 별쯤으로 날려 보낸 정신 나간 일기 배틀은 여기서 멈추는 게 현명했다. '중2병'이라 놀려도 하는 수 없다. 그때 우린 정말로 중학교 2학년이었으니까.

이와 같은 두 번의 망한 교환일기 경험을 끝으로 나는 누구와도 일기를 공유하는 일 따위는 하지 않았다. 그러나 남의 일기를 엿보는 일을 아예 그만둔 건 아니다. 헌책방에서 일하며 다시 그 설레는 기억을 떠올릴 줄 누가 알았겠는가. 사람들은 때때로 읽던 책에 일기를 쓴다. 대개는 밤에 잠들기 전 혼자 책을 읽기 때문에 속지에 그날의 기분이나 감정을 적는 게 아닐까.

하지만 모든 책을 밤에 읽는 건 아니다. 밤에 읽기 좋은 책은 따로 있다. 환상소설의 대가 에드거 앨런 포의 책이라면 밤에 어울린다. 이런 책을 낮에 읽으면 맛이 안 난다. 포의 소설 전집

에드거 앨런 포, 『우울과 몽상』, 홍성영 옮김, 하늘연못, 2005

은 제목이 『우울과 몽상』이다. 우울한 몽상가조차 이 책을 낮에 읽지는 않을 것이다. 누가 이걸 낮에 읽는 모습을 발견하면 실례를 무릅쓰고 다가가 말해주고 싶다. 이건 밤에 읽어야 하는 책이라고.

이 책 속에 있는 일기는 짧지만 내가 발견한 것 중에서 가장 만족도가 높은 흔적이다. 이 일기는 그 자체로 포의 소설처럼 미스터리이며 환상적이다. 그냥 보면 책 속에 흔히 남긴 글씨와 별로 다르지 않다.

08.8.26. 화. 밤이다. 밖에는 귀뚜라미가 울고 있다.

주의깊게 살피면
세 문장의 필적이
모두 다름을 알 수 있다.
설마 이것은……?

08. 8. 26. 화 밤이다. 밖에는 귀뚜라미가 울고 있다.

09. 10. 18. 일 ●●가 밤을 까먹고 있다. 감기에 걸려서 힘들다.

14년. 7. 30. 수요일 뜨거운 여름. ●●다 방어서.

09.10.18.일.○○가 밤을 까먹고 있다. 감기에 걸려서 힘들다.
14년. 7. 30. 수요일. 뜨거운 여름. ○○와 방에서.


일기는 세 번의 각각 다른 날짜에 한 줄씩 적었다. 그런데 가장 위에 있는 날짜가 2008년의 것이라고 하면, 마지막 세번째는 2014년으로 6년이라는 꽤 긴 간격이 있다. 한 사람이 6년 동안 이 책을 세 번 읽은 다음 일기를 남긴 것일까? 처음엔 그렇게 생각했다. 하지만 조금 더 주의깊게 살피면 세 문장의 필적이 모두 다름을 알 수 있다. 설마 이것은……?

내 추리는 이렇다. 2008년 여름밤, A라는 사람이 처음으로 이 책을 읽고 일기를 썼다. 그런 다음 책을 다른 사람에게 줬거나 헌책방에 팔았다. A에게 책을 받았거나 헌책방에서 이 책을 산 사람 B는 책을 읽으려고 첫 장을 폈는데 일기를 발견했다. B는 A의 일기 밑에 자신도 일기를 남긴다. 책을 다 읽은 B는 A가 그랬던 것처럼 다시 책을 누군가에게 주거나 또 헌책방에 팔았다. 책의 그다음 주인이 된 C는 역시 책을 읽기 전 A와 B가 남긴 일기를 본다. 그리고 그 아래에 똑같이 일기를 쓴다. 이상과 같이 나는 이 책에 있는 세 건의 일기를 세 명이 각각 쓴 교환일기로 봤다.

조금 더 재미있는 생각을 이어가본다. 억측이라 말할 사람도 있겠지만, 책 속 흔적을 보면서 억지스러운 상상을 해보는 것도 하나의 재미다. 아무렇게나 상상해도 누가 뭐라 할 사람 없으니 흔적을 발견했을 때는 맘껏 상상해보자.

내가 주목한 것은 '밤'이다. 이 책은 분명 밤에 읽었을 거다. A가 쓴 2008년의 일기가 그것을 증명한다. 일기는 "밤이다"라는 문장으로 시작한다. 2009년의 B도 역시 밤에 책을 읽었고 A의 '밤'을 이어받아 일기를 쓰면 재밌을 것 같다는 생각을 한다. 그래서 "밤을 까먹고 있다"로 라임을 맞췄다. 몇 년 후 C는 앞선 두 사람의 일기를 보고 둘의 문장이 '밤'으로 연결되어 있음을 눈치챈다. 하지만 다시 '밤'을 쓰는 건 조금 유치한 것 같다. 머리를 짜낸 C는 일기 마지막을 "방에서"로 마무리하며 멋진 운율을 완성한다!

이거야말로 교환일기의 진수다. 내가 한 상상대로 서로를 알지 못하는 세 명이 헌책방에서 산 책으로 이 일기를 썼다면 책 한 권이 6년 동안 세 사람의 주인을 만나 여행한 셈이다. 그리고 포의 책은 일기를 통해 셋을 이어준다. 이런 일이 포의 책을 통해 생기니까 더욱 환상적이고 미스터리한 상상을 불러일으킨다.

정말 가능한 걸까? 물론이다. 그 중심에 책이 있으니까 가능하다. 누구든지 상상하면 책이 되고, 책은 그 상상을 현실로 만드는 재주가 있다. 그러니까 날마다 읽고, 쓰고, 상상하자. 엉망진창인 상상이라도 좋다. 짧은 일기여도 상관없다. 나의 일기 밑에 또다른 일기가 쓰이고, 그다음, 그리고 몇 번이나 일기가 이어지면 그 상상은 누군가의 생생한 현실로 바뀐다.

읽은 책을 헌책방에 팔 계획이라면 속지에 짧게 일기를 써보기를 권한다. 물론 이런 책은 프랜차이즈 중고서점에서는 낙서라고 하면서 매입을 거부당한다. 개인이 운영하는 가게라면 아마도 환영할 것이다. 프랜차이즈 기업에서는 일기를 낙서로 볼지 몰라도 동그란 안경을 쓰고 머리카락이 약간 길며 웃을 때 보이는 덧니가 매력적인 상상력 충만한 주인장이 운영하는 가게에선 그 책을 보물로 여긴다.

그리고 책 속에 일기가 쓰인 걸 헌책방에서 발견하거든 사서 그 안에 또 자신만의 일기를 쓰는 거다. 나는 이렇게 여러 사람이 쓴 교환일기를 간직한 책이 무심하게 세상을 두루 여행하는 상상을 즐긴다. 이 상상은 절대로 우울하지 않은 멋진 몽상이다.

# 난 과연 무얼 할 수 있을까

어딜 가든 항상 가방에 책을 넣고 다닌다. 오랫동안 그렇게 해왔기에 이제는 습관이 됐다. 나는 대학생 때 운전면허를 취득했지만, 자가용을 갖고 있지 않다. 겁이 많아서 운전을 못 하는 게 첫번째 이유지만, 사람들이 물어보면 운전하면서 동시에 책을 읽을 수 없기 때문이라 둘러댄다. 헌책방 일꾼과 작가로 활동하면서 여기저기 이동할 일이 많다. 그럴 때면 대중교통을 이용한다. 특히 기차에서 책 읽는 걸 좋아한다. 때론 일부러 고속열차를 마다하고 조금 느린 무궁화호를 탄다. 책을 읽는데 바깥 풍경이 시속 300km라는 건 어쩐지 맘에 들지 않는다.

하지만 나도 사람인지라 집을 나설 때 책 한 권 챙기는 걸 깜빡 잊을 때가 있다. 그러면 마음이 불안하다. 책이 없다는 사실을 일찍 알아차렸다면 돌아가서 가져오겠지만, 그렇지 않은 경우는 근처 아무 서점이나 들어가서 책을 산다. 일본 드라마 〈고독한 미식가〉의 고로 아저씨처럼 문득 길 위에 서서 입을 반쯤 벌리곤 "아! 책이 고프다……" 하며 급히 주변을 둘러본다. 그러나 요즘 서점은 식당만큼 쉽게 눈에 들어오지 않는다. 학교 앞 분식집 옆에, 시장 골목에, 목 좋은 사거리마다 무심한 듯 자리를 지키고 있던 많은 서점이 그립다. 그 많던 서점은 누가 다 먹어치웠을까?

가방에 넣고 다닐 책은 작고 가벼운 게 좋다. 이동하며 읽어야 하니 집중해서 줄거리를 따라가야 하는 소설보다는 가벼운 에세이가 좋고, 가방에 이미 짐이 많아 책 한 권도 부담스럽다 느낄 땐 시집을 챙긴다. 시는 짧으니까 잠깐씩 짬 내어 읽기 좋다. 짧은 대신 생각을 깊게 만들기에 읽는 데만 집중하지 않아도 괜찮다. 눈으로 시를 따라가다 멈췄을 때, 마음은 시가 되어 종이의 빈 곳을 채운다. 시집에 여백이 많은 이유는 그렇게 자기만의 언어를 쌓아두라는 뜻이리라.

그래서인지 헌책방에 시집이 입고되면 책의 전 주인이 뭔가 써놓은 메모가 있는지 더욱 주의깊게 살핀다. 종이에 여백이 많은 시집은 때로 공책처럼 쓰이기도 한다. 일기장이나 편지지가 되기도 한다. 어떤 사람에겐 고민을 털어놓는 친구가 된다.

오늘 흔적을 찾은 시집은 『시인이여 기침을 하자』로 김수영

김수영, 『시인이여 기침을 하자』, 열음사, 1984

시인의 작품을 엮은 책이다. 1984년에 펴낸 것으로 출판사는 열음사. 1980년대라면 이미 민음사에서 김수영 전집을 펴내던 때라고 알고 있는데 열음사에서도 이런 책이 나왔구나. 이 책은 열음사에서 '한국의 시인'이라는 시리즈로 나온 시집 중 하나다. 김수영의 모든 시를 다 수록한 것은 아니고, 유명한 작품을 선별해 소개하고 후반부에는 시인이 쓴 산문과 시론도 몇 편 엮어 그 나름대로 알찬 구성을 만들었다.

이 책 맨 뒷장 속지에는 다음과 같은 손글씨가 있다.

춥다. 12월 3일. Epinal. 역전.

겨울에 집에 가야 하는지 이곳에 남아야 하는지 결정할 수가 없다.

15일간 난 과연 무얼 할 수 있을까.

결정을 하기 전 아무것도 못 할 것 같다.


본문에 시를 읽은 날짜로 보이는 "84. 7. 9"라는 글씨가 있는

15일 후, 그가 어떤 결정을 내렸는지 나는 모른다.
다만 후회 없는 선택이었기를 바란다.

것으로 봐서 12월 3일은 이 책의 출판연도와 같은 1984년일 것이다. 서지 면에 있는 시집의 발행일은 3월 6일이다. 그러니 책 주인은 이 시집을 헌책방이 아닌 신간서점에서 샀을 거다.

그리고 문제의 단어 'Epinal(에피날)'과 '역전'이다. '역전'은 기차역 앞이라는 뜻이고, 그렇다면 '에피날'은 어느 동네 이름일 테다. 떠오르는 곳은 한 곳, 프랑스 북동부에 있는 작은 도시 에피날이다. 책 주인은 지금 프랑스 에피날에서 김수영 시집을 읽는 것일까? 책을 프랑스에서 샀을 것 같지는 않다. 1980년대에 프랑스에서 유학했다는 손님과 얘기를 나눈 적이 있는데, 파리에서 생활했음에도 우리나라 책을 파는 곳이 없어서 외로웠단다. 하물며 그보다 작은 도시 에피날에서라면 한국 책 구하기가 더 어려웠으리라. 이 사람은 분명 우리나라에서 책을 사서 함께 프랑스로 간 것이다.

에피날이 프랑스가 아니라 우리나라 어느 곳일 수도 있다. 역 앞에 있는 다방 이름이 에피날은 아닐까? 아시안게임과 올림픽을 잇달아 유치하며 '세계화'의 꿈을 그리던 1980년대엔 외국 도시 이름이 들어간 가게 간판을 심심찮게 볼 수 있었다. '빠리 안경원' '런던 양복점' '뉴욕 제과점' 등등.

그렇다고 해도 가게 이름으로 에피날은 어울리지 않는다. 유명한 도시가 아니기 때문이다. 어릴 적 내가 살던 동네 시장엔 '베를린'이라는 이름을 달고 있는 신발 가게가 있었다. 당시엔 별생각 없었지만, 독일 전차처럼 튼튼한 신발을 판다는 자부심에 그런 이름을 썼는가 싶다. 하지만 같은 독일이라고 해도 '쾰른 음반점'은 들어본 적이 없다.

역시 이 사람은 김수영 시집과 함께 프랑스에 있는 것일까? 여기서 또하나 의심스러운 게 있다. 만약 프랑스에서 이 손글씨를 남긴 것이라면 에피날을 'Épinal'이라 썼을 확률이 높다. 프랑스어 특유의 악상 기호를 뺀 'Epinal'이 아니라. 1984년에 프랑스에 갔던 사람이라면 단순히 관광 목적이 아닐 가능성이 크다. 당시는 외국에 나가려면 서류 절차가 지금보다 훨씬 복잡했을 뿐만 아니라 정부에서 출국 허가 자체도 나지 않는 경우가 허다했다. 그러니까 이 사람은 유학이나 업무상 출장으로 여기에 왔고, 따라서 정확한 프랑스어를 구사하고자 의식적으로 애쓰는 상황일 것이다. 물론 프랑스 현지인들은 편의상 대문자의 악상을 생략하는 경우가 종종 있지만, 역전에서 프랑스 지명을 손글씨로 꾹꾹 눌러 기록하는 이방인이라면 악상까지 정확하게 적어주지 않았을까.


추운 겨울, 프랑스 에피날 기차역에 홀로 앉아 시집에 속마음을 털어놓는 이 사람에게는 과연 어떤 사정이 있는 것일까? 무슨 일로 여기 왔는지 알 길이 없지만, 겨울엔 집으로 돌아가야 할지 고민이다. 하지만 쉬운 결정이 아닌 것 같다. 돌아갈지 그냥 이곳에 남아야 할지 결정해야 할 시간은 앞으로 15일. 15일 후면 크리스마스 시즌이다. 집으로 돌아간다면 가족이 기다리고 있을까? 아니면 홀로 두고 온 연인을 마음으로 그려보고 있는 걸까? 사정을 전혀 모르지만 단정하게 쓴 글씨를 읽으며 나는 1984년의 그에게 응원을 보낸다.

어딘가로 떠날 때 책을 가져간다는 건 그 책을 읽을 만한 여유가 있기 때문이다. 혼자 떠나는 여행에서 책은 좋은 친구다. 여럿이 가더라도 혼자 있는 시간이 충분히 보장된 경우라야 책을 볼 수 있다. 김수영 시집을 갖고 외국에 나와 있는 이 사람은 어쩐지 혼자인 것 같다. 외따로 떨어져 있는 한 사람의 모습을 상상으로 그려본다. 그는 외로움을 달래기 위해 우리말로 된 시를 읽으며 생각에 잠긴다. 그러다 문득 큰 소리를 내면서 지나가는 겨울 기차를 눈으로 좇는다. 기차가 사라진 먼 곳은 어둠이 내려 잘 보이지 않는다. 저 어둠 너머에는 그를 따뜻하게 맞아줄 집이 있다. 하지만 그리로 갈 수 있을지는 알 수 없다. 결정하기 전까지는 아무것도 할 수 없을 정도로 막막한 기분이다.

15일 후, 그가 어떤 결정을 내렸는지 나는 모른다. 다만 후회 없는 선택이었기를 바란다. 집을 나설 때 책을 가져가는 이유는 남는 시간을 때우기 위해서만은 아니다. 어떤 결정을 하기 전 마음을 추스르며 책을 읽으면 신기하게도 일이 잘 풀릴 때가 있다. 책이 갈 길을 가르쳐줬다기보다 읽는 동안 복잡했던 생각이 정돈되기 때문이다.

살다보면 이렇게 해라, 저렇게 해라, 내가 해봐서 안다 등등 시끄럽고 요란한 표지판들을 자주 만난다. 하지만 다 무슨 소용이랴. 그것들이 내 갈 길을 대신 가주는 것도 아닌데. 내 길은 내가 가야 하고 선택과 결과 모두 내게 속한 세계이기에 삶은 의미가 있다. 자, 오늘도 힘내어 걸어보자. 가방 속엔 언제나 힘이 되어주는 작은 책이 함께하고 있으니까.

# 사람들은 사랑을 하면서
# 그 사랑의 소중함을 모른다

"사랑하다가 죽어버려라"

　내 돈으로 책을 샀던 첫 기억은 중학생 때다. 초등학교에 다닐 때는 주로 부모님이 책을 사주셨다. 많지 않은 용돈을 아껴서 책을 사러 다니기도 했지만, 그 돈 역시 부모님이 주신 것이기 때문에 나는 어디서 무슨 책을 샀는지 보고할 의무가 있었다. 그러니까 초등학생 때는 완전한 내 의지로 책을 샀다고 말하기 어렵다.

　중학생이 되기 이전에 내가 샀던 책은 대부분 추리소설이었다. 당시엔 줄곧 애거사 크리스티에게 빠져 있었고 시리즈로 나온 작품도 워낙 많아서 다른 책이 눈에 들어오지 않았다. 내친김에 초등학교 고학년이 됐을 무렵엔 짧은 추리소설을 직접 써보기도 했다. 하지만 생각만큼 잘 써지지 않았다. 내가 진짜로 좋아했던 장르는 『소공녀』나 『빨강머리 앤』처럼 서정적이고 재미있는 일화가 많이 나오는 책이었다. 추리소설은 주변 친구들이 좋아하니까 덩달아 어울려서 읽었던 거다.

단편소설을 써보고 싶다는 충동은 초등학생 시절 내내 나를 따라다녔는데, 결국 몇 편 마음에 드는 걸 쓰긴 했다. 당시 텔레비전에서는 초등학생들이 나오는 드라마가 인기였다. 텔레비전을 그리 좋아하지 않던 나도 〈호랑이 선생님〉이나 〈꾸러기〉는 거의 빼놓지 않고 봤다. 특히 〈호랑이 선생님〉에서 담임선생님으로 등장하는 조경환 배우는 동시에 〈수사반장〉에서 형사로도 나왔기 때문에 정말 호랑이처럼 무서운 느낌이었다. 어린이 드라마에 자극받은 나는 우리 반에서 실제로 일어나는 일을 조금 각색해서 명랑소설을 써보기로 했다.

명랑소설은 범죄소설보다 훨씬 감정이입이 잘돼서 술술 써졌다. 나는 이 작품을 교지에 싣고 싶었지만, 그러기엔 분량이 너무 길다는 이유로 끝내 교지에 실리지는 못했다. 선생님은 교지에 글을 싣고 싶으면 동시나 원고지 한두 장짜리 짧은 일기 같은 걸 써오라고 했다. 하지만 소설이 아니면 싫었다. 고학년이 됐을 무렵부터 나는 이제 아동이 아니라는 확고한 믿음을 가지고 살았는데 어린이가 읽는 동시 따위를 쓸 수는 없었다. 나의 최연소 문단 데뷔의 꿈은 그렇게 싱겁게 끝나버렸다.

중학생이 됐을 때 내가 가장 관심 있게 추진한 일은 사설 신문을 만드는 거였다. 작가들은 흔히 자기가 만든 신문이나 잡지에 자기가 쓴 글을 발표하곤 하지 않던가. 나는 이제 중학생이 되었으니 명랑소설과도 작별하고 좀더 어른스러운 걸 써볼 욕심이 생겼다. 이를테면 시를 쓰는 거다! '서정시인'이란 말은 입술을 움직여 작게 소리를 내는 것만으로도 멋있게 들렸다.

나는 마음 맞는 친구 몇 명을 섭외해서 '미래로 가는 기차'라는 신문사를 만들었다. 지금 생각해보니 좀 거창하게 들리는 이름이지만 당시에는 록밴드 들국화의 〈세계로 가는 기차〉라는 노래가 한창 유행이었던지라 급우들 사이에서 반응도 괜찮았다. 그 신문 제목만큼이나 멋진 시를 써서 발표하는 게 내 목표였다.

그로부터 여러 날 동안 나는 학교 수업을 마치면 곧장 시장에 있는 헌책방 몇 곳을 돌며 참고할 만한 시집을 찾았다. 학교에서 우리나라 시인의 작품을 배우긴 했지만, 나는 무조건 외국 시가 좋았다. 외국 시를 쓴 시인은 이름도 멋있다. '릴케' '랭보' '워즈워스' 등등. 적어도 내가 보기에 그 이름은 김소월이나 김춘수보다 확실히 마음이 끌렸다.

시의 내용보다는 이름에 집착했던 나는 '하이네' 시집을 선택했다. 하이네라니! 너무 멋있다. 그냥 하이네도 아니고 '하인리히 하이네'다. 하이네만으로도 멋있는데 거기에 또 하인리히라니! 만약 내가 하씨라면 이름을 하이네로 개명까지 하고 싶을 지경이었다. 하지만 내 이름은 윤성근. 아무리 머리를 굴려봐도 윤씨로 만들 수 있는 외국 이름이란 '쟈니 윤'밖에 떠오르지 않았다.

그날 밤 나는 헌책방에서 산 낡은 하이네 시집 맨 뒷장 속지에다가 작은 글씨로 "나는 왜 시인이 되려는 걸까?"라는 오글거리는 문장을 썼다. 비록 1500원짜리 손바닥만한 책이긴 하지만 이것이 내 의지로 산 역사적인 첫번째 책이기에 그런 대담한 글을 남긴 것이다.

이처럼 길게 나의 첫번째 책에 관한 이야기를 늘어놓은 이유는, 역시 누군가의 첫번째 책이었던 정호승 시인의 『사랑하다가 죽어버려라』 때문이다. 이 책은 1990년에 펴낸 『별들은 따뜻하다』 이후 7년 만에 내놓은 시인의 신작인데, 평론가와 독자에게 모두 사랑받은 스테디셀러 시집이다.

이 시집을 읽은 이는 자기 돈으로 산 첫번째 책을 기념이라도 하듯 여러 곳에 정성 어린 감상을 적어놓았다. 순서상으로는 가장 나중이지만 시집을 다 읽고 난 후의 감상을 먼저 옮겨본다.

나는 여태까지 살면서 내가 직접 시집을 산 건 처음이었다. 살 때는 정말 돈 아깝다는 생각도 들고 약간 짜증도 났다. 사고 집에 가는 길에 시를 읽어보았다. 맨 처음엔 무슨 말인지 모르는 시들이 많았다. 그런데 점점 읽어갈수록 시에 푹 빠지게 되었다. 공감 가는 시들도 정말 많았고 좋은 글귀도 많았다. 그리고 이 시집에는 '인수봉, 키스, 하나님'이 정말 많이 나왔다. 작가가 이걸 좋아하나보다. 나는 이 (시)집을 거의 다 읽었지만 그래도 또 반복해서

정호승, 『사랑하다가 죽어버려라』, 창작과비평사, 1999

많이 보겠다.

　"여태까지 살면서"라는 말로 시작하는 걸 보니 독자는 어린 나이가 아닌 것 같다. 하지만 색연필로 책의 여러 곳을 장식한 솜씨를 보면 성인이라고 판단하기도 어렵다. 어쩌면 초등학생 고학년 때 이미 어른이 됐다고 믿은 나와 비슷한 감성을 지닌 사람이 아닐까? 섣불리 판단할 문제는 아니지만, 나는 이 감상문의 주인공이 초등학생 또는 중학생 정도라고 생각한다. 이번엔 책 맨 앞쪽에 있는 '첫 느낌'을 읽어보자.

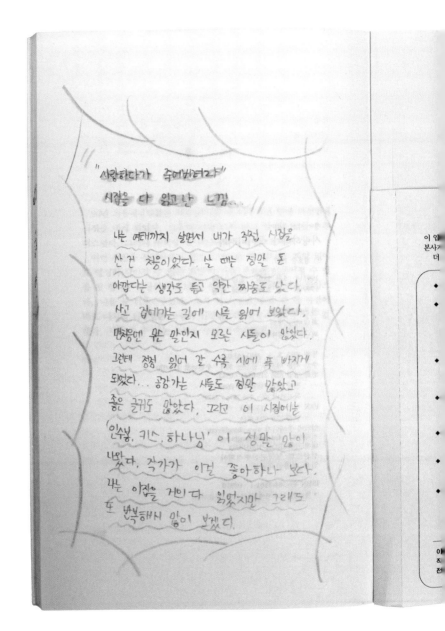

"여태까지 살면서"라는 말로 시작하는 걸 보니 독자는 어린 나이가 아닌 것 같다.
하지만 색연필로 책의 여러 곳을 장식한 솜씨를 보면 성인이라고 판단하기도 어렵다.
어쩌면 초등학생 고학년 때 이미 어른이 됐다고 믿은 나와 비슷한 감성을 지닌 사람이 아닐까?

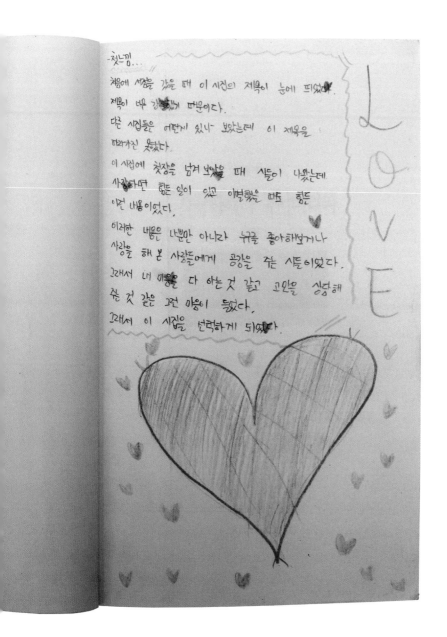

-첫느낌...

처음에 서점을 갔을 때 이 시집의 제목이 눈에 띄었다.
제목이 너무 강렬했기 때문이다.
다른 시집들은 어떻게 있나 보았는데 이 제목을
뛰어가진 못했다.

이 시집에 첫장을 넘겨 보았을 때 시들이 나왔는데,
사랑하면 힘든 일이 있고 이별했을 때도 힘든
이런 내용이었다.

이러한 내용은 나뿐만 아니라 누구를 좋아해봤거나
사랑을 해 본 사람들에게 공감을 주는 시들이었다.
그래서 내 마음을 다 아는 것 같고 고민을 생각해
준 것 같은 그런 마음이 들었다.
그래서 이 시집을 선택하게 되었다.

시집 속지에 책을 만난 강렬한 첫 느낌을 적었다.
사랑에 관한 시집을 샀기에 그 기대감 때문이었을까,
커다란 하트 모양과 함께 'LOVE'라는 글씨를 색연필로 장식했다.

처음에 서점을 갔을 때 이 시집의 제목이 눈에 띄었다. 제목이 너무 강렬했기 때문이다. 다른 시집들은 어떤 게 있나 보았는데 이 제목을 따라가진 못했다. 이 시집에 첫 장을 넘겨보았을 때 시들이 나왔는데 사랑하면 힘든 일이 있고 이별했을 때도 힘든 이런 내용이었다. 이러한 내용은 나뿐만 아니라 누구를 좋아해보거나 사랑을 해본 사람들에게 공감을 주는 시들이었다. 그래서 내 마음을 다 아는 것 같고 고민을 상담해주는 것 같은 그런 마음이 들었다. 그래서 이 시집을 선택하게 되었다.

독자는 시집 속지에 책을 만난 강렬한 첫 느낌을 적었다. 사랑에 관한 시집을 샀기에 그 기대감 때문이었을까, 커다란 하트 모양과 함께 'LOVE'라는 글씨를 색연필로 장식했다. 내가 하이네라는 이름에만 끌린 것에 비하면 이 책을 읽은 사람은 내용까지 살펴보고 선택한 것 같아 문득 내 행동이 몹시 부끄럽게 느껴진다.

자기 돈으로 산 책이라서 독자는 이 시집을 완전히 자기 것으로 여기고 마음껏 읽었다. 그리고 여러 방법으로 책에 감상을 남겼다. 도서관에서 대출해 읽거나 친구에게 빌린 책이라면 감히 이런 화려하고 솔직한 감상을 남기지는 못했으리라. 시집에는 밑줄과 그림, 여러 장식과 함께 특별히 좋았던 시에는 그 밑에 따로 느낌도 적었다. 책에는 모두 세 작품에 감상문이 있다. 먼저

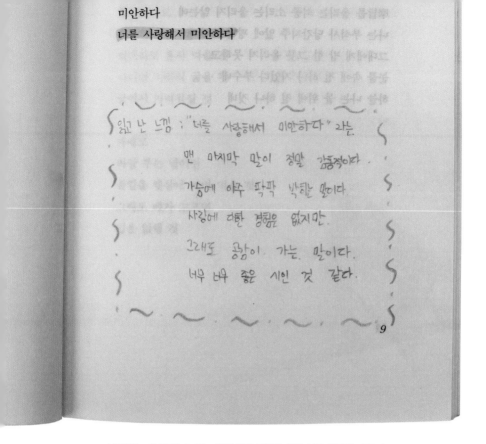

시를 읽는 건 그 알 수 없는 어떤 것을 자꾸만 찾고 싶은 애틋한 마음이다.


「미안하다」 아래에 적은 짧은 감상이다.

　"너를 사랑해서 미안하다"라는 맨 마지막 말이 정말 감동적이다. 가슴에 아주 팍팍 박히는 말이다. 사랑에 대한 경험은 없지만. 그래도 공감이 가는 말이다. 너무너무 좋은 시인 것 같다.

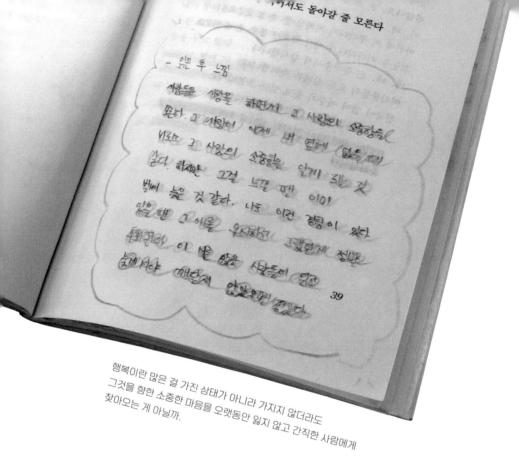

행복이란 많은 걸 가진 상태가 아니라 가지지 않더라도
그것을 향한 소중한 마음을 오랫동안 잃지 않고 간직한 사람에게
찾아오는 게 아닐까.

　역시 독자는 아직 제대로 된 사랑을 해보지 못했나보다. 그렇
다고 하더라도 사랑에 관한 시를 읽으면 사랑의 감정을 느낄 수
있다. 시인은 바로 그런 사람이다. 알지 못하는 독자에게 감동을
전해주고 짧은 문장으로 가슴에 팍팍 박히는 말을 할 수 있는 재
능이 있어야 시인이다. 과연 어릴 적 나에겐 그런 재능이나 감성

이 있었을까. 그때는 있다고 믿었지만 지금 생각해보니 없었던 것 같다. 하지만 지금 없는 게 그때는 분명히 있었다. 시를 읽는 건 그 알 수 없는 어떤 것을 자꾸만 찾고 싶은 애틋한 마음이다.

시집에 있는 두번째 감상문은 조금 더 감정을 밀고 나간 듯 보인다. 「모른다」라는 시 아래 적은 글이다.

사람들은 사랑을 하면서 그 사랑의 소중함을 모른다. 그 사랑이 이제 내 옆에 없을 때 비로소 그 사랑의 소중함을 알게 되는 것 같다. 하지만 그걸 느낄 땐 이미 벌써 늦은 것 같다. 나도 이런 경험이 있다. 있을 땐 그애를 무시하고 그랬던 게 정말 후회된다. 이 시를 많은 사람들이 읽고 늦게서야 깨닫지 않았으면 좋겠다.

이게 정말 사랑을 해보지 않은 사람이 쓴 글일까? 독자는 이미 몇 번이나 멋진 사랑의 경험을 하고 그 느낌과 결과를 알고 있는 것만 같다. 우리는 사랑을 하면서 그 사랑의 소중함을 모른다. 사랑뿐만 아니라 뭐든지 그렇다. 하고 있으면, 혹은 갖고 있으면 그 순간엔 그것의 소중함을 잘 모른다. 이미 하고 있기에 하지 못할 때의 감정을 알지 못한다. 가진 사람은 가지지 못한 사람, 가질 수 없는 사람의 마음을 전부 헤아리기 어렵다. 그러고 보면 행복이란 많은 걸 가진 상태가 아니라 가지지 않더라도 그것을 향

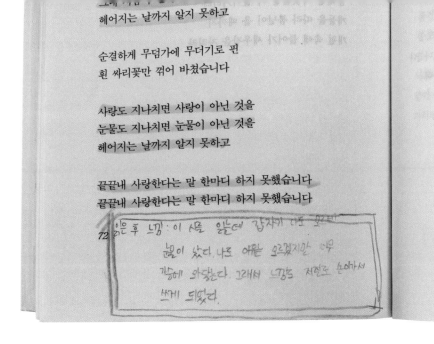

해어지는 날까지 알지 못하고

순결하게 무덤가에 무더기로 핀
흰 싸리꽃만 꺾어 바쳤습니다

사랑도 지나치면 사랑이 아닌 것을
눈물도 지나치면 눈물이 아닌 것을
해어지는 날까지 알지 못하고

끝끝내 사랑한다는 말 한마디 하지 못했습니다
끝끝내 사랑한다는 말 한마디 하지 못했습니다

72 읽은 후 느낌 : 이 시를 읽는데 갑자기 나도 모르게
눈물이 났다. 나도 이유는 모르겠지만 너무
가슴에 와닿는다. 그래서 느낌도 저절로 손이가서
쓰게 되었다.

"사랑도 지나치면 사랑이 아닌 것을 눈물도 지나치면 눈물이 아닌 것을"

한 소중한 마음을 오랫동안 잃지 않고 간직한 사람에게 찾아오
는 게 아닐까.

「끝끝내」 아래에 적은 마지막 감상은 짧고 아주 강렬하다.

이 시를 읽는데 갑자기 나도 모르게 눈물이 났다. 나도 이유
는 모르겠지만 너무 가슴에 와닿는다. 그래서 느낌도 저절로 손이
가서 쓰게 되었다.

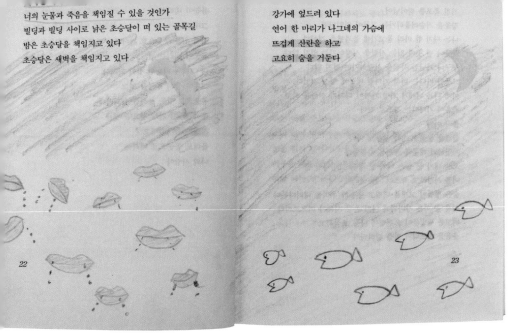

너의 눈물과 죽음을 책임질 수 있을 것인가
빌딩과 빌딩 사이로 낡은 초승달이 떠 있는 골목길
밤은 초승달을 책임지고 있다
초승달은 새벽을 책임지고 있다

강가에 엎드려 있다
연어 한 마리가 나그네의 가슴에
뜨겁게 산란을 하고
고요히 숨을 거둔다

22

23

누가 가지고 있든 그 책 맨 뒤 속지에 내가 쓴 짧은 글을 발견하면
유치하다 탓하지 말고 가만히 웃어주시길 바란다.

독자가 어느 부분에서 감동하여 눈물을 흘렸는지는 형광펜으
로 밑줄을 그은 부분이 단서가 될 수 있겠다. 그중에서도 어쩌면
이런 글. "사랑도 지나치면 사랑이 아닌 것을/눈물도 지나치면
눈물이 아닌 것을" 나는 이 문장을 읽고 마음이 숙연해졌다. 나
는 뭐든 지나치게 잘해야 한다는 강박 속에서 살았다. 그냥 잘하
는 것만으로는 다른 사람에게 뒤처진다는 염려 때문에 나를 돌
보지 않고 다그친 일이 많았다.

돌이켜보면 하이네라는 이름 때문에 무작정 시집을 샀던 웃

지 못할 해프닝도 남들보다 더 멋있는 시를 쓰고 싶다는 지나친 욕심에서 비롯된 일이다. 어른이 된 지금, 나는 그 지나침에서 벗어났다고 말할 수 있을까. 부끄럽지만 나는 여전히 지나치게 버둥거리면서 산다. 하지만 그걸 멈추기도 두렵다. 가끔 흘리는 지나치지 않은 눈물만이 위로가 될 뿐이다.

어릴 적 샀던 하이네 시집은 지금 가지고 있지 않다. 헌책방에 판 기억은 없으니 여기저기 이사 다니는 동안 다른 종이들과 함께 자연스럽게 버려진 모양이다. 운좋게 파지로 없어지지 않고 살아남았다면 지금도 어느 헌책방 서가에서 잠들어 있지 않을까. 아니면 하이네를 좋아하는 어떤 사람이 가지고 있을지도 모를 일이다.

누가 가지고 있든 그 책 맨 뒤 속지에 내가 쓴 짧은 글을 발견하면 유치하다 탓하지 말고 가만히 웃어주시길 바란다. 그 책은, 모든 걸 안다고 장담했지만 실은 아무것도 몰랐고, 가진 게 하나도 없다고 믿었지만 사실 가장 소중한 걸 가지고 있던 내 어린 시절의 조그마한 추억이니까.

# 내 잃어버린 순수 하나

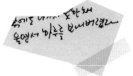

어린이가 미래의 주인공이라는 말을 처음 한 사람은 누구일까. 초등학교 다닐 적 교장 선생님은 월요일 조회 때마다 매번 그렇게 말했다. 땡볕 아래 어린이 수백 명을 부동자세로 줄지어 세워놓고 자신은 천막 아래 그늘에서 연설했다. 미래에 어린이가 주인공인지 단역인지는 지나봐야 알겠지만, 그 순간만은 분명히 교장 선생님이 주인공이었다.

나는 어른들의 말이나 태도를 잘 이해하지 못했고 성격이 매우 부정적인 어린이였다. 아이답게 순진한 구석도 있었지만, 나는 자신을 어린이로 생각했던 적이 별로 없었다. 그래서 나는 초등학교 4학년 무렵부터는 스스로 어른이 되었다고 믿었다.

어른이라면 어른답게 어린이가 읽는 책부터 끊어야 한다고 다짐한 나는 어른들이 권해주는 동화책 읽기를 그만뒀다. 솔직히 권해서 읽는 책 중에 재미있는 게 하나도 없었다. 어른들은 우리나라 전래동화나 이솝우화 같은 걸 주면서 읽으라고 했다. 거기서 교훈을 찾으라고 했다. 나는 교훈이라는 말 자체가 싫었다.

책 쓰는 직업을 갖게 된 지금, 나는 여전히 교훈을 싫어해서 내가 쓰는 책에 교훈은 없다고 단언한다. 교훈을 찾고 싶은 독자라면 이 책을 덮고 당장 다른 책을 찾아보는 게 좋다. 교훈이 있다고 공공연히 광고하는 책도 많으니까 교훈을 원한다면 그런 책을 읽으면 된다.

방금 좀 강한 어조로 말했지만, 사실 내 어릴 적 태도에 비하면 강한 것도 아니다. 나는 어른들이 말하는 책은 거의 안 읽고 이해할 수 없는 어려운 책만 골라서 읽곤 했다. 이해를 못 한다는 걸 알면서도 무작정 읽었다. 책에서 교훈을 찾느니 차라리 읽고 무슨 말인지 모르는 편이 낫다고 생각했다.

이런 나에게 인생 최초의 스승 같은 존재가 나타났는데 바로 동네에서 하숙하는 대학생 형들이었다. 형들은 옷 입은 행색이 하나같이 남루해서 처음엔 거지 무리가 아닌가 의심했다. 그런데 어느 무더운 여름, 방문을 열어놓은 하숙집 안을 우연히 보고는 깜짝 놀랐다. 거기 책이 엄청 많았기 때문이다. 마치 작은 헌책방 같았다.

비좁은 방안에는 서너 명 정도가 앉아 있었는데 내가 책에 관심을 보이자 형들은 나를 따뜻하게 맞이해주었다. 알고 보니 이들은 이 근방 대학교에 다니는 학생이었다. 형들은 무슨 책을 읽냐고 물어보니 돌아온 대답이 나를 더 설레게 했다. 자신들은 학교에서 읽지 말라고 하는 책만 골라서 읽는다는 거였다. 그렇게 말하면서 자기들끼리 낄낄 웃는데, 그때부터 내겐 그들이 거지가 아닌 신선처럼 보였다.

오오, 이게 바로 진정한 어른이다! 나는 곧장 형들에게 책을 빌려달라고 부탁했다. 그들은 좋다고 했다. 대신 조건이 있다. 첫째, 책을 가져가지 말고 이 방에서만 읽을 것. 둘째, 방 청소를 할 것. 형들은 바빠서 평소에 방 정리를 잘 못하니까 자기들이 집을 비웠을 때 와서 책을 읽고 청소를 하고 가라는 거였다. 이해할 수 있었다. 진짜 어른들은 바쁘니까 청소 따위를 신경쓸 수 없는 게 당연하다. 이 많은 책을 맘껏 읽을 수 있는 대가로 고작 청소라니. 너무 쉬워 보였다.

하지만 다음날, 나는 어제 형들과 했던 약속을 뼈저리게 후회했다. 방이 너무 더러웠다. 게다가 책도 이상한 것만 가득했다. 당시엔 아무것도 몰랐지만, 사실 형들은 운동권 학생이었다. 그래서 책장엔 사회과학책들이 대부분이었다. 데모하러 다니느라 청소할 시간이 없었던 거였다. 세상에 있는 책은 모두 소설 아니면 시집이라고 믿었던 내게 그것들은 로제타스톤처럼 해독 불가능한 글자가 적힌 돌덩이일 뿐이었다.

두 번 정도 더러운 하숙방 청소를 한 나는 형들이 다시 거지처럼 보였다. 하지만 최고의 책은 언제나 운명처럼 마지막 순간에 나타나는 법이다. 전에는 눈에 들어오지 않았던 책 한 권이 나를 잡아끄는 느낌을 받았다. 『오물덩이처럼 딩굴면서』다. 표지엔 제목 위로 '권정생의 글 모음'이라는 글씨가 있었다. 권정생이라면 읽어본 기억이 있다. 맞다, 『몽실언니』를 쓴 작가가 바로 권정생이다. 이름이 특이해서 기억하고 있었다.

몇 달 전 시장에 있는 헌책방에 갔을 때 주인아저씨가 내게 『몽실언니』를 권해줬다. 초등학생이 한참 책장을 두리번거리고 있으니 제 나름대로 손님 수준에 맞는 책을 골라준 것이다. 내키지는 않았지만, 매번 공짜로 둘러보다 그냥 가기가 미안해서 샀다. 집에 와서 읽어보니 여느 동화와는 달라서 놀랐다. 교훈을 강요하지도 않고 이야기가 흥미진진했다. 그런데 왜 학교 선생님은 이런 명작을 어린이에게 권하지 않았을까?

하숙방을 치우다 말고 나는 한참 동안 앉아서 『오물덩이처럼 딩굴면서』를 봤다. 거기엔 권정생이 쓴 산문이나 평론도 있었지만, 앞부분은 동화와 동시를 소개하고 있어서 재밌게 읽었다. 지금도 나는 이 충격적인 문장을 생생하게 기억한다. 「달구경」이라는 동화는 아저씨와 토끼 두 마리, 그리고 생쥐가 함께 달구경 가는 내용인데, 달까지 가려면 다들 힘들게 노를 저어야 한다니까 생쥐가 반대한다. 이건 동화니까 쉽게 가자는 거다. 이에 아

권정생, 「오물덩이처럼 딩굴면서」, 이철지 엮음, 종로서적, 1987

저씨는 "진짜 동화는 괴로운 것도 있어야 한다"고 잘라 말한다.

어떤 책은 오랫동안 한 사람의 기억을 간직했다가 꼭 필요한 때에 맞춰 선물처럼 풀어놓는 마술을 부린다. 지금까지 길게 내 어릴 적 이야기를 한 것도 모두 이 책 때문이다. 책은 낡았지만, 권정생의 동화를 읽고 가슴 뛰었던 그날의 기억은 또렷하다. 다시 보니 책은 낡지 않았다. 낡은 건 다만 내 생각일 뿐이다. 펼쳐 보니 그때 읽은 문장은 아직 그대로다.

그리고 책 속지엔 나처럼 오랜만에 이 책을 읽었을 것 같은 누군가의 흔적이 있다. 이 사람은 어떤 기억을 가지고 지금까지 살아왔을까.

권정생의 동화를 읽다가 그의 삶을 읽다가 문밖에도 나가지 못한 채 울면서 하루를 보내버렸다. 삶의 바닥이 가장 맑은 물이 흐를 수도 있는 지하수로임을 권정생 그의 삶을 통해 맛본다. 내버리지 못하는 책들. 동동 구르는 구차한 삶의 모습 모두 그에게는 껍데기일 뿐이었다. 아카시아를 보고, 장미를 보고 봄여름을 회인하는 내게 찔레꽃이며 할미꽃을 보고 봄을 맞는 그는 잃어버린 한국의 냄새였다. 내 잃어버린 순수 하나. 가리워진 진실 하나. 눈물 떨구는 동화 속에 따끔따끔 솟아왔다.

책을 읽다가 방에서 울어버린 한 사람의 이야기를 읽는다. 권정생의 동화만큼이나 실감나고 가슴을 울리는 고백이다. 여기 쓴 말대로 권정생의 글은 동화가 아니라 그의 삶이다. 삶이 그대로 녹아 흐르는 글을 쓴다는 건 얼마나 어렵고 또한 고통스러운 일인가.

글은 누구나 쓸 수 있지만, 삶이 드러나는 글은 아무나 쓸 수 없다. 노력으로도, 기술로도 할 수 없는 일이다. 할 수 없어서, 하는 수 없이 눈물을 흘린다. 그나마 눈물을 흘릴 만큼 메마르지 않았다면 다행이다. 많은 사람이 어른이 되면서 마르고 닳는다. 나도 다르지 않다. 그래서 이 글을 읽으며 마음이 애틋해졌다.

책을 좋아하는 어린이에서 이제 책과 함께 생활하는 어른이 된 나는, 여전히 글에서 교훈을 찾거나 만들려고 하지 않는다. 교

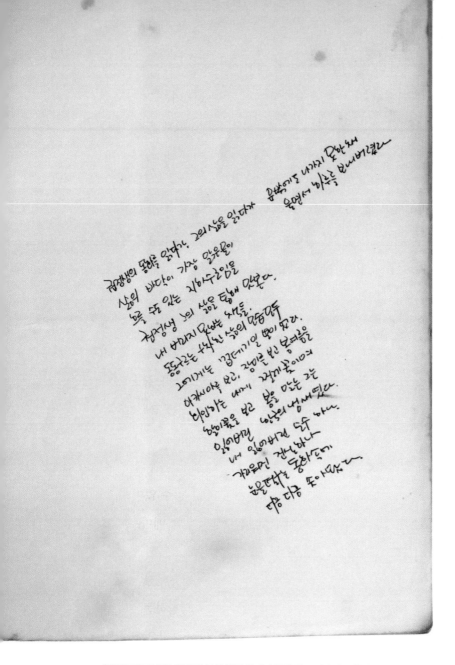

"권정생의 동화를 읽다가 그의 삶을 읽다가 문밖에도 나가지 못한 채 울면서 하루를 보내버렸다. 내 잃어버린 순수 하나. 눈물 떨구는 동화 속에 따끔따끔 솟아왔다."

훈은 글에서 나오지 않는 걸 알기 때문이다. 교훈이라고 부를 만한 것은 언제나 한 사람의 숭고한 삶에서 나오는데, 그 삶을 글에 담는 건 또다른 문제다. 삶 자체가 글이 되지 않고서는 불가능하다. 권정생을 읽을 때 가슴에 스미는 거룩함의 정체는, 그가 바로 이 불가능한 일을 해냈다는 증거다.

어린이였을 때 나는 이미 어른이라고 느꼈는데 지금은 어른의 경계가 무엇인지 잘 모르겠다. 나이 먹고 키가 자랐다고 다 어른은 아닐 텐데. 이 책에 어느 날의 일기를 쓴 사람도 나와 비슷한 마음인가보다. 누군지는 모르지만, 오늘은 우리 함께 고민을 나누면서 하루쯤 지내보면 어떨까. 어른이 되어도 친구는 필요하다. 아니, 어른이 되려면 괜찮은 친구가 있어야 한다고 해야 맞겠다. 우리는 아직 어른이 아니니까 함께 읽고, 조금은 또 울어도 좋다.

5부 * 헌책방 멀티버스, 세상에 이런 독자가!

# 어떤 작가의 어떤 책을 가지고 다니든

　세상에 반드시 해야 한다고 정해진 것은 무엇도 없다. 그러나 현대인들은 늘 어떤 것에 사로잡혀 산다. 오래전에 출판된 혁명적인 책의 첫 문장을 흉내낸다면 이렇다. "하나의 유령— 유행이라는 유령이, 세상에 떠돌고 있다." 바로 그렇다. 우리는 억지로 하지 않아도 되지만 유행에 뒤처지기 싫어서 하는 것들에 둘러싸여 산다.

　유행하는 옷을 입지 않으면 구식이고 유행가 가사를 모르거나 유행어를 재빠르게 알아듣지 못하면 늙은이라 놀림받는다. 요즘 인기 있는 드라마나 영화, 유튜브 채널을 챙겨 보지 않으면 다른 사람들과 대화가 통하지 않는다. 혼자만 외톨이가 될 것 같은 두려운 마음에 강요가 아닌데도 스스로 유행을 따른다.

나는 어릴 때부터 영상매체를 좋아하지 않아서 텔레비전을 거의 안 봤다. 움직이는 화면을 보고 있으면 눈이 금방 피곤해지고 곧이어 속이 울렁거리기 시작한다. 역시 나는 책이 좋다. 책은 움직임이 없지만, 눈을 감으면 텔레비전에서 나오는 것보다 더 생생한 장면을 상상으로 만들어낼 수 있다. 사람들은 어떻게 하면 어릴 때부터 텔레비전보다 책과 가까워질 수 있냐고 묻는다. 방법은 나도 모른다. 처음부터 책이 좋고 텔레비전이 싫었을 뿐 무슨 거창한 방법 같은 건 없다.

텔레비전을 안 보니까 또래 아이들과 얘기가 잘 통하지 않아서 내 별명은 학교 다니는 내내 '애늙은이' 또는 '윤선생'이었다. 다른 별명도 몇 개 있었지만, 보통은 그런 구식 냄새가 나는 별명이 언제나 나를 따라다녔다. 그러나 이상한 건 나를 그렇게 부르는 이유가 매번 달라졌다는 거다. 초등학생 때는 텔레비전 코미디 프로그램인 〈유머 1번지〉나 〈웃으면 복이 와요〉를 보지 않는다고 애들이 나를 구식 취급했다. 중학생이 되니까 댄스 가수 박남정하고 〈일급비밀〉이란 노래를 히트시킨 '소방차'를 모른다며 나를 간첩이라 했다. 고등학생이 되자 그 자리를 '서태지와 아이들'이 차지했고, 심지어 대학생이 되어서도 비슷한 패턴이 반복됐다.

책을 좋아하는 사람들이라면 유행에서 자유로울 것 같지만, 사정은 크게 다르지 않다. 책도 때마다 유행이 있어서 베스트셀러를 읽지 않으면 책을 잘 모르는 사람 취급을 받을 때가 있다. 나는 책방을 운영하면서도 베스트셀러를 잘 읽지 않는다. 신간 서점이라면 모를까 일단은 헌책방이기 때문에 지금 잘 팔리는 베스트셀러를 갖다놓고 팔지 않아도 되기 때문이다. 베스트셀러를 팔고 싶지 않아서 헌책방을 차린 것도 한 이유다.

베스트셀러를 멀리하는 이유는 그런 책에 묘한 거부감이 있어서다. 책 내용에 동의하지 않는다거나 하는 문제가 아니다. 베스트셀러라는 건 많이 팔린 책이다. 많이 팔렸다는 건 많은 사람이 읽었다는 얘기고, 그렇다는 건 그 책에 쓰인 말에 공감하는 독자가 그만큼 많다는 의미다. 공감하는 사람이 많을수록 내용의 개성은 희미해지는 게 아닐까. 나는 독특한 생각을 말하는 책, 개성 있는 내용을 가득 담은 책이 좋다. 여러분이 지금 읽고 있는 바로 이 책처럼 말이다! 잠깐. 그렇다면 이 책도 많이 팔리지 않을 거란 얘기인데…… 미안하다. 베스트셀러에 대해서 다시 한번 긍정적으로 생각해보는 것도 나쁘지 않을 것 같다.

아무튼 어느 시대라도 베스트셀러는 존재한다. 그런가 하면 한 공동체에서만 유독 인기를 독차지하는 책도 있기 마련이다. 이를테면 지금 내 앞에 있는 책 『껍데기를 벗고서』 같은 유가 바로 그렇다. 이 책은 대학생들 사이에서 엄청난 히트상품이었다. 동녘출판사는 『철학에세이』와 『껍데기를 벗고서』를 연달아 히트시키면서 크게 성장했다. 이 책의 서지 면을 보니 1993년에 펴

편집부 엮음, 『껍데기를 벗고서』, 동녘, 1993

낸 개정 1판이다. 초판은 1991년 1월인데 일 년도 채 되지 않아 초판 10쇄를 찍었다. 사회과학 분야 에세이라는 점을 고려할 때, 이 정도면 엄청난 베스트셀러다. 이 책 한 권 팔린 부수가 지금까지 내가 쓴 책 전부를 합친 것보다도 많을 거다. 부럽다!

아니지. 부러우면 지는 거란 유행어도 있지 않은가. 정신 차리고 다시 책에 집중하자. 앞서 말했듯 이 책은 대학생들에게 사회과학(정확히 말하면 마르크시즘)의 여러 논점을 쉽게 설명하기 위해 쓰였다. 필진은 김진숙, 류시민, 백기완, 신영복, 윤구병, 리영희 등 진보 지식인들의 이름이 대다수다. 한마디로 이 책은 대학 신입생들에게 좌파 이데올로기를 전파하기 위한 사상교육서인

셈이다.

지금도 많이 달라진 것 같지 않아 씁쓸하지만, 이 당시 좌파라고 하면 나쁜 놈들이었다. 진보라는 말 자체가 그렇게 쓰였다. 진보는 좌파이고, 좌파는 좌익, 좌익은 공산당, 공산당은 곧 빨갱이를 뜻하던 시절이었다. 그러니까 진보를 말하는 사람은 북한 괴뢰 빨갱이와 동급이고, 남파간첩이고, 김일성의 지령을 받은 공작원이다. 필진에 있는 이름 '류시민'을 보라. 사람들은 그가 자기 성을 '유'가 아니라 '류'라고 쓰는 것만으로 북한과 내통하고 있다고 여겼다. 이상한 일이다. 배우 '류승범'은 아무도 빨갱이라고 말하지 않는데 왜 '류시민'은 그렇게 볼까.

책표지에 쓰인 대로 이 책은 대학 새내기들에게 왜 대학에 왔으며, 무엇을 성취하려 하는가, 그리고 진정한 대학인의 길은 무엇인가에 관해 여러 선배의 입을 빌려 말하고 있다. 물론 그들은 전부 좌파 선배다. 너무 사상 편향적인 것 같지만, 어쨌든 이 책은 엄청나게 좋은 반응을 얻었고, 당시에 대학생이었던 사람이라면 누구나 한 번은 읽어봤거나 하다못해 제목이라도 들어봤을 대학가 베스트셀러다.

이 책의 전 주인도 어쩌면 그런 유행에 휩쓸려 읽은 것인지 모른다. 책에 밑줄이나 메모 흔적이 거의 없는 것으로 봐서, 주변에서 다들 읽으니까 샀지만 정작 본인은 읽지 않은 것일 수도 있다. 나는 그런 상상을 하면서 다시금 이 추억의 책을 훌훌 넘겼다. 그러다 충격적인 한 장면과 만났다. 책에 단 한 곳, 279쪽에 유일하게 밑줄과 메모 흔적이 있다. 밑줄 그은 문장은 위기철 작가의 다음과 같은 글이다.

우리는 어떤 작가의 어떤 책을 가지고 다니든 그것을 창피하게 생각할 이유는 하나도 없다. 어떤 종류의 책을 가지고 다닌다는 사실 자체를 창피하게 생각하는 것부터가 오만한 허영심의 발로이다.

그리고 그 옆 비어 있는 공간에 'K. Gibran'이라고 썼다. 외국 사람 이름 같긴 한데, 누굴까? 한참 생각하다가 기억 밑바닥에 안개처럼 깔려 있던 이름이 떠올랐다. 칼릴 지브란이다! 왜 이 유명한 사람 이름이 곧장 생각나지 않았을까? 책 내용과 너무나도 상반되는 느낌을 풍기는 작가이기 때문이다. 강한 어조로 현실사회의 문제점을 비판하는 책에 밑줄을 긋고 왜 하필이면 칼릴 지브란의 이름을 썼을까? 혹시 내가 잘 모르는 사회과학자 중에 같은 이름이 있는 건 아닐까? 그러나 칼릴 지브란은 그리 흔한 이름이 아니다.

칼릴 지브란의 이름을 적은 이유는 밑줄 그은 문장과 함께 생각해봐야 한다. 책 주인은 사회과학이나 노동운동보다는 아름다운 사랑과 서정시를 더 좋아했던 게 아니었을까? 칼릴 지브란의 시와 아포리즘이 담긴 책을 가지고 다니고 싶지만, 당시 사회 분위기상 그런 말랑말랑한 책을 손에 들고 다니기에는 눈치가 보였을 거다. 그러다 예상치 못한 곳에서 힘이 되는 문장을 발견했다. 어떤 작가의 어떤 책을 가지고 다니든 그것을 창피하게 여기지 않아도 된다. 이 말에 기운을 얻어 단숨에 좋아하는 칼릴 지브란 이름을 써넣었다.

하지만 위기철이 쓴 글의 전체 맥락을 보면 무슨 책을 갖고 다니든지 창피하게 생각하지 않아도 된다는 말은 칼릴 지브란의 책을 들고 다녀도 괜찮다는 말이 아니다. 오히려 그 반대다. 세상은 말랑말랑한 책이 유행이지만 대학생이라고 하면 주변의 시선에 아랑곳하지 않고 사회과학책을 당당하게 갖고 다닐 줄 알아야 한다는 내용이다. 책 주인에겐 원래 의미와 상관없이 힘이 되는 문장 하나만 번쩍하고 보였을 뿐이다.

나쁘지 않다. 책을 읽고 오해하는 것도 독서의 한 모습이니까. 의도치 않았던 심각한 오독誤讀을 통해 원래 가려고 했던 쪽보다 더 나은 길로 걸어가는 사람도 있다. 세상은 다양한 사람들이 갖가지 생각을 가지고 어울려 살기 때문에 아름답다. 사회과학이든 칼릴 지브란이든 그게 아무리 좋다고 해도 한쪽으로 쏠리면 고인 물처럼 썩기 마련이다.

책 주인이 『껍데기를 벗고서』를 읽고 칼릴 지브란 책을 들고 다니는 것에 자부심이 생겼다면, 책을 통해 그 하나만이라도 얻리 발버둥을 쳐도 요지부동이니, 우리는 돼지에서나 구원을 찾아야 하는가? 이렇게 생각하는 작가의 세계관은 과연 건전한 것인가? 이런 의문은 독자들 스스로가 판단해 보기 바란다.

이제 한 대학생 친구의 발언에 대한 의심으로부터 출발된 이 글의 마무리를 짓도록 하자. 우리는 어떤 작가의 어떤 책을 가지고 다니든 그것을 창피하게 생각할 이유는 하나도 없다. 어떤 종류의 책을 가지고 다닌다는 사실 자체를 창피하게 생각하는 것부터가 오만한 허영심의 발로이다. 그러나 아무런 비판 없이 책을 읽는다는 사실, 그래서 잘못된 세계관인지 올바른 세계관인지 구분도 없이 맹목적으로 수용해 버린다는 사실——우리는 다만 그걸 부끄럽게 생각하자.

나쁘지 않다. 책을 읽고 오해하는 것도 독서의 한 모습이니까. 의도치 않았던 심각한 오독을 통해 원래 가려고 했던 쪽보다 더 나은 길로 걸어가는 사람도 있다. 세상은 다양한 사람들이 갖가지 생각을 가지고 어울려 살기 때문에 아름답다.


은 게 있어도 성공한 거다. 세상은 읽어야 할 책, 읽지 말아야 할 책으로 나뉘지 않는다. 해야 할 일, 하지 말아야 할 일도 나눌 이유가 없다. 세상이 무얼 하라고 시키는 데 따라가기보다 내가 무얼 하고 싶은지 스스로 물어야 한다. 그렇게 하려고 책을 읽는 것이다. 누구의 뒤라도 따라가지 말자. 책은 언제나 말한다. 앞에 아무도 없다는 것은 네가 가장 앞서 있다는 뜻이다. 그러니 두려워하지 말라고. 껍데기를 벗는다는 건 그 사실을 바로 아는 일이다.

# 사진 보고 반해서 충동구매하다

"청없던 /학년
사지브...

읽고 싶은 책을 선택하는 기준은 사람마다 다르다. 책은 영화 같은 영상매체와 달리 조금 더 신중하게 고른다. 한번 읽기 시작하면 제법 시간을 투자해야 끝마칠 수 있기 때문이다. 읽다가 재미없으면 중간에 그만둘 수도 있겠지만, 그러면 어쩐지 찜찜하다. 책 산 돈이 아깝다는 생각이 든다.

영화라면 길어야 서너 시간, 대중음악은 오 분 정도만 시간을 내면 끝이다. 책은 그것과 비교할 수 없을 만큼 오래 붙잡고 있어야 결판이 난다. 책 한 권 읽는데 시간이 얼마나 걸리는가? 평범한 사람이라면 빨라야 대여섯 시간 정도일 테고 그 정도로 책을 빨리 읽는 사람은 흔치 않다. 책을 좋아하는 사람이라고 해도 보통은 책 한 권에 일주일 남짓 자기 시간을 쓴다. 그러니 책 고를 때마다 신경이 곤두설 수밖에.

그런데 때론 특별한 계기로 책이나 작가에게 빠지는 일도 있다. 내 경우를 예로 들자면 오스트리아 작가 페터 한트케다. 이 작가가 누구인지도 모르던 때, 아는 사람이 내게 페터 한트케를 닮았다고 한 게 이유였다. 당장 페터 한트케라는 작가를 찾아봤다.

오오, 멋있다. 잘생겼다! 하지만 여기엔 커다란 의문점이 하나 있다. 당사자인 내가 봐도 페터 한트케는 절대 나와 닮지 않았다. 눈 두 개, 코 하나, 입 하나…… 이 정도의 기본적인 구성만 같을 뿐 내가 그 작가와 어딜 닮았다는 건지. 지금 여기까지 읽은 상태에서 인터넷 검색창에 내 이름과 함께 '페터 한트케'를 검색하고 있는 당신! 멈춰주시길 바란다. 책을 읽을 때 인터넷은 잠깐 꺼두어도 좋다.

아무튼 좋다. 내가 먼저 닮았다고 떠벌린 것도 아니니까. 이제부터 나는 페터 한트케를 닮은 것으로 치겠다. 불만이 있으면 닮았다고 말한 그분에게 따지시기를. 이후로 나는 페터 한트케의 작품을 계속 찾아 읽었다. 심지어 독일어 원서도 샀다! 우연한 계기였지만 나는 어느덧 페터 한트케의 팬이 됐고 그의 모든 걸 다 좋아하게 됐다.

'페터'라는 이름도 좋다. 만약 그가 미국인이고 이름이 '피터'나 '피러'였다면 썩 내키지 않았을 거다. '피터'는 쫄쫄이 타이즈를 입고 돌아다니는 고등학생 거미 인간에게나 어울리는 이름이다. 같은 알파벳 철자라도 'Peter'는 '페터'라고 해야 멋있다. 페터 한트케와 같은 오스트리아 출신이지만 미국에서 활동한 학자 피터 드러커는 미국식으로 밋밋하게 '피터'다. 그래서 나는 피터 드러커의 책을 별로 읽지 않았다. 그의 학문 분야가 내 호기심을 자극하지 않는다는 이유는 별개로 치더라도 '피터'는 안 된다. 모름지기 멋진 작가라면 '페터'라는 이름이어야한다!

잠깐, 내가 좀 흥분한 것 같다. 하지만 솔직히 고백하자면, 나는 지금도 책을 고를 때 작가 이름에 상당한 비중을 두고 있다. 작가 이름이 멋있으면 모르는 책이라고 해도 일단 호감 점수 10점 정도는 기본으로 내놓고 시작해도 된다. 작가 이름 보고 책을 판단하는 나를 보고 이상한 사람이라고 해도 좋다. 나보다 더한 사람도 분명히 세상에 존재한다는 걸 알기에 떳떳할 수 있다. 이를테면 러시아 학자 바흐친의 외모에 반해 책을 산 사람도 있으니까. 그 증거는 바흐친의 이론을 소개한 책 속지에 쓴 손글씨로 잘 남아 있다.

"철없던 1학년 사진 보고 반해서 충동구매하다."

90105-×××

○○○

츠베탕 토도로프, 「바흐찐: 문학사회학과 대화이론」, 최현무 옮김, 까치, 1988

학번으로 짐작되는 숫자가 쓰여 있는 것으로 봐서 아마 이 사람은 대학생인 듯하다. 90학번에 1학년이라고 했으니 신입생이다. 1980년대를 마감하고 새로운 시대를 감격스럽게 맞이하는 1990년의 대학교 1학년이라! 뭔가 대단히 멋있는 책에 한번 도전해보고 싶은 열정이 끓어오르는 그런 때가 아닌가. 좋다. 바흐친이라면 바로 이럴 때 만나야 할 작가다. 제정신이라면 감히 바흐친의 책을 집어들 수 있겠는가.

이 책은 1960년대 프랑스에서 시작된 문학이론인 '구조주의'에 반하여 '포스트구조주의'를 주장한 미하일 바흐친의 여러 사

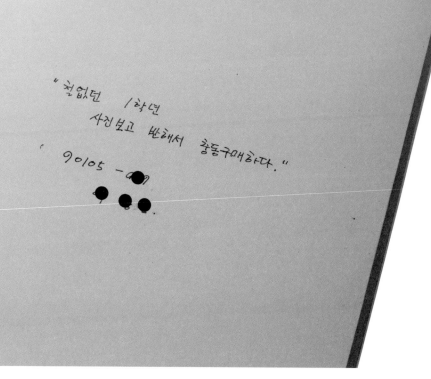

좋다. 바흐친이라면 바로 이럴 때 만나야 할 작가다.
제정신이라면 감히 바흐친의 책을 집어들 수 있겠는가.


상을 설명하고 있다. 무슨 내용일지 읽어봐도 감이 잘 안 오기 때문에 여기서는 번역자이며 프랑스 문학 연구자인 최현무가 책에 함께 실은 해설 일부를 소개한다.

　　텍스트를 수많은 주체들의 사회적인 대화로 인식하는 태도, 공식적인 문화의 배후에서 고정된 관찰의 대상의 사물로서가 아니라 운동과 미완의 가능태의(파괴와 생성의) 장소로 파악하고 바로 이러한 텍스트의 성질 때문에, 그에 적합한 과학을 새롭게 정립해야 한다는 인식은 객관적 이성주의, 체계적이고 문법적인 과학주의에의 믿음에서 출발하는 수많은 문학연구의 현대적 양상에 대한 교훈처럼 고려될 수 있다.

　젠장, 무슨 말인지 모르겠다. 난감하다. 게다가 이건 심지어 한 문장이다. 문장이 길어서 구조 파악조차 안 되고 있으니 역시 이럴 땐 포스트구조주의 정신으로 읽어야 하는 걸까. 바흐친의 이론을 설명한 책을 번역자가 다시 해설한 것인데 이조차 이해하기 힘드니 바흐친이 쓴 책은 도전하고 싶은 생각도 들지 않는다. 표지에 실린 바흐친의 얼굴 사진에 이끌려 충동적으로 책을 산 대학 신입생은 과연 어떤 심정으로 이 책을 읽었을까?

　책을 살펴보니 꽤 열심히 읽은 흔적이 보인다. 밑줄과 함께 군데군데 메모도 남겼다. 성실한 학생이로군. 그러나 총 300쪽 분량의 본문에서 읽은 흔적이 남은 곳은 91쪽까지다. 정작 이 책에서 가장 중요한 부분을 소개하는 5장 '상호 텍스트성'부터는 책장을 넘긴 흔적조차 없다. 후반부에는 바흐친이 톨스토이 소설 『부활』에 부친 서문이 나오는데, 만약 이것까지 안 읽었다면 꽤 아쉬울 것 같다.

　표지에 바흐친의 멋진 흑백 사진이 실린 건 인정한다. 이 정도 사진이라면 충동구매라고 해도 탓하지 않겠다. 그러나 이 멋진 사진의 효력은 책 전체 분량의 3분의 1까지만이었나보다. 안타깝지만 초롱초롱한 눈동자가 매력적인 바흐친의 얼굴값은 거기까지였던 걸로……

이 책을 샀던 1990년의 ○○○씨는 여전히 작가의 얼굴에 이끌리는지 궁금하다. 아니면 바흐친 책을 읽다 만 것을 계기로 더는 표지에 신경쓰지 않는 사람이 됐을지도 모를 일이다. 하지만 손글씨로 메모를 남겼듯 철이 없을 때 이런 책에 도전하는 것도 나쁘지 않다. 철이라는 게 언제 어떻게 드는 건지 아직 잘 모르겠지만, 점점 책이 재미없어지는 무렵이 바로 그런 때가 아닌가 싶다. 그렇다고 내내 철없이 살기는 싫고. 여전히 고민중이다.

그래도 한 가지는 분명하다. 내가 지금도 작가 이름에 끌려 책을 선택하는 건 철이 없어서 그러는 건 아니다. 무엇과도 상관없이 역시 피터보다는 페터가 좋다. 앞으로도 한동안은 그럴 것 같다.

# 리스트 중독자의 책 읽기

　요즘 '루미큐브'라는 보드게임에 푹 빠져 지낸다. 루미큐브는 1부터 13까지 숫자가 인쇄된 플라스틱 타일을 가지고 하는 놀이로, 역사는 길지 않지만 3년마다 세계 대회가 열릴 정도로 인기가 많다. 요즘엔 스마트폰 앱으로도 출시되어 혼자서, 혹은 온라인으로 연결된 다른 사용자와 게임을 즐길 수 있다.

　성별이나 나이에 관계없이 보편적인 사랑을 받는 게임을 살펴보면 놀이 규칙이 단순하고 거기서 비롯된 전략은 다양하다. 장기나 바둑처럼 말이다. 루미큐브는 상대방과 내가 가진 타일에 적힌 숫자를 잘 살피고 조합하는 것만으로 셀 수 없을 만큼 다양한 전술이 펼쳐진다.

　책이라는 매체가 이렇게 오랫동안 사람들에게 사랑받는 이유도 다르지 않다. 책은 글자나 그림이 인쇄된 종이 뭉치에 불과하다. 하지만 이 단순한 물건을 어떻게 사용하는지에 따라 얻을 수 있는 효과는 거의 무한대에 가깝다.

읽는 방법만 해도 느리게 읽는 지독遲讀, 빠르게 읽는 속독速讀, 깊이 생각하며 읽는 숙독熟讀, 꼼꼼하게 읽는 정독精讀, 소리 내어 읽는 낭독朗讀, 의미를 다르게 읽는 오독, 그리고 책을 쌓아두고 잘 읽지 않는 적독積讀 등 매우 다양하다. 책 한 권을 여러 방법으로 읽어도 되고 모든 책에 한 가지 방법만 적용해서 읽어도 괜찮다.

여기에 책을 읽는 순서와 책 읽는 장소까지 더해지면 조합할 수 있는 책 읽기 방법은 루미큐브를 넘어설 만큼 많아진다. 독서의 세계는 바벨의 도서관처럼 끝없이 우주로 확장한다. 그러니까 드넓은 책의 세상에서 유일무이한 우주인이 되고 싶은 야망을 품은 사람들도 있기 마련이다.

자기만의 독특한 책 읽기 방법을 가진 사람을 보면 부럽다. 굳이 저렇게까지 하는 이유가 뭘까 싶은 방법을 사용하는 외계인 같은 사람도 있지만, 어쨌든 부러운 건 부러운 거다. 똑같은 책이지만 다른 사람하고 같은 방법으로 읽어야 한다는 법은 없으니까.

독서계의 여러 외계인 중에서도 나는 독서 목록에 집착하는 이들을 특히 부러워한다. 자기가 읽을 책 목록을 손수 정리한 수첩을 갖고 다니는 사람이 있는가 하면, 시리즈로 나오는 세계문학전집을 전부 사들이는 책 중독자도 있다.

읽는 순서에 유독 신경을 쓰는 부류도 만만찮은 외계 족속이라 하겠다. 사르트르의 소설 『구토』에는 주인공 로캉탱이 도서관에서 이상한 독학자를 만나 이야기를 나누는 장면이 나온다. 이 사람은 책을 열심히 읽는 걸 삶의 목표로 삼고 있다. 그런데 책 읽는 순서가 희한하다. 아니, 단순하다고 하는 게 낫겠다. 책 내용이나 분야와는 관계없이 그저 제목 순서대로 읽어나가는 게 이 사람의 독서방법이다. 이를테면 미하엘 엔데의 『모모』 다음에 『미야모토 무사시의 오륜서』를 이어서 읽는 거다. 대관절 무슨 이유로 이런 방법을 쓰는지는 정신세계가 안드로메다에 있는 그만이 알 것이다. 지구인인 나로서는 감히 흉내도 못 낼 독서법이다.

초등학생 때 친구 집에 '동서 추리 문고' 전집이 있는 걸 보고 너무 부러웠다. 나는 고작해야 애거사 크리스티 몇 권을 읽었을 뿐인데 그 녀석은 이미 코난 도일, 앨러리 퀸, 브라운 신부 시리즈는 물론이고 몇 번이나 읽어도 트릭을 이해하기 어려웠던 크로프츠의 작품까지 다 알고 있었다.

그때부터 나도 해문출판사에서 나온 애거사 크리스티 추리소설 시리즈를 사 모으기 시작했다. 당시엔 전집이 80권까지 나왔기 때문에 과연 이걸 내가 죽기 전에 다 모을 수 있을까 싶은 막막한 생각이 들었다. 용돈이 많지 않았던 나는 동네 헌책방을 돌며 책을 모았다. 열댓 권 정도 모으니까 자신감이 생겼다. 우연히 들른 헌책방에서 새로운 책을 발견하는 재미는 무엇과도 바꿀 수 없는 나만의 놀이였다.

이렇게 시작한 애거사 크리스티 모으기는 초등학교 3학년 때 시작해서 중학교 3학년에 이르러 끝났다. 드디어 80권을 다 모은 것이다. 새책이 아니라 헌책방에서 산 것으로만 이 목록을 다 채웠다는 게 너무 기뻤다. 나는 이 책을 고등학교에 입학하면서 동네 도서관에 모두 기증했다. 내 인생 최초의 뿌듯한 경험이었다.

그 후로도 책 모으기는 오랫동안 이어졌다. 2000년대 들어 출판사마다 세계문학 출판 붐이 일어서 주머니 사정만 괜찮다면 모을 책은 차고 넘쳤다. 나는 열린책들 출판사에서 펴낸 도스토옙스키 전집을 1판부터 모두 가지고 있었고 200부만 인쇄한 한정본도 샀다. 같은 출판사에서 펴낸 '미스터 노Mr. Know' 세계문학 시리즈는 권당 7800원으로 가격도 저렴해서 펴낼 때마다 곧바로 사들였다. 민음사 책은 판형이 특이해서 모았다. 창비 세계문학은 특유의 외국어 표기법이 매력적이라 샀고 문학동네 시리즈는 표지가 맘에 들어서 사고 또 샀다.

그래서 결국! 나는 책 때문에 파산의 지경에 이르렀고 IT 회사를 나와서 아예 출판사에 들어가 일했다. 그즈음 책 모으기는 마약과 같아서 멈출 수가 없었다. 내 앞날은 정해진 거나 마찬가지였다. 몇 해 뒤, 나는 헌책방 주인장이 되어 있었다. 그러나 헌책방이야말로 책 중독자들의 소굴이라는 걸 왜 빨리 깨닫지 못했을까! 주인장이 되어 책을 팔면서 한편으론 책 팔고 받은 돈으로 다른 헌책방을 돌며 책을 사 모으고 있으니 이제 나는 여기서 죽을 때까지 벗어날 수 없다는 걸 인정하는 수밖에 없다.

헌책방엔 유독 책 제목을 빼곡하게 적은 수첩을 들고 다니면서 책을 찾는 손님이 많다. 읽은 것과 읽지 않은 것을 따로 구별해 표시하고 이미 산 책, 사야 할 책, 사지 않아도 될 책을 제 나름의 방식으로 분류해놓은 걸 보면 이들 역시 새로운 외계 종족 같다는 생각을 지울 수 없다.

책 목록에 한 표시라면 장정일 시인이 쓴 「삼중당 문고」라는 시가 떠오른다. 독학하던 시절 소년 장정일도 목록에 표시를 해가며 읽었던 모양이다. 친절하게도 책 뒤편에는 삼중당 문고 전체 목록을 따로 정리해두었기에 이걸 참고해서 독서 계획을 짜는 사람도 많았다.

언젠가 우리 책방에 흘러들어온 1978년판 삼중당 문고 『인간의 대지』 뒤쪽을 펼쳐보니 책 목록이 벌써 350권이나 된다. 아니나 다를까 이 책을 가지고 있던 사람도 여기에 자기만의 표시를 해두었다. 표시가 무엇을 의미하는지 정확히 알 수 없지만 '✓'는 아마도 읽었거나 샀다는 뜻일 거다. '✕'는 그 반대라고 봐야겠다. 가끔 보이는 '△'는 망설임의 표시일까.

'✓'로 표시한 책을 살펴보면 대부분 영국이나 러시아 등 유럽 작가의 작품이다. 우리나라를 포함해서 동양권은 '✕'이거나 아

생 떽쥐뻬리, 「인간의 대지」, 안응렬 옮김, 삼중당, 1978

예 표시가 없는 것으로 봐서 책 주인은 서양문학에 유독 관심이 많았던 듯싶다.

또 한 가지 주목할 만한 점은, 어떤 책 제목 위에는 날짜로 보이는 숫자가 함께 적혀 있다는 거다. 읽은 날짜이거나 책을 산 날을 따로 표시해두었던 게 아닐까. 이 책『인간의 대지』는 문고본 번호 75번으로 그 위에 '80. 5. 7'이라는 날짜가 있다. 그 위로 6번『죄와 벌』은 '80. 2. 7'이다. 날짜는 다른 책에도 있다.『대위의 딸』은 '82. 6. 4',『가난한 애인들』은 '83. 4. 4'다. 가장 나중에 적힌 날짜는 책 번호 297번의『도리언 그레이의 초상』으로 '88. 11. 11'이다.

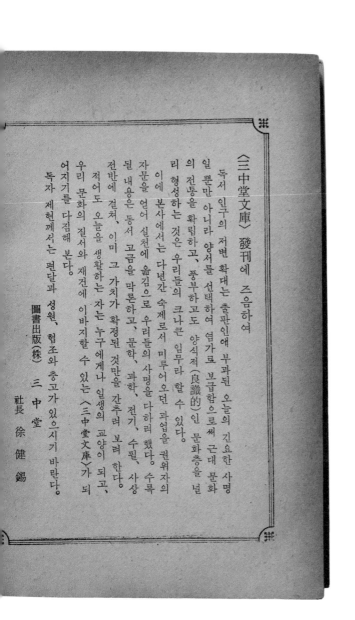

《三中堂文庫》 發刊에 즈음하여

독서 인구의 저변 확대는 출판인에 부과된 오늘의 긴요한 사명일 뿐만 아니라 양서를 선택하여 염가료 보급함으로써 근대 문화의 전통을 확립하고, 풍부하고도 양식적(良識的)인 문화층을 널리 형성하는 것은 우리들의 크나큰 임무라 할 수 있다.

이에 본사에서는 다년간 숙제로서 미루어오던 과업을 권위자의 자문을 얻어 실천에 옮김으로 우리들의 사명을 다하려 했다. 수록될 내용은 동서 고금을 막론하고, 문학, 과학, 전기, 수필, 사상 전반에 걸쳐, 이미 그 가치가 확정된 것만을 간추려 보려 한다.

적어도 오늘을 생활하는 자는 누구에게나 일생의 교양이 되고, 우리 문화의 질서와 재건에 이바지할 수 있는 《三中堂文庫》가 되어지기를 다짐해 본다.

독자 제현께서는 편달과 성원, 협조와 충고가 있으시기 바란다.

圖書出版(株)

三中堂

社長 徐健錫

날짜로 미뤄보면 책 주인은 이 작은 책을 1980년부터 1988년까지 8년 동안 지니고 다니면서 목록에 표시한 것이다.

날짜로 미뤄보면 책 주인은 이 작은 책을 1980년부터 1988년까지 8년 동안 지니고 다니면서 목록에 표시한 것이다. 여러 책 중에서 왜 하필이면 『인간의 대지』일까. 나는 이 작품에 나온 다음 대목을 좋아한다. 누렇게 빛바랜 1970년대 책 문장 그대로 인용해본다.

어려웠던 구간을 지난 뒤에 세상의 새로운 모습, 새벽녘에 우리에게 다시 주어진 생명에 의하여 생생한 색채를 띠우게 된 저 나무들, 저 꽃들, 저 여인들, 저 미소들, 우리에게 상금으로 주어진 하찮은 물건들의 이 콘서트, 이런 것은 돈으로는 사지 못하는 것이다.

비행기 조종사였던 작가의 경험이 여지없이 드러난 멋진 글이다. 홀로 운전대에 앉아 막막한 어둠 속을 비행해보지 않은 사람이라면 감히 말할 수 없는 벅찬 감동이다. 이 책을 8년 동안 가방 안에, 또는 옷 주머니에 넣고 다녔던 사람은 그 나름의 야간 비행을 즐긴 것이다.

한 권 한 권 읽고 싶은 책을 찾아 서점을 돌아다니는 기쁨, 그리고 우연히 들른 어떤 헌책방에서 오랫동안 마음에 품었던 작은 책 한 권을 발견하는 반가움. 이런 감정은 작지만 절대로 하찮은 게 아니다. 우리의 삶은 이렇듯 대단하지 않은 일들이 겹겹이

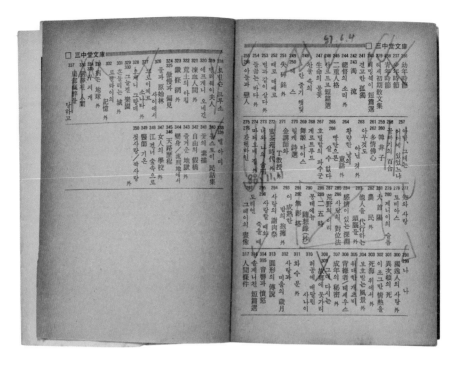

한 권 한 권 읽고 싶은 책을 찾아 서점을 돌아다니는 기쁨,
그리고 우연히 들른 어떤 헌책방에서 오랫동안 마음에 품었던 작은 책 한 권을 발견하는
반가움. 이런 감정은 작지만 절대로 하찮은 게 아니다.
우리의 삶은 이렇듯 대단하지 않은 일들이 겹겹이 모인 작은 책 한 권이 아닐는지.

모인 작은 책 한 권이 아닐는지.

　누구인지 알 수 없지만, 이 10년 가까운 시절 동안 표시한 목록을 가만히 보고 있자니 책을 모으기만 한 게 아니라 잘 읽은 사람이라는 생각이 든다. 이에 비하면 모으기만 열심이었던 내 지난날은 펼치지 못한 책의 수만큼 부끄러움만 가득하다.

하지만 나는 책 판 돈으로 또 책을 사는 지금 내 모습을 너무 나무라지는 않을 작정이다. 삼중당 문고를 가졌던 사람은 그만의 방법으로 책을 읽은 것이고 나에겐 또 나만의 방식이 있는 거니까. 책이 다양한 이유는 자꾸만 새로운 방법으로 읽으라는 뜻이 아닐까. 책이 가득한 인간의 대지는 아름답다. 나는 오늘도 작은 책 한 권을 들고 이걸 어떻게 읽어야 할지 고민한다. 이거야말로 하루의 피곤을 살며시 덜어주는 '즐거운 고민'이다.

# 헌책방 음악신청곡 서비스
# 폐지 사건의 전말

이루어질수 없는 사랑

지금은 음악이 흔한 시대다. 너무 흔해서 음악은 음악 같지 않다. 음악은 먼지처럼 흩어져 거리를 떠돌아다닌다. 프랑스 소설가 쥘 베른이 160년 전에 정확히 예측한 대로 이제 사람들은 음악을 음미하지 않는다. 그냥 삼킬 뿐이다. 음악은 이제 또하나의 소음공해다.

여기저기 가게마다 밖으로 뺀 스피커에서 쏟아지는 음악, 버스 기사가 틀어놓은 트로트 가요, 카페와 음식점 안을 쩌렁쩌렁 울려대는 댄스음악, 그리고 대형마트에 가면 어디에 스피커가 숨어 있는지 사방에서 노래로 만든 물건 광고가 내 몸을 에워싼다.

그러나 내가 초등학교 다닐 적만 하더라도 음악은 예술이었다. 내가 살던 집엔 우리집보다 더 오래된 전축이 있었는데, 나는 아침마다 그 전축에 레코드판을 올려놓고 음악을 들었다. 어머니는 가곡을 좋아했고 나는 클래식 기악이 취향이었다. 초등학생이 클래식을 듣는다니 좀 이상하게 여겨질 수 있겠지만, 어릴 때 우리집에 있던 음반은 대부분 클래식이었고 다른 곳에서는 음악을 들을 기회가 별로 없었으니 음악이라고 하면 늘 클래식이 떠오르는 건 당연했다.

오늘 우리 책방에 흘러들어온 책 중에 『캠프송』을 확인하다보니 안에서 누런색 쪽지 두 장이 바닥으로 툭툭 떨어졌다. 음악감상실에서 쓰던 음악신청권이다. 클래식을 전문으로 하던 감상실이라 신청한 음악도 모두 클래식을 적었다. 그런데 하필 이 종이는 왜 노랑머리 여성이 통기타를 연주하는 그림이 있는 포크송 악보집 사이에 들어 있는 걸까.

이 책은 1960년대에 창간한 〈여학생〉이라는 잡지에서 별책부록으로 만든 것이다. 통기타와 포크송이 청년문화를 대변하던 시절이라 그 당시 대학생이라면 이런 악보집 하나쯤은 청바지 뒷주머니에 꽂고 다녀야 멋쟁이 소릴 들을 수 있었다. 노래방이 아직 없던 때니까 남녀노소 누구나 모였다 하면 기타 하나 꺼내서 "저 별은 나의 별, 저 별은 너의 별" 하며 합창하는 게 자연스러운 풍경이었다. 책 제목 위에 쓰인 "한여름, 야외생활을 위한" 이라는 글씨가 그 시절의 모습을 떠오르게 한다.

야외에서 음악을 즐기는 사람이 있다면 편안한 실내를 선호

오영준 엮음, 『캠프송』, 여학생사, 1976

하는 부류도 꽤 많았다. 다방에서 차를 마시며 듣고 싶은 음악을 종이에 써서 DJ박스에 전달하던 풍경을 기억하는 사람이 얼마나 될까? 나이 오십이 가까운 나도 익숙하지 않다. 음악감상실이라는 독특한 공간이 성행하던 때가 1960~1970년대니까 그 뒷세대는 음악감상실, 음악다방 같은 가게의 존재를 모를 것이다.

1980년대 이후에는 가지고 다닐 수 있는 소형 음악 플레이어가 널리 쓰여서 사람들이 음악감상실에 가는 일이 줄었고 종로, 명동, 충무로를 중심으로 인기를 누리던 감상실은 훗날 비디오 대여점처럼 급격히 줄어들다가 자취를 감췄다. 누군가 책 속에 끼워둔 음악신청권은 클래식 음악을 위주로 운영되던 '바로크'

하필 이 종이는 왜 노랑머리 여성이 통기타를 연주하는 그림이 있는
포크송 악보집 사이에 들어 있는 걸까.

라는 음악감상실에서 쓰던 것이다. 음악 도서도 신청할 수 있는
것으로 봐서 꽤 전문적으로 꾸려나가던 곳인 것 같다. 말하자면
2000년대 이후 속속 등장한 독립서점의 원조 격이라고 부를 만
하다.

　이 종이를 보고 반가웠던 건 나도 음악감상실에 가본 적이 있
기 때문이다. 무려 초등학생 때 말이다. 당연히 나 혼자 갔던 것

은 아니고 우리 동네에서 자취하던 대학생 형들이 나를 거기로 데려가주었다. 조숙하고 책에 관심이 많던 나는 형들을 따라 청계천 헌책방에 몇 번 갔는데 그것이 인연이 되어 음악감상실까지 쫓아가게 된 것이다. 형들은 어린 녀석이 왜 클래식 따위를 좋아하느냐며 나를 애늙은이라고 놀렸는데, 사실은 꽤 기특하게 여기고 있었던 듯하다.

그런데 정작 형들이 나를 데려간 곳은 클래식 음악감상실이 아니었다. 형들 중 하나가 강변가요제에 도전할 만큼(예심에서 두 번이나 떨어졌다고 들었다) 포크송에 관심이 많아서 우리는 주로 외국 가수 노래가 많이 나오는 가게로 갔다. 그곳은 싸구려 음악다방이었다. 가게 한쪽 구석에 자그마한 DJ박스가 있어서 거기 들어앉은 사람이 신청곡을 틀어줬다.

좁은 의자에 형들은 다닥다닥 붙어 앉아 커피를 주문해서 마셨고 나에게는 요구르트를 사줬다. 알아듣지 못할 수다를 계속하던 형들은 자기들끼리 논의를 거쳐 음악신청권 쪽지에 적을 음악을 결정했다. 내게도 특별히 음악을 신청할 수 있도록 기회를 줬는데 아는 게 클래식밖에 없어서 난감했다. 그때 형 하나가 "그러고 보니 플라시도 도밍고는 클래식 아닌가?" 하면서 존 덴버와 함께 부른 노래 〈Perhaps Love〉를 쪽지에 적었다. 다른 형이 "그렇지, 세계 3대 테너!" 하면서 맞장구를 쳤다. 형들은 나도 모르는 노래를 신청하면서 내 이름에다가 어느 초등학교에

다니는지까지 쪽지에 써서 DJ한테 줬다.

　노래 몇 개가 나온 다음 이윽고 내가, 아니 형들이 멋대로 신청한 내 노래가 나올 차례였다. 그때 DJ는 초등학생이 음악다방에 와서 팝송을 신청한 게 흥미로웠던지 쪽지 내용을 그대로 읽었다. 그 소리는 에코가 걸린 마이크를 타고 다방 전체에 울려퍼졌다.

　"이번에는 특별히 꼬마 아가씨의 신청곡이네요. 어리지만 사랑을 해보고 싶다는 걸까요? 존 덴버와 플라시도 도밍고가 부릅니다. 퍼햅스 러브."

　다방에 있는 초등학생은 나 혼자뿐이라 DJ는 쪽지를 읽을 때 계속 나를 쳐다봤다. 그는 상당히 느끼하게 웃으면서 나긋나긋한 목소리로 퍼햅스, 다음에 한 박자 쉬고 러브, 라고 말했다. 순간 거기 있던 모든 사람이 갑자기 나를 쳐다보며 "오오!" 하며 웅성거렸다. 그건 그렇고, DJ는 왜 나를 아가씨라고 소개했을까. 비쩍 마른 몸매에 바가지를 뒤집어씌운 것 같은 머리를 하고 있어서 종종 여자애로 오해를 사곤 했지만 이렇게 공개적으로 아가씨가 되다니. 너무 부끄러웠다.

　이 사건 후로 나는 음악다방에 다시 가지 않았다. 어차피 미성년자가 다방에 다닌다는 것도 좀 이상한 거지만. 그런데 대학생이 되고 나서는 종종 그날의 추억이 생각나곤 했다. 음악을 좋아하는 갈 곳 없는 빈털터리 젊은이들이 모여서 남아도는 시간을 처리할 수 있는 곳이 그리웠다. 하지만 음악감상실은 이미 다 사라지고 없었다. 그리움이란 아름다운 감정은 그것이 옆에 있을 때는 정작 알지 못한다.

훗날 나는 책방을 운영하면서 이 느낌을 살려보면 어떨까 싶었다. 책으로 둘러싸인 가게에서 자기가 듣고 싶은 음악을 신청한다는 아이디어는 그럴듯해 보였다. 비록 옛날처럼 신청곡마다 레코드판을 찾아 돌리지는 못하지만, 좋은 음향장비를 마련해두고 신청받은 음악을 인터넷 스트리밍으로 들려주면 분위기가 괜찮을 것 같았다.

책방을 처음 시작할 때는 자금이 넉넉지 않아 망한 노래방에서 싸게 파는 스피커를 갖다놨는데 몇 년 후 드디어 꿈을 실현할 기회가 찾아왔다. 보스 앰프와 스피커를 중고로 사게 된 것이다.

계획은 단순할수록 좋다. 책방은 음악다방이 아니니까 손님이 원하는 음악을 다 들려줄 수는 없고, 책을 만 원 이상 사는 손님에게 최대 삼십 분 동안 원하는 음악을 틀어주는 규칙을 만들었다.

반응은 대체로 괜찮았다. 책방에 오는 사람들이라 신청곡도 책 읽을 때 들으면 좋을 만한 게 많이 들어왔다. 비틀스 시절 팝송, 생소한 쿠바 음악, 그리고 클래식에 이르기까지 책방은 다양한 음악으로 풍성해졌다. 그런데 이 멋져 보이는 헌책방 음악신청곡 서비스는 1년을 넘기지 못하고 폐지됐다. 책방에서 음악을 신청하는 사람들이라면 책하고 어울릴 만한 음악만 좋아하는 줄 알았는데 그게 결정적인 판단 미스였다.

　한번은 어떤 손님이 하루키의 소설 몇 권을 사면서 블랙 사바스와 주다스 프리스트의 연주를 신청했다. 귀가 찢어지는 줄 알았다. 하루키를 골랐으면 재즈를 신청했어야지 왜 메탈이냐고!

　이보다 더 심각했던 건 삼십 분 동안 불경을 틀어달라고 했던 손님이다. 나는 그런 게 인터넷에 있을 리 없다고 웃으면서 말했는데 손님은 표정 하나 변하지 않고 "찾아보시지요"라고만 했다. 검색했더니 정말로 불경이 있다. 심지어 티베트불교 경전 암송 시리즈도 있었다. 도대체 이런 게 왜 인터넷 음악 사이트에 올라와 있냐고! 삼십 분 동안 연속으로 불경 외는 소리를 듣고 있으니 내 모든 번뇌를 그 손님에게 뒤집어씌우고 싶은 심정이 됐다.

　조용필 마니아는 그나마 나은 편이었다. 여기가 휴게소도 아닌데 왜 고속도로 트로트 메들리를 신청하는지 모르겠다. 그런데 그런 곡은 찾아보면 인터넷에 꼭 있다. 없는 게 없는 인터넷 세상이라지만 꼭 없었으면 좋겠다 싶은 곡은 늘 있다. 있어야 할 건 다 있고 없을 건 없는 화개장터 같은 인터넷이면 좋으련만. 아아, 나의 소중한 보스 스피커로 신명나는 전자오르간 소리에 맞춘 트로트 메들리를 들어야 한다니……

　나는 다시 책에서 발견한 음악신청권을 본다. 베토벤과 모차르트를 신청한 이 사람은 누구였을까? 비록 『캠프송』이라는 어울리지 않는 책에 끼워졌지만 듣고 싶은 음악을 거침없는 영어

필체로 적은 것으로 보아 클래식을 좋아하는 사람이 틀림없다. 이런 분이 우리 책방에 자주 오셨다면 헌책방 음악신청곡 서비스는 좀더 오래 이어졌으려나?

딱히 그럴 것 같지도 않다. 지금은 그냥 내 취향대로만 음악을 틀어놓는다. 다른 사람 취향에 서비스하다가 고막을 다치느니 내가 좋아하는 음악만 듣는 게 훨씬 일하기 즐겁다. 이 책방에 가장 오래 머무는 사람은 손님이 아니라 바로 나니까.

# 우리들의 시가
# 너무 안이하게 쓰여진 것이 아닌가

　헌책방을 찾는 다양한 손님 중에서 가장 대하기 힘든 부류는 역시 말이 많은 사람이다. 말이 많은 사람도 그 종류가 참으로 다양한데, 헌책방 주인장이 겪는 스트레스의 강도로 볼 때 자기가 한때 잘나갔다고 떠벌리는 사람이 가장 싫은 부류다. 하지만 이보다 더 심각한 예도 있으니, 그들은 바로 지금도 자기가 잘나간다고 믿는 사람들이다.

　잘나가는 사람이 잘나간다고 말하는 건 문제가 되지 않는다. 약간 꼴불견일 뿐이다. 하지만 자기만의 세계에 살면서 다른 사람의 의견에는 상관없이 잘나간다고 믿고 있는 사람이 큰 문제다. 믿음이란 어째서 인간에게 이런 망측한 시련을 내려주시는가!

　일단 자기가 스스로에 대한 확고한 믿음을 가지고 있는 경우,

그 믿음을 깨뜨리기 쉽지 않을뿐더러 반대 의견이라도 듣게 되면 마치 종교적인 핍박을 받는 것처럼 흥분한다. 게다가 그런 핍박은 이 사람을 더욱 강하게 만들어줄 뿐이다.

그러니까 이런 사람이 한번 말을 시작하면 일단은 잠자코 들어주는 수밖에 없다. 동의하면 신나서 말이 더 길어지고 조금이라도 반대하는 의견을 입 밖으로 내놓으면 자신이 마치 순교자 스테파노라도 되는 것처럼 스스로 신성을 부여하게 된다. 이쯤 되면 제아무리 능력치가 높은 헌책방 주인장이라고 해도 당해낼 재간이 없다. 이는 곧 신과 인간의 싸움이기에……

하지만 신과 신의 싸움이라면 어떨까? 제우스와 토르의 맞대결이라면? 간달프와 사우론이 만난다면? 실제로 그런 일이 현실 세계에서 벌어질 수 있는가에 대해서는 의심하지 말지어다. 헌책방은 있을 수 있는 일부터 있을 수 없는 일까지, 그리고 있을지도 모르고 없을지도 모르는 일들마저 다 일어나는 시공간이 뒤틀린 초현실의 멀티버스 세계인 것을 잊지 말아달라.

발단은 내가 손님에게 송찬호 시인의 시집을 보여주면서부터다. 일이 이렇게 커질 줄 알았다면 이 책을 영원히 꺼지지 않는 태고의 불구덩이에 던져버렸을 텐데 불행하게도 나는 한낱 인간에 지나지 않아 미래를 볼 수 없는 게 한이다.

이 시집으로 말할 것 같으면, 전 주인의 흔적이 빼곡하게 남은 책이다. 그냥 흔적이 아니라 밑줄을 긋고 시의 단어와 내용을 분

송찬호, 『흙은 사각형의 기억을 갖고 있다』, 민음사, 1991

석한 공부 흔적이다. 흔적을 남긴 사람은 아마도 시인이 되려고 했던 모양이다. 누구인지 모르지만, 뒷장에까지 깊은 선이 그어질 정도로 꾹꾹 눌러 쓴 파란색 볼펜 자국을 보면 얼마나 치열하게 공부했는지 상상하게 된다.

아무리 헌책방이라고는 하지만 이런 책을 살 사람은 그리 많지 않다. 마침 책방에 손님 두 명이 나란히 시집 쪽 책장을 살피고 있다. 서로 눈길을 주거나 대화를 하지 않는 것으로 봐서 아는 사이 같지는 않다. 나이는 둘 다 60대 정도 되었음직하다. 어린 세대는 대개 본문에 흔적이 많은 책을 선호하지 않는다. 지저분해서라기보다도 다른 사람의 흔적을 반기지 않는 것 같다. 지금 시집 책장 앞에 서 있는 저 두 분이라면, 작품이 좋다면야 책에 흔적 정도는 아랑곳하지 않을 것이다. 게다가 송찬호의 시가 아닌가. 나는 시인이 쓴 「가을의 무늬」라는 작품을 좋아해서 거기 나오는 몇 문장을 한동안 외우고 다녔다.

"나는 가로수 길을 따라 내 나무를 찾아간다."

나는 한 손에 시집을 들고는 「가을의 무늬」에 나오는 한 구절을 읊으며 손님이 있는 곳으로 다가갔다. 둘은 거의 동시에 고개를 돌려 나를 쳐다봤다. 나는 책 외판원처럼 믿음직한 미소를 지으면서 시집을 내밀었다. 순간 책값 3천 원 벌자고 이런 쇼까지 해야 하나 자괴감이 살짝 들었지만 어쩌겠는가, 오늘은 여태 매출이 제로였으니.

얘기를 들어보니 내 예상대로 둘은 서로 모르는 사이로 오늘 책방에서 처음 만났다. 하지만 공통점이 있었으니 둘 다 잘나가는 시인이라는 것. 하지만 기묘하게도 잘나간다는 두 시인이 서로에 대해서는 이름조차 모르고 있었다. 물론 나도 두 사람이 누군지 전혀 모른다. 이렇게 어색한 시간이 몇 초쯤 흐른 뒤, 나는 어쨌든 책이라도 팔아야겠단 심산으로 송찬호 시인을 칭찬했다.

"두 분 모두 아시겠지만, 송찬호 시인의 작품세계는 너무 훌륭하죠. 본문에 공부 흔적이 좀 있긴 하지만 이렇게 좋은 시집을 그냥 두고 보기 아까워서 권해드립니다."

그러자 둘 중 한 명이 내 손에서 책을 빼앗듯 채가더니 책장을

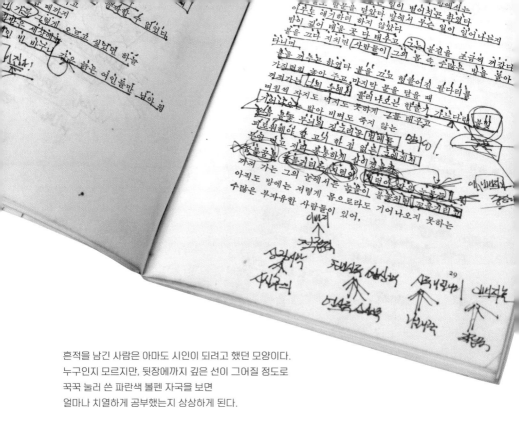

흔적을 남긴 사람은 아마도 시인이 되려고 했던 모양이다.
누구인지 모르지만, 뒷장에까지 깊은 선이 그어질 정도로
꾹꾹 눌러 쓴 파란색 볼펜 자국을 보면
얼마나 치열하게 공부했는지 상상하게 된다.


훌훌 넘기며 흔적을 유심히 살폈다. 그러곤 책을 덮고 시큰둥한
표정을 짓고는 다시 내게 시집을 내밀었다.

"시 공부를 좀 하셨구먼. 그런데 방법이 틀려먹었어. 시 공부
를 이리 하면 안 되지."

이 말을 들은 다른 손님이 먼저와 같이 내게서 시집을 가져가
더니 똑같이 책을 훑어봤다. 하지만 이 유명 시인은 첫번째 유명
시인과 다른 말을 했다.

"이 양반 시 공부를 아주 잘했군그래. 내 어렸을 때 생각이 나. 나도 이렇게 치열하게 공부했거든."

말을 마치기가 무섭게 두 사람은 서로를 앙숙처럼 쳐다봤다. 몸을 휘감는 공기가 싸늘하다. 갑자기 뭔가 사달이 날 것 같은 살벌한 분위기로 변했다. 경기장은 이미 마련됐다. 나는 심판이며 동시에 한 명뿐인 관객이 되어 이 격돌을 지켜볼 수밖에 없다. 이런 고수들의 싸움에 섣불리 관여했다가는 뼈도 못 추리는 결과가 있을 뿐이다. 일개 시민인 나는 그저 이 결투에 참관자이자 역사의 기록자로 남기를 원한다.

1라운드는 탐색전이다. 이 단계에서는 아직 난타전은 아니다. 서로의 신원과 소속을 밝히는 게 먼저. 내가 들으니 둘은 모두 시인으로 한쪽은 '박시인', 다른 쪽은 '도시인'이다. 박시인은 경기도에서 오랜 역사를 지닌 ○○문학회의 초창기 멤버로 시집을 여섯 권이나 냈으며 회장직을 거쳐 지금은 문학회 이사로 활동 중이다. 도시인은 전라남도 출신으로 역시 오랜 역사를 자랑하는 ××문학회 소속이며 그 역시 회장을 했는데 문학회에서는 최초로 세 번 연임한 기록을 가지고 있다.

도시인은 시 공부 흔적이 있는 책을 보고는 공부 방법이 잘못됐다고 지적했다. 이에 박시인은 이렇듯 치열하게 쓰고 분석하면서 시를 공부해야 한다고 주장했다. 자칭 유명 시인 둘은 자신들의 믿음을 굽힐 생각이 전혀 없어 보였다. 그렇다면 이제 전면

전이다.

탐색전을 마친 둘은 2라운드에 들어서서 본격적으로 서로를 향해 툭툭 잽을 날리기 시작했다. 역시 명망 있는 대大시인답게 마술적 리얼리즘 기법의 언어유희 기술로 서로를 공격했다.

"도시인께서는 존함이 도시인인데 어찌 지방에서 활동하시오?" 이에 질세라 도시인도 공격한다.

"박시인은 흥부네 제비가 물어다준 박씨로 돈 벌어서 시인이 됐는갑소?"

나는 웃음을 참느라 얼굴이 마비될 지경이었는데 두 사람을 둘러싼 분위기는 점점 험악해졌다. 그러나 시인의 처지로 주먹다짐은 말이 안 된다. 오로지 언어다, 말싸움이다, 이것이 진정한 시인의 자존심 대결이다! 내가 이렇게 느긋하게 관망하고 있는 동안 드디어 경기는 3라운드로 접어들었다.

세번째 라운드에서 둘은 자기가 얼마나 유명한 시인인지 보이기 위해 다른 유명 시인의 이름을 끌고 들어왔다. 도시인은 자신이 '섬진강 시인' 김용택과 오랜 문우文友 사이라며 거드름을 피웠다. 김용택 시인과 밥도 같이 먹고, 사우나도 같이 가고, 다 했어, 라고 말하는데 어쩐지 이건 언젠가 영화에서 본 장면 같아 기분이 묘했다. 곧이어 박시인은 "내가 조병화 시인 직속 제자요"라고 맞받아쳤다. 그는 조병화 시인 문학관을 건립할 때 깊이 관여했다고 말했다.

중요한 건 벌써 세번째 라운드에 접어들었건만 이 사건의 원인인 '시 공부를 어떻게 해야 하는가'에 대한 본론은 한마디도 언급하지 않았다는 사실이다. 결국, 심판인 내가 나서야 할 때가 왔다. 나는 고성이 오갈 것 같은 두 사람의 싸움을 일단 진정시킨 다음, "선생님들, 그럼 시는 어떻게 공부해야 하는 건가요?"라며 사태를 수습하기 위한 질문을 던졌다.

　도시인은 시를 쓰려면 오직 영감에 의지해야 한다고 말했다. 나만의 시를 써야지 다른 시인의 작품을 분석하는 건 무의미하다는 게 그의 주장이었다. 박시인은 시를 분석해보지 않은 사람이나 분석을 무의미한 것으로 치부한다며 진짜 시 공부는 글자 하나하나 철저하게 해부하는 노력이 있어야 한다고 잘라 말했다. 공부하지 않으면 시를 가볍게 쓸 수밖에 없다는 거다.

　"여길 봐요. '우리들의 시가 너무 안이하게 쓰여지는 것이 아닌가 하는 생각이 자주 든다.' 이렇게 적어놓은 걸 보니 정말 열심히 공부했다는 게 아니겠소?"

　박시인은 아이에게 그림책을 들려주듯 시집에 적은 글씨를 또박또박 읽었다.


　두 시성詩聖의 싸움은 도저히 승부를 가릴 수 없을 것 같았다. 나는 그냥 3천 원짜리 시집 한 권만 팔면 그만인데. 얼른 책을 팔아야 이 싸움도 끝날 것이기에 나는 시집을 박시인에게 건네

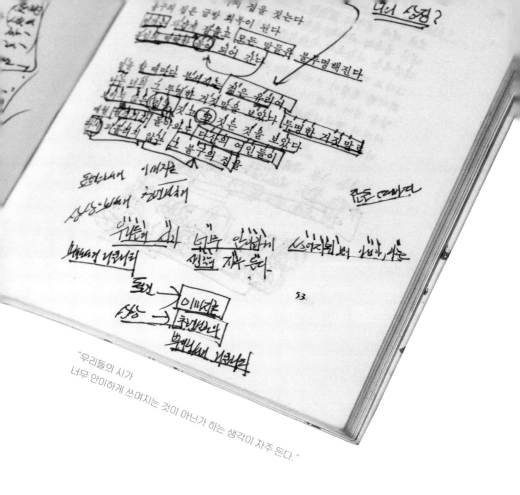

"우리들의 시가
너무 안이하게 쓰여지는 것이 아닌가 하는 생각이 자주 든다."

며 "그렇다면 이 멋진 공부 흔적이 있는 시집은 선생님이 사주
시면 되겠네요. 선생님 같은 분이 시집을 사주신다면 이 책으로
공부한 사람도 훌륭한 시인이 될 수 있을 겁니다"라고 아양을
떨었다.

이 말을 하고 있을 때 도시인은 기분이 상했는지 콧김을 흥흥

302

불면서 책방 문을 열고 밖으로 나갔다. 박시인은 내가 내민 시집을 건드리지도 않은 채, "시 공부가 좋긴 하지만 다른 사람이 공부한 책을 내가 왜 사나" 하면서 가져온 가방을 들고 성큼성큼 문 쪽으로 걸어갔다. 그는 나가면서 큰 소리로 "저 양반, 시에 대해서 아무것도 모르는구먼. 이봐요……" 하면서 도시인을 부르는 게 아닌가.

아무래도 시의 대가들끼리는 뭔가 통하는 게 있는 모양이다. 나는 여전히 그들의 세계를 감히 이해할 수 없다. 인간 주제에 어찌 시에 도통한 신선들을 따라갈 수 있겠는가. 이날 나는 매출도 전혀 올리지 못한데다가 두 사람 앞에서 쇼까지 한 게 못내 부끄러워 새벽까지 잠을 못 이루고 이불 속에서 몇 번이나 발을 동동 굴렀다.

# 그만하면 이 세상을 아마도
# 훌륭히 살아갈 것이다

나는 이 우스개를 좋아해서 자주 인용하곤 한다. 책에 관한 세 바보 이야기. 말하자면 서삼치書三痴인데, 첫째는 남에게 책을 빌려달라고 하는 사람이다. 둘째는 빌려달란다고 해서 순순히 빌려주는 이요, 세번째로는 빌린 책을 되돌려주는 게 또한 어리석은 일이란다. 우스개라고는 하지만 마냥 웃을 수만은 없는 이야기다. 책을 좋아하는 사람이라면 반드시 서삼치에 한 개 이상 해당 사항이 있을 게 분명하니까.

그렇다면 책을 좋아하는 사람은 바보라는 소리다. 세상엔 여러 바보가 있지만 '책바보'라면 그리 기분 나쁘지 않다. 하지만 책바보끼리 친구라면 이건 한번 생각해볼 문제다. 기형도 산문집『짧은 여행의 기록』속지에 남겨진 글씨를 보자.

기형도, 『짧은 여행의 기록』, 도서출판 살림, 1993

이 책. 어느 인간에게 빌려주었는데, 또 누군가에게 빌려주고 모르겠다고 한다. 거의 완벽에 가까운 他人(타인) 무관심증. 그만 하면 이 세상을 아마도 훌륭히 살아갈 것이다. 어쩔 수 없이 다시 주문하다.

기형도 산문집이라면 과연 탐낼 만하다. 이 상황을 정리해보면 다음과 같다. 책 주인 A는 책을 B에게 빌려줬다. B는 A에게 책을 빌렸는데 이걸 다시 C에게 빌려줬다. 그리고 원래 책 주인 A에게는 책을 돌려주지 않았다. 이 도식을 지금 머리에 그려본 사람이라면 B가 서삼치의 완벽한 표본이라는 걸 알 수 있을 테다. B는 책을 빌리기도 했고, 빌려주기도 했으며, 또한 빌린 책을 돌려주지도 않았으니 정확히 세 가지를 다 갖춘 백 퍼센트 서삼치라 하겠다. 책바보 중에서도 이런 사람은 흔치 않다. 만약 하루키가 이와 같은 사람을 만났다면 분명 소설 제목이 조금 달라졌을 거다. '4월의 어느 맑은 아침에 백 퍼센트의 책바보를 만나는 것에 대하여'. 확실히 백 퍼센트 여자보다는 백 퍼센트 책바보 쪽이 더 희귀하다.

그런데 책 주인 A에게는 더 큰 고난이 기다리고 있다. 그것도 역시 속지에 써두었다.

도대체 주문을 언제 했는데… 이제 오다니.

우리는 먼저 쓴 글의 마지막 단락을 통해 B가 책을 돌려주지 않아 같은 책을 다시 주문했다는 걸 안다. 날짜 아래 쓰인 글로 미루어 짐작해보면 이 책은 출판사를 통해 직접 주문한 것 같다. 책을 돌려받지 못해서 화가 나 있는 상태건만 출판사에 직접 주문한 책도 감감무소식이니 답답할 노릇이다.

책 빌리는 문제로 겪는 답답함이라면 헌책방 일꾼인 나도 할 말이 있다. 헌책방이 책 대여점도 아닌데 무슨 문제가 있는가? 하지만 살다보면 이상한 일은 생각 이상으로 자주 일어나고 이상한 사람도 의외로 많다. 헌책방은 그런 일이 수시로 일어나는 연극무대 같다는 생각을 지울 수 없다.

　한번은 어떤 손님이 일주일 전쯤 사간 책을 들고 다시 책방에 나타났다. 손님은 그 책을 돌려줄 테니 비슷한 가격의 다른 책으로 바꿔가도 되느냐고 물었다. 나는 당연히 그건 곤란하다고 말씀드렸다. 그는 이해할 수 없다는 표정으로 왜 안 되냐고 물었다.

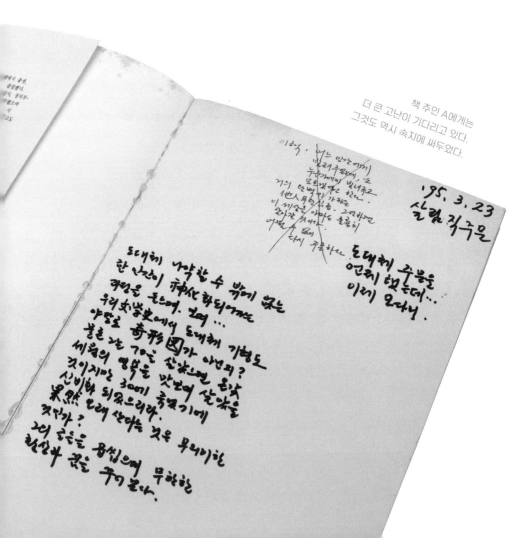

책 주인 A에게는
더 큰 고난이 기다리고 있다.
그것도 역시 속지에 써두었다.

어차피 헌책이라 다른 사람이 읽었다고 해도 표시가 안 나니까 다시 판매하는 데 지장이 없다는 게 그의 논리였다.

그러면서 손님은 내게 책을 살펴보라고 했다. 확인해보니 책에 이상은 없었다. 그래도 앞으로도 계속 이런 식이라면 처음에 산 것만 책값을 낸 것이고 다음 책부터는 공짜로 빌려보는 셈이다. 내가 그렇게 말하니까 손님은 가볍게 웃으면서 왜 젊은 사람이 그렇게 극단적으로 생각하느냐며 나를 나무랐다. 미소를 지으면서 그런 말을 하니까 좀 무서운 느낌마저 들었다.

"아니, 극단적인 게 아니고요. 아시다시피 여기는 책 대여점이 아니라 서점이니까요. 설령 대여점이라고 해도 책을 빌릴 때마다 돈을 내잖습니까? 손님은 돈을 안 내겠다는 거고요."

손님은 매우 당당하게 내 말에 동의했다. 한마디로 이 가게에서 계속 공짜로 책을 빌려보겠다는 거다. 그는 자기가 전에 몇 번이나 이 책방에 왔으니 단골이라 할 수도 있지 않으냐, 단골이면 그런 서비스 정도는 괜찮은 거 아니냐는 논리를 계속 이어갔다. 그의 말은 틀리지 않았다. 분명 그는 여기 자주 왔다. 하지만 책을 산 것은 일주일 전에 산 3천 원짜리 이 책 한 권뿐이다. 그리고 오늘 그 책을 돌려주면서 다른 책을 빌려가겠다는 제안을 하다니. 이 사람이 말론 브랜도가 아닌 이상 내가 그런 제안을 받아들일 리가 없다.

헌책방에서 일어난 여러 일 중에서 이 사건이 떠오른 것은 공

5부 * 헌책방 멀티버스, 세상에 이런 독자가!

짜 좋아하는 말론 브랜도 손님이 다음에 빌려가려고 점찍은 책이 바로 기형도 시집이었기 때문이다. 기형도를 좋아하는 사람이 머리에 그런 기형적인 논리가 들어 있을 줄이야.

그때 손님은 기형도를 '이 시대의 신화'라고 했다. 그리고 묘한 인연으로 기형도 산문집에도 신화가 된 기형도에 관한 글이 남아 있다.

도대체 나약할 수밖에 없는 한 인간이 神化(신화)화되어가는 과정을 들으며, 보며… 우리 文學史(문학사)에서 도대체 기형도 야말로 奇形圖(기형도)가 아닌지? 물론 그는 70을 살았으면 온갖 세월의 영욕을 맛보며 살았을 것이지만 30에 죽었기에 신비화되었으리라. 果然(과연) 오래 산다는 것은 무의미한 것인가? 그의 글들을 곱씹으며 무한한 환상과 꿈을 꾸어본다.

적어도 1980~1990년대 사이에 청년 시절을 보낸 사람 중에 기형도를 읽지 않은 사람은 그리 많지 않을 것 같다. 그는 신화가 될 만한 여러 요소를 두루 갖추었다. 연세대학교 출신에 신문 기자로 활동하다 신춘문예에 시가 당선되어 문단에 나왔다. 천재 시인의 화려한 등장이다. 그리고 나이 스물아홉이던 1989년, 종로의 한 영화관 객석에 앉은 채로 사망했다. 기형도는 영원히 20대 청년으로 남았다. 사후에 시집 『입 속의 검은 잎』이 출판됐다. 이 책『짧은 여행의 기록』도 바로 그즈음 유고집 형태로 엮여 나온 것이다.

수많은 책바보가 기형도를 읽었을 테고 기형도가 쓴 책을 가지려고 욕망했을 것이다. 작가 지망생들은 기형도처럼 쓰고 싶었을 테다. 기형도는 시 말고는 아무것도 남기지 않고 홀연히 세상을 떠났기에 신화가 될 수 있었다. 그리고 무심한 시간은 그 신화를 기이한 형태의 그림像形圖으로 바꾸고 있다. 아니다. 시간은 죄가 없지. 잘못이 있다면 언제나 그 시간을 살았던 사람들이다.

책 도둑은 도둑이 아니라는 말이 있다. 물론 지나간 시절의 말이다. 어쩌면 이 책을 빌렸다가 또다른 누군가에게 무심코 빌려줘버린 사람도 그 시절의 환상 속에 빠져 사는 우리 중 누군가는 아니었을지. 그러나 책 주인이 썼듯이 세상은 정말로 그만한 사람이 훌륭하게 살아가는 것처럼 보인다.

책을 빼앗긴 사람은 어쩔 수 없이 다시 살 수밖에 없다. 어쩔 수 없이 사는 건 얼마나 맥빠지는 일인가. 책이든 삶이든 어쨌거나 살아보는 수밖에 없을까. 대답 없는 기형도의 산문을 읽으며 바보처럼 나는 책과 함께 산다. 살아보려고 한다.

# 헌책 낙서 수집광

ⓒ윤성근 2023

| | |
|---|---|
| 초판 인쇄 | 2023년 2월 1일 |
| 초판 발행 | 2023년 2월 8일 |
| | |
| 지은이 | 윤성근 |
| 편집인 | 이연실 |
| | |
| 기획·책임편집 | 이연실 |
| 편집 | 최지영 염현숙 |
| 디자인 | 김하얀 |
| 마케팅 | 정민호 이숙재 박치우 정경주 정유선 박진희 김수인 |
| 브랜딩 | 함유지 함근아 김희숙 고보미 박민재 정승민 |
| 제작 | 강신은 김동욱 임현식 |
| 제작처 | 천광인쇄사 |
| | |
| 펴낸곳 | (주)문학동네 |
| 펴낸이 | 김소영 |
| 출판등록 | 1993년 10월 22일 제2003-000045호 |
| 임프린트 | 이야기장수 |
| | |
| 주소 | 10881 경기도 파주시 회동길 210 |
| 문의전화 | 031) 955-2689(마케팅) 031) 955-2651(편집) |
| 팩스 | 031) 955-8855 |
| 전자우편 | pro@munhak.com |
| 문학동네카페 | http://cafe.naver.com/mhdn |
| 북클럽문학동네 | http://bookclubmunhak.com |
| 문학동네 | 인스타그램 트위터 @munhakdongne |
| 이야기장수 | 인스타그램 @promunhak |

ISBN 978-89-546-9075-1 03810